कृष्ण बलदेव वैद

'बदचलन' बीवियों का द्वीप

राजकमल पेपरबेक्स

पहला पुस्तकालय संस्करण
राजकमल प्रकाशन प्राइवेट लिमिटेड द्वारा
2002 में प्रकाशित

राजकमल पेपरबैक्स में
पहला संस्करण : 2007
दूसरा संस्करण : 2015

राजकमल पेपरबैक्स : उत्कृष्ट साहित्य के जनसुलभ संस्करण

राजकमल प्रकाशन प्रा. लि.
1-बी, नेताजी सुभाष मार्ग, दरियागंज
नई दिल्ली-110 002
द्वारा प्रकाशित

शाखाएँ : अशोक राजपथ, साइंस कॉलेज के सामने, पटना-800 006
पहली मंजिल, दरबारी बिल्डिंग, महात्मा गांधी मार्ग, इलाहाबाद-211 001
36 ए, शेक्सपियर सरणी, कोलकाता-700 017

वेबसाइट : www.rajkamalprakashan.com
ई-मेल : info@rajkamalprakashan.com

बी.के. ऑफसेट
नवीन शाहदरा, दिल्ली-110 032
द्वारा मुद्रित

मूल्य : ₹ 150

'BADCHALAN' BEEVION KA DWEEP
Stories by Krishna Baldev Vaid

ISBN : 978-81-267-1364-6

'बदचलन' बीवियों का द्वीप

कृष्ण बलदेव वैद

जन्म : 27 जुलाई, 1927, डिंगा (पंजाब)। **शिक्षा :** एम.ए. (अंग्रेजी), पंजाब विश्वविद्यालय (1949), पी-एच.डी., हार्वर्ड विश्वविद्यालय (1961)। **अध्यापन :** हंसराज कॉलिज, दिल्ली विश्वविद्यालय (1950-62); अंग्रेजी विभाग, पंजाब विश्वविद्यालय, चंडीगढ़ (1962-66); अंग्रेजी विभाग, न्यूयॉर्क स्टेट विश्वविद्यालय (1966-85); अंग्रेजी विभाग, ब्रेंडाइज़ विश्वविद्यालय (1968-69)।

अन्य अनुभव : अध्यक्ष, निराला सृजन पीठ, भारत भवन, भोपाल (1985-88)।

प्रकाशित कृतियाँ : ***उपन्यास :*** उसका बचपन, बिमल उर्फ़ जाएँ तो जाएँ कहाँ, नसरीन, दूसरा न कोई, दर्द ला दवा, गुज़रा हुआ ज़माना, काला कोलाज, नर-नारी, मायालोक, एक नौकरानी की डायरी। ***कहानी-संग्रह :*** बीच का दरवाज़ा, मेरा दुश्मन, दूसरे किनारे से, लापता, उसके बयान, मेरी प्रिय कहानियाँ, वह और मैं, खामोशी, आलाप, प्रतिनिधि कहानियाँ, लीला, चर्चित कहानियाँ, पिता की परछाइयाँ, दस प्रतिनिधि कहानियाँ, सम्पूर्ण कहानियाँ (दो जिल्दों में) : मेरा दुश्मन, रात की सैर, बोधिसत्त्व की बीवी। ***नाटक :*** भूख आग है, हमारी बुढ़िया, सवाल और स्वप्न, परिवार अखाड़ा। ***समीक्षा :*** टेकनीक इन दि टेल्ज़ ऑफ़ हेनरी जेम्ज़। ***डायरी :*** शम'आ हर रंग में।

अनुवाद : अंग्रेज़ी में—स्टेप्स इन डार्कनेस (उसका बचपन), बिमल इन बाग (बिमल उर्फ़ जाएँ तो जाएँ कहाँ), डाइंग अलोन (दूसरा न कोई और दस कहानियाँ), द ब्रोकन मिरर (गुज़रा हुआ ज़माना), सायलेंस (चुनी हुई कहानियाँ), इन द डार्क (मुक्तिबोध : अँधेरे में), फ़ायर इन दि बैली / आवर ओल्ड वोमन (भूख आग है, हमारी बुढ़िया)।

हिन्दी में—गॉडो के इन्तज़ार में (बेकिट), आख़िरी खेल (बेकिट), फ़ेड्रा (रासीन), एलिस अजूबों की दुनिया में (लुईस केरल)।

अनेक रचनाओं के अनुवाद बंगला, उर्दू, गुजराती, तमिल, मलयाली, मराठी आदि अन्य भारतीय भाषाओं और अंग्रेज़ी के अलावा जर्मन, इतालवी, हिस्पानवी, फ्रांसीसी, नार्विजियन, स्वीडिश और पोलिश में प्रकाशित हो चुके हैं।

आवरण-चित्र : मंजीत बावा

दिल्ली स्कूल ऑफ आर्ट एवं लंदन स्कूल ऑफ पेंटिंग में छात्र रहते हुए पट्ट-चित्रकार के रूप में लंदन में 1967-71 तक काम किया। लंदन और स्पेन में कई एकल प्रदर्शनियों के अतिरिक्त देश-विदेश की कई कला-प्रदर्शनियों में भागीदारी। सैलोज प्राइज, 1963; नेशनल अवार्ड और रूपंकर, भोपाल, 1980; प्रथम भारत भवन अवार्ड, 1986 से सम्मानित। इनकी कृतियाँ नेशनल गैलरी ऑफ मॉडर्न आर्ट, ललित कला अकादमी, भारत भवन तथा अमरीका व स्विट्ज़रलैंड के कई संग्रहालयों में संग्रहीत हैं।

कथासरित्सागरकार
को
सादर समर्पित

क्रम

'बदचलन' बीवियों का द्वीप

कलिंगसेना और सोमप्रभा की विचित्र मित्रता

तक्षशिला के राजा कलिंगदत्त की कमल सरीखी कोमल पुत्री कलिंगसेना एक दिन राजमहल की छत पर खड़ी अपने दिवास्वप्नों में विलीन नीले आकाश को निहार रही थी कि आकाश पथ से उड़ती जाती हुई मयासुर की मोहिनी कन्या सोमप्रभा उसे देख उस पर मोहित हो गई और सोचने लगी, यह रतिरूपिणी पता नहीं कौन है, इसका कामदेव पता नहीं कहाँ है, मुझे लगता है यह अभी कुँवारी है, इसलिए इस पर यदि मैं मोहित हो गई हूँ तो कोई अस्वाभाविक बात नहीं हुई, सम्भव है पूर्वजन्म में भी इसकी और मेरी मित्रता रही हो, जो भी हो, इसे देख मेरा तन मन जिस चंचलता से उछल रहा है उसे देख मुझे लगता है कि जब तक मैं इससे मिल सखी के रूप में इसका वरण नहीं कर लूँगी तब तक मुझे चैन नहीं आएगा।

कहना न होगा कि पहली नज़र के प्यार की तरह पहली नज़र की मित्रता भी आदिकाल से चली आ रही है, और इन दोनों अनुभवों में कोई तात्त्विक भेद शायद नहीं।

अब हमारी वह सोमप्रभा आकस्मिक आसक्ति के कारण व्याकुल तो हो उठी थी, लेकिन अकस्मात् प्रकट हो वह कलिंगसेना को चौंकाना नहीं चाहती थी, इसलिए वह धीरे धीरे आकाश से उतरी, फिर उसने मनुष्य कन्या का रूप धारण किया, और तब वह चुपके से कलिंगसेना के पास जा खड़ी हुई। कलिंगसेना को लगा, मानो उसके किसी दिवास्वप्न में से ही कोई देवी या अप्सरा साकार हो गई हो। वैसे भी उस समय की कन्याओं को हर चमत्कार में मीनमेख निकालने की बुरी आदत नहीं हुआ करती थी। सो कलिंगसेना सहज ही सोमप्रभा के साथ लिपट गई। फिर उसने उसे अपने पास बिठाकर ऐसे निहारना आरम्भ कर दिया जैसे अपनी दृष्टि से उसका नाम और कुलशील भाँप लेने का प्रयास कर रही हो। तब सोमप्रभा अपार स्नेह से बोली—"सखि, ऐसे मत देखो नहीं तो मेरा रहा सहा कवच भी उतर जाएगा, फिर मैं क्या करूँगी।" कलिंगसेना उसकी मधुर आवाज़ सुन मदहोश हो गई, बोली—"कवच की अब हम दोनों को कोई ज़रूरत

नहीं, अब हम हमेशा हमेशा के लिए अभिन्न हो गई हैं।" सोमप्रभा यह सुन सिर से पाँव तक सिहर तो गई लेकिन अपनी सिहरन को यथासम्भव संयत कर बोली—"सखि, तुम ठहरीं राजपुत्री, और राजपुत्री से मित्रता का जोखिम कितना बड़ा होता है, इस आशय की एक कहानी मैं तुम्हें सुनाती हूँ, सुनोगी ?" कलिंगसेना ने उत्सुकता से उत्तर दिया—"सुनाओ ना, सुनूँगी क्यों नहीं।" और फिर उसने सोमप्रभा के दोनों हाथों को अपने हाथों में बाँध आँखें ऐसे मूँद लीं जैसे कोई दैवी राग सुनने जा रही हो।

सोमप्रभा ने सखीस्पर्शसुखविभोर हो कहानी शुरू कर दी।

सोमप्रभा की कहानी

"पुष्करावती नाम की एक नगरी के राजा गूढ़सेन का इकलौता पुत्र बहुत बिगड़ा हुआ था। इकलौते पुत्र अक्सर बिगड़ जाते हैं, इकलौती पुत्रियाँ अक्सर सुघड़ हो जाती हैं। राजा गूढ़सेन को अपने पुत्र का बिगड़ना बुरा तो बहुत लगता था लेकिन पुत्रमोह का मारा हुआ वह राजा उसकी सारी करतूतों को चुपचाप सहन कर लिया करता था और मन ही मन सोचता रहता था, काश कि भगवान ने मुझे एक और पुत्र दे दिया होता, तब मैं इस नालायक को शायद सीधा कर सकता।

एक बार क्या हुआ कि वह बिगड़ा हुआ राजकुमार अपने बाप के एक बाग में विचर रहा था कि उसे वहाँ अपने ही जैसा एक सुन्दर युवक दिखाई दिया जिस पर वह तत्काल मोहित हो गया और उसने मित्र के रूप में उस युवक का वरण कर लिया। और उसी दिन से वे दोनों अभिन्न मित्र बन गए।

यहाँ यह बता देना ज़रूरी है कि वह युवक एक धनी बनिए का बेटा था, कोई राजकुमार वग़ैरह नहीं था।

वे दोनों मित्र दिन भर साथ साथ घूमते, रात को साथ साथ सोते, जो खाते पीते आपस में बाँटकर खाते पीते, एक दूसरे को दुनिया जहान की प्रेम कहानियाँ सुनाते, एक अगर बीमार पड़ता तो दूसरा साथ बीमार पड़ जाता, एक उदास होता तो दूसरा साथ उदास हो जाता, लोग उनके बारे में तरह तरह की बातें बनाते, कहते—'ऐसी दोस्ती तो हमने कभी नहीं देखी, और वह भी एक राजपुत्र और वैश्यपुत्र में !'

राजकुमार को अपने बाप की परवाह नहीं थी, लोगों की बातों की परवाह क्या होती ! वैसे राजा गूढ़सेन खुश था कि उसका बिगड़ा हुआ पुत्र उस वैश्यपुत्र की सुसंगत में रहकर सुधर जाएगा। और जब उसे पता चला कि राजकुमार ने अपने मित्र का कहीं विवाह पक्का कर दिया है और अब अपने विवाह के लिए उहिच्छत्रा नगरी जा रहा है तो वह आश्वस्त हो गया कि उसका पुत्र जल्द ही सीधे रास्ते पर चलना शुरू कर देगा।

सखि, मैं तो समझ नहीं पाती कि सभी माँ बाप क्यों अपनी सन्तान के विवाह के बारे में न सिर्फ़ इतने चिन्तित रहते हैं बल्कि यह भी समझते हैं कि विवाह होते ही उनकी सन्तान सीधे रास्ते पर चलना शुरू कर देगी।

खैर ! तो हुआ यह कि राजकुमार अपने मित्र और सैनिकों को साथ ले हाथी पर सवार हो वहाँ से चल पड़ा। शाम हुई तो उसने इक्षुमती नदी के तट पर रात बिताने का फ़ैसला किया। थोड़ी ही देर में जब चाँद निकल आया तो मदिरा के दौर शुरू हो गए। वैश्यपुत्र तो सँभलकर पी रहा था, राजकुमार कुछ ही देर में धुत्त हो शय्या पर लेट गया। उसकी एक मुँहलगी सेविका ने उसे जगाए रखने के लिए उससे एक कहानी सुनने की जिद पकड़ ली तो राजकुमार ने नशीली आवाज़ में एक कहानी सुनानी शुरू तो कर दी लेकिन शीघ्र ही वह गहरी नींद के झोंकों से ऐसे गुल हो गया जैसे तेज़ हवा के झोंकों से दीया गुल हो जाता है। उसे बुझते देख वह सेविका और वैश्यपुत्र एक दूसरे की ओर देख मुस्कुराए, मानो कह रहे हों, राजपुत्रों का कोई भरोसा नहीं। वे शायद कुछ कहते या करते लेकिन कुछ ही देर में वह सेविका भी सो गई और वैश्यपुत्र अपने मित्र के सिरहाने बैठ पहरा सा देने लगा। बैठा बैठा वह आकाश की सैर कर ही रहा था कि उसे दूर ऊपर कहीं कुछ स्त्रियों की खुसर पुसर सुनाई दी। वह सतर्क हो ध्यान से उनकी बातें सुनने की कोशिश करने लगा। रात की साँय साँय में उसे उनकी बातें साफ़ सुनाई दे रही थीं।

'अजीब राजपुत्र है यह कि अपनी कहानी को पूरा किए बग़ैर ही सो गया। इसलिए मैं इसे शाप देती हूँ कि कल प्रातःकाल इसे हीरों का एक हार दिखाई देगा, जिसे अगर इसने उठाकर अपने गले में डाल लिया तो इसकी मृत्यु तत्काल हो जाएगी।'

इतना कहकर जब पहली स्त्री चुप हो गई तो दूसरी बोली—'अब अगर यह किसी तरह बच गया तो कुछ आगे जाने पर इसे एक आम का पेड़ दिखाई देगा, जिसकी शाखों से लटकते हुए सुन्दर सिन्दूरी आम देख इसके मुँह में पानी भर आएगा और जब यह आम तोड़कर उसे चूसना शुरू करेगा तो इसके प्राण निकल

जाएँगे।'

दूसरी के चुप होते ही तीसरी चटखारा लेते हुए बोली—'और अगर यह फिर भी बच गया तो जैसे ही यह विवाह गृह में प्रवेश करेगा तो वह धड़ाम से गिर जाएगा और यह दबकर मर जाएगा।'

तीसरी के बाद चौथी बोली—'और अगर यह फिर भी बच गया तो विवाह के बाद जैसे ही यह अपनी नई पत्नी को भोगने के लिए शयन कक्ष में प्रवेश करेगा तो यह छींकना शुरू कर देगा, इसे पूरी एक सौ छींकें आएँगी, और हर छींक के बाद किसी ने 'जीओ' नहीं कहा तो इसकी साँस वहीं रुक जाएगी। और हाँ, अगर नीचे बैठा इसका कोई मित्र या सैनिक हमारी बातें सुन रहा है तो उसे मैं यह चेतावनी देती हूँ कि अगर उसने राजकुमार को यह सब बता दिया तो उसकी अपनी जान की ख़ैर नहीं।'

चौथी के चुप होते ही वे चारों परियाँ, या वे जो भी थीं, वहाँ से उड़ गईं लेकिन राजकुमार के सिरहाने बैठा वैश्यपुत्र गहरी चिन्ता में डूब गया और सुबह होने तक डूबा रहा। वह समझ नहीं पा रहा था कि उसे क्या करना चाहिए। रह रहकर उसे उन परियों या अप्सराओं पर गुस्सा आ रहा था और वह सोच रहा था कि कहानी सुनने की इतनी भी क्या लत कि अगर कोई बेचारा नींद से मजबूर हो कहानी सुनाते सुनाते सो जाए तो उसे मौत की सज़ा दे दी जाए, धिक्कार है ऐसी लत पर और धिक्कार है ऐसी परियों या अप्सराओं पर। फिर उसे ख़याल आया कि अगर उन परियों या अप्सराओं ने उसकी उस मौन मानसिक धिक्कार को सुन लिया तो वह मारा जाएगा, इसलिए उसने उन्हें कोसना तो बन्द कर दिया लेकिन नींद उसे रात भर नहीं आई। आ भी नहीं सकती थी क्योंकि उसे अपने मित्र की जान तो बचानी ही थी, अपने को भी किसी तरह बचाना था, और कोई कारगर तरकीब उसे सूझ नहीं रही थी।

सुबह हुई तो दोनों मित्र तैयार होकर चलने ही वाले थे कि राजपुत्र को कुछ ही क़दमों की दूरी पर हीरों का एक हार गिरा पड़ा दिखाई दे गया। राजपुत्र को वह अच्छा लगा और उसने उसे उठाकर अपने गले में डालने की इच्छा ज़ाहिर की। वैश्यपुत्र ने उसे रोक दिया और समझाया कि वह हार असली नहीं, मायावी है, अगर असली होता तो औरों को भी दिखाई दे जाता। राजपुत्र अपने मित्र की बात मान गया। कुछ दूर आगे जाकर उसे आम का एक पेड़ दिखाई दिया। उसकी शाखों से लटकते हुए सुन्दर सिन्दूरी आमों को देख राजकुमार सुन्दर गोरे उरोजों की कल्पना करने लगा। और जब उसने एक आम तोड़ने के लिए हाथ उठाया तो वैश्यपुत्र ने फिर उसे रोककर कहा कि वे जंगली आम उसका गला

खराब कर देंगे, वैसे भी वे कच्चे दिखाई देते हैं। राजपुत्र को कुछ खिन्नता तो हुई लेकिन उसने फिर अपने मित्र की बात मान ही ली। जब वे उहिच्छत्रा नगरी पहुँचे तो राजपुत्र विवाह गृह में क़दम रखने ही वाला था कि वैश्यपुत्र ने उसका हाथ पकड़ उसे पीछे खींच लिया, और तभी वह विवाह गृह धड़ाम से गिर गया। राजपुत्र की जान तो बच गई और वह अपने मित्र की सतर्कता पर प्रसन्न भी हुआ लेकिन साथ ही उसे यह सोचकर कोफ़्त भी हो रही थी कि वह कमबख़्त वैश्यपुत्र आज सुबह से कुछ भी करने क्यों नहीं दे रहा।

उधर वैश्यपुत्र अपनी चतुराई पर मन ही मन गर्व तो कर रहा था लेकिन एक मरहला अभी बाक़ी था और वह सबसे ज़्यादा कठिन भी था। विवाह वग़ैरह के बाद जब राजपुत्र उस शयनकक्ष की तरफ़ चला जहाँ उसकी पत्नी उसकी प्रतीक्षा में तड़प रही थी तो उसे अपना मित्र आसपास कहीं दिखाई नहीं दिया। वह मुस्कुराया, और फिर उसने मन ही मन खैर मनाई क्योंकि उसे खतरा था कि वह वैश्यपुत्र उसे उधर जाने से भी रोक देगा। हुआ यह था कि वैश्यपुत्र पहले से ही उस पलंग के नीचे जा छिपा था जिसके ऊपर पड़ी उसके मित्र की पत्नी तड़प रही थी। जब राजकुमार आया तो उसकी वधू की निगाहें नीची हो गईं और वैश्यपुत्र का ख़ून ख़ुश्क हो गया। वह जानता था कि अगर वह वहाँ पकड़ लिया गया तो राजकुमार को यह समझाना असम्भव होगा कि वह वहाँ छिपा पड़ा कर क्या रहा था। फिर जैसे ही राजकुमार पलंग पर बैठा और उसे पहली छींक आई तो वैश्यपुत्र ने धीमी आवाज़ में कह दिया, 'जीओ'। पहली और दूसरी छींक के बीच के छोटे से अन्तराल के दौरान राजकुमार की नई नवेली दुलहिन ने सोचा, मेरी सुहागरात छींक से शुरू हो रही है, ख़ुदा ख़ैर करे ! दूसरी छींक के साथ ही दुलहिन के मुँह से निकला 'उई माँ' और पलंग के नीचे छिपे वैश्यपुत्र के मुँह से निकला, 'जीओ'। बस फिर तो राजकुमार ने पूरी एक सौ छींकें मारीं और हर छींक के साथ दुलहिन अनायास पुकार उठती, 'उई माँ', और वैश्यपुत्र सायास कहता, 'जीओ'।

जब छींकें बन्द हुईं तो राजकुमार और उसकी पत्नी की कामुक छटपटाहटें शुरू हो गईं जिनका आभास उनके पलंग के नीचे लेटे पड़े वैश्यपुत्र को बराबर होता रहा और उसका कलेजा बार बार उसके मुँह तक आता रहा, यह सोचकर कि कहीं भूले से उससे कोई ऐसी हरकत न हो जाए जिससे उसकी उपस्थिति का आभास उन दोनों को मिले। इसलिए उसने जो जो सुना और जिस जिस अनसुने और अनदेखे की उसने कल्पना की उसका बखान मैं नहीं करूँगी, तुम चाहो तो उस सब की कल्पना खुद कर लो।

और फिर जब वैश्यपुत्र के अनुमानानुसार उसके मित्र और उसकी पत्नी की आँख लग गई तो वह बड़ी सावधानी से पलंग के नीचे से निकल दबे पाँव दरवाज़े की तरफ़ बढ़ ही रहा था कि राजकुमार की आँख खुल गई और उसने वैश्यपुत्र को पहचान लिया। बस फिर क्या था, उसने चिल्लाना और उस बेचारे को धिक्कारना शुरू कर दिया। उसका राजसी आक्रोश और अहंकार जोश मारने लगा। उसने अपने मित्र की एक न सुनी। वह भूल गया था कि वह उसका मित्र था, शत्रु नहीं। और उसने अपने सैनिकों को बुलाकर आदेश दिया कि उसे बाक़ी की रात कारागार में बन्द कर दिया जाए और दूसरे दिन उसे फाँसी दे दी जाए।

सखि, तुम कह सकती हो कि उस राजकुमार की जगह कोई साधारण पति होता तो वह भी अपने किसी मित्र को पलंग के नीचे से निकलते देख इसी तरह पागल हो जाता, लेकिन मैं इस बात को मानने के लिए तैयार नहीं, क्योंकि मैं समझती हूँ इस तरह का ग़ुस्सा सिर्फ़ राजकुमारों को ही आता है, इस तरह की जल्दबाजी वही कर सकते हैं।

ख़ैर ! बाक़ी की कहानी ज़्यादा दिलचस्प नहीं, हुआ यह कि अगली सुबह जब राजकुमार के सैनिक वैश्यपुत्र को फाँसी देने लगे तो उसने हाथ जोड़कर उनसे प्रार्थना की कि वे उसे राजकुमार के पास ले जाएँ ताकि वह अपनी सफ़ाई देने का प्रयास कर सके। सैनिकों को उस पर दया आ गई और वे उसे राजकुमार के पास ले गए। उस वक़्त तक राजकुमार भी कुछ ठंडा हो चुका था। यह भी सम्भव है कि उसकी पत्नी ने उसे समझाया हो कि उसे अपने मित्र की नीयत पर शक नहीं करना चाहिए। जो भी हो, जब वैश्यपुत्र ने उसे सारी बात बताई तो राजकुमार को लगा कि वह सच बोल रहा था। विवाह गृह के गिर जाने की घटना को याद करने पर उसका विश्वास लौट आया और उसने अपने मित्र की जान बख़्श दी।

यह तो उसने ठीक ही किया लेकिन, सखि, इस कहानी का केन्द्रीय सन्देश यह है कि राजकुमार अक्सर क्रोध के कारण पिशाच बन जाते हैं और साधारण व्यक्ति के लिए उनकी मित्रता एक अभिशाप। यह कहानी सुनाकर मैं तुम्हारा मनोरंजन ही नहीं करना चाहती थी—हालाँकि यह स्वीकार कर लेने में मुझे कोई संकोच नहीं कि कहानीकार एक ऊँचे दर्जे का मनोरंजनकार भी होता है—बल्कि तुमसे यह आश्वासन भी चाहती थी कि तुम्हारी मित्रता कभी मेरे लिए अभिशाप नहीं बनेगी।"

कलिंगसेना ने अपनी नई और सौम्य सखी से सावेश लिपटकर उसे मौन

किन्तु मुखर आश्वासन दे दिया और कहा, "सखि, ये राजपुत्र प्रायः पिशाच ही होते हैं, इन्हें वश में रखने के लिए स्त्री को कभी कभी काफी अशोभनीय चालें भी चलनी पड़ती हैं। इसी आशय की एक कहानी मैं तुम्हें सुनाना चाहती हूँ, सुनोगी ?" सोमप्रभा पुलकित हो बोली, "सुनाओ ना, सुनूँगी क्यों नहीं ?" और फिर उसने कलिंगसेना के दोनों हाथ अपने हाथों में बाँध आँखें ऐसे मूँद लीं जैसे कोई कहानी नहीं, रागिनी सुनने जा रही हो।

कलिंगसेना ने सखीस्पर्शसुखविभोर हो कहानी शुरू कर दी।

कलिंगसेना की कहानी

"एक ज़माने का ज़िक्र है कि यज्ञस्थल नाम का एक गाँव हुआ करता था। उसमें एक बेचारा सा ब्राह्मण रहा करता था। एक बार क्या हुआ कि वह ब्राह्मण लकड़ियाँ बटोरने के लिए जंगल में गया। ग़रीब ब्राह्मण ही नहीं, सभी ग़रीब लोग अभी तक लकड़ियाँ बटोरने के लिए जंगल में जाते हैं और सदियों तक जाते रहेंगे, ऐसा मेरा अनुमान है।

खैर ! जंगल में पहुँचकर उस ब्राह्मण ने एक गिरे हुए पेड़ के तने पर अपना कुल्हाड़ा चलाना शुरू कर दिया। उसकी किसी लापरवाही से या वैसे ही फाड़ी जाती हुई लकड़ी का एक तेज़ टुकड़ा उसकी जाँघ में जा घुसा। कुल्हाड़ा ब्राह्मण के हाथ से छूट गया। जाँघ में घुसा हुआ वह तेज़ टुकड़ा किसी भाले की नोक से कम कष्टकर नहीं था। बेचारा ब्राह्मण और बेचारा हो विलाप करने लगा। लकड़ी के उस तेज़ टुकड़े को जब उसने जैसे तैसे बाहर खींचा तो खून की धाराएँ उसकी जाँघ से फूट निकलीं, जिन्हें देखते ही वह बेहोश हो गया। संयोगवश उसके गाँव का ही एक हट्टा कट्टा आदमी उधर से गुज़र रहा था। वह उसे उठाकर उसके घर छोड़ आया।

उसकी पत्नी उसकी दशा देख घबराई तो बहुत, मन ही मन उसने अपनी क़िस्मत को भी बहुत कोसा, लेकिन एक कुशल पत्नी की तरह उसने उसी वक़्त उसके घाव को साफ़ पानी से धो डाला और उसकी जाँघ पर साफ़ पट्टी बाँधने के बाद पहले उसके मुँह पर पानी के छींटे मारे, फिर उसे गर्म गर्म दूध पिलाया, और फिर बोली—'तुम इतने लापरवाह क्यों हो, सभी लोग लकड़ियाँ लेने जंगल में हर रोज़ जाते हैं, और तो कोई इस तरह घायल होकर नहीं लौटता, मेरी ही किस्मत में तुम जैसा बुद्धू ब्राह्मण क्यों लिखा था !'

ब्राह्मण जानता था कि यह उसकी ब्राह्मणी का गुस्सा ही नहीं, प्यार भी बोल

रहा था, इसलिए वह उसके उलाहने और कटुबोल चुपचाप सुनता रहा और गर्म गर्म दूध पीता रहा। साथ ही साथ यह सोचकर परेशान भी होता रहा कि अगर वह जल्द ही ठीक न हुआ तो उसका घर कैसे चलेगा, ब्राह्मणी दूध वग़ैरह कहाँ से लाएगी, उसकी फाड़ी हुई लकड़ियाँ जंगल से कौन उठाकर लाएगा ? उधर उसकी ब्राह्मणी बेचारी ने उसके इलाज में कोई कसर नहीं छोड़ी थी, फिर भी वह घाव दिन ब दिन और घिनावना होता जा रहा था। और फिर एक दिन उन दोनों ने देखा कि वह घाव नासूर में बदल गया था।

ब्राह्मण बेचारे ने तो मान लिया कि अब उसका बचना मुश्किल है लेकिन उसकी पत्नी उसकी ढाँढस बँधाए रखने में जुटी रही। ब्राह्मण के नासूर की खबर सारे गाँव में फैल चुकी थी। कुछ लोग तो घर बैठे ही उस पर तरस खाते रहते लेकिन कुछ ऐसे भी थे जो उसके घर जाकर उसे और उसकी पत्नी को हौसला देते, कहते—'भगवान पर भरोसा रखो, सब ठीक हो जाएगा।' एक ब्राह्मण ने एक दिन उसकी पत्नी से कहा कि वह एकान्त में उसके पति से बात करना चाहता है। पत्नी को कुछ बुरा तो लगा लेकिन उसने कुछ कहा नहीं, चुपचाप अन्दर चली गई। तब उस ब्राह्मण ने अपने नासूर पीड़ित ब्राह्मण दोस्त से कहा—'देखो, यज्ञदत्त को तो तुम जानते ही हो, कितना बुरा हाल हुआ करता था उसका, फूटी कौड़ी भी नहीं होती थी उसके पास, और अब उसके पास सब कुछ है, लेकिन तुम शायद यह नहीं जानते कि यह सब कुछ उसके पास आया कैसे, तो ध्यान से सुनो मेरी बात, यज्ञदत्त ने पिशाच की साधना से ही सब कुछ पा लिया है, और उसने वह साधना मुझे बता दी है, और मैं तुम्हें बताने के लिए तैयार हूँ, इस नासूर का इलाज़ वह पिशाच ही कर सकता है, तुम वह साधना मुझसे सीख लो।'

ब्राह्मण कुछ क्षण तो पसोपेश में पड़ा रहा, फिर बोला—'सिखाओ, अपनी जान बचाने के लिए मैं उस पिशाच साधना के लिए भी तैयार हूँ, हालाँकि ब्राह्मण को क़ायदे से ऐसी साधना करनी नहीं चाहिए।'

ब्राह्मण के मित्र ने अपने मित्र की बात को अनसुना करते हुए कहा—'पहले तो इस मन्त्र को कंठस्थ कर लो, ब्राह्मण हो, आसानी से कर लोगे, फिर रात के पिछले पहर उठना, अपने केशों को खोल देना, अपने सब कपड़े उतार देना, स्नान नहीं करना, दो मुट्ठी चावल हाथों में लेकर मन्त्र का जाप करते हुए चौराहे तक जाना, दो मुट्ठी चावल वहाँ रख देना, मन्त्र जपना बन्द कर देना, और फिर वहाँ से घर लौट आना, एक बात का खास ख़्याल रखना कि लौटते समय मुड़कर पीछे नहीं देखना, और जब तक पिशाच प्रकट होकर तुमसे यह कहे नहीं कि वह तुम्हारा घाव भर देगा, तब तक एकदम मौन रहना होगा, अगर ग़लती से

भी कोई शब्द तुम्हारे मुँह से निकल गया तो साधना विफल हो जाएगी।'

नासूर पीड़ित ब्राह्मण ने उसी रात वह सब किया जो उसके मित्र ने करने के लिए कहा था। पिशाच प्रकट हुआ, उसने ब्राह्मण को वचन दिया कि वह उसका घाव भर देगा। तब ब्राह्मण ने उसका अभिनन्दन किया। पिशाच उसी क्षण हिमालय की ओर उड़ गया। वहाँ से वह जो औषधि लाया उससे ब्राह्मण का वह रोग तो कुछ ही क्षणों में दूर हो गया लेकिन अब वह पिशाच एक रोग में बदल गया—उसने ब्राह्मण से आग्रह करना शुरू कर दिया—'मुझे और घाव चाहिए, जब तक मुझे और घाव नहीं दोगे भरने के लिए, मैं तुम्हारी जान नहीं छोड़ूँगा, तुम्हें मार डालूँगा या कोई और अनर्थ कर डालूँगा, मैं पिशाच हूँ, साधारण वैद वग़ैरह नहीं, मुझे अब नित नया घाव चाहिए...।'

ब्राह्मण भी परेशान, उसकी पत्नी भी। ब्राह्मण ने पिशाच से कुछ मोहलत माँगी तो वह बोला—'मैं कल रात आऊँगा, तब तक मेरे लिए नया घाव तैयार रखना, फिर मैं हर रात आया करूँगा, नए घाव के लिए।' यह कहकर वह तो चला गया, ब्राह्मणी ने अपने पति को कोसना शुरू कर दिया, और मानो अपने उस मूर्ख मित्र की बात, कोई बुद्धिमान ब्राह्मण कभी पिशाच साधना नहीं करता, एक नासूर का इलाज करवा लिया और अब सारी उम्र उस पिशाच के लिए कहाँ से लाओगे नासूर !

ब्राह्मण बेचारा चुप और चिन्तित। तभी उस ब्राह्मण की विधवा कन्या जो बहुत मेधावी और चालाक थी, बोल उठी (अभी तक वह चुपचाप अपने माता पिता का सन्ताप देख सुन रही थी)—'पिताजी, आप चिन्ता न करें, उस पिशाच से मैं निबट लूँगी, आप उसको जाकर कह दो कि मेरी कन्या भी नासूर से पीड़ित है, पहले उसे भरो, फिर तुम्हें नित नया नासूर मिलता रहेगा।'

"सखि सोमप्रभा, आगे कहानी में कुछ अनिवार्य अश्लीलता है, नहीं, मेरी नज़र में तो वह अश्लीलता नहीं, क्योंकि मैं समझती हूँ कोई शब्द या अंग अपने में अश्लील नहीं होता, अश्लीलता वास्तव में कुछ व्यक्तियों के अपने मनों में होती है जिसे वे कहानी सुनानेवाले या वाली पर थोपकर समझ लेते हैं कि वे स्वयं तो बहुत पवित्र हैं, दूसरे सब अपवित्र और अश्लील हैं, फिर भी संस्कारवश कुछ लज्जा आ रही है, अगर तुम कहो तो आगे बढ़ूँ नहीं तो यहीं रुक जाऊँ ?"

सोमप्रभा ने कलिंगसेना के हाथों को प्यार से दबाया और पुचकारकर कहा, "सखि, मैं तुमसे सहमत हूँ, तुम निस्संकोच आगे बढ़ो, मैं अधीर हो रही हूँ, मुझे विश्वास है कि तुम्हारे मुख से जो शब्द निकलेगा, श्लील ही होगा, और वैसे भी मैं समझती हूँ कि किसी भी कलाकृति में अश्लील कुछ नहीं होता, और तुम्हारी

यह कहानी एक प्रकार की कलाकृति है, इसमें मुझे कोई सन्देह नहीं, तुम आगे बढ़ो।'' सोमप्रभा की बात सुन कलिंगसेना आगे बढ़ी।

''हाँ, तो हुआ यह कि ब्राह्मण ने पिशाच से वह सब कह दिया जो उसकी विधवा कन्या ने उसे कहने के लिए कहा था।

जब रात हुई तो पिशाच अपनी औषधि लेकर ब्राह्मण के घर पहुँच गया। कन्या उसकी प्रतीक्षा में नंगे फ़र्श पर लेटी हुई थी। अपने माता पिता को उसने कह दिया था कि वह उस पिशाच से एकान्त में ही मिलेगी, सो वे दोनों कहीं और जा लेटे थे। पिशाच ने पूछा–'घाव दिखाओ,' कन्या ने अपना वस्त्र उठाकर उसे अपना गुप्तांग दिखाया और कहा–'यह है मेरा नासूर, इसे भर दो।'

पिशाच ने कन्या के गुप्तांग पर अपनी औषधि का लेप करना शुरू कर दिया और कन्या ने उसकी मूर्खता पर हँसना। काफ़ी देर तक पिशाच लेप करता रहा और कन्या हँसती रही, लेकिन वह घाव भरा नहीं, भरता भी कैसे, इसी बात को लेकर तो वह कन्या हँस रही थी।

अब वह पिशाच हर रात उस ब्राह्मण के घर जाता और ब्राह्मण कन्या के गुप्तांग पर अपनी हिमांचली औषधि का लेप लगाता रहता और जब घाव न भरता तो झुँझलाकर कहता, 'कल और औषधि लाऊँगा,' और वह कन्या हँसी से लोटपोट होती रहतीं। ब्राह्मण और ब्राह्मणी हैरान होते रहते कि उनकी विधवा कन्या जो अक्सर उदास रहा करती थी, यकायक इतनी हँसोड़ कैसे हो गई !

कुछ रातों की लगातार विफलता के बाद एक रात उस पिशाच ने उस कन्या की दोनों टाँगें अपने कन्धों पर रख उसके घाव को ग़ौर से देखना चाहा तो उसे उसका दूसरा नासूर (मल द्वार) भी दिखाई दे गया। उसे देख पिशाच सकते में आ गया, सोचने लगा, 'अभी एक घाव भरा नहीं कि दूसरा नमूदार हो गया, किसी ने ठीक ही कहा है कि छिद्रान्वेषण हर पिशाच के बूते की बात नहीं, और वैसे भी वह मार्ग जिसमें से होकर लोग संसार में आते हैं उसको भला कौन सा पिशाच बन्द कर सकता था।' ऐसा सोचते ही वह पिशाच पिलपिला पड़ गया, उसका अपराधबोध प्रबल हो उठा, और पकड़े जाने के भय से घबराकर वह वहाँ से ग़ायब हो गया।

इस तरह उस चतुर ब्राह्मण कन्या ने अपने भोले पिता को उस भोले पिशाच के चंगुल से आज़ाद करवा लिया।

सखि, तुमने तो अपनी कहानी का केन्द्रीय सन्देश मुझे साफ़ साफ़ बता दिया था, लेकिन मुझे अपनी कहानी का केन्द्रीय सन्देश बताने में कठिनाई हो रही है, वैसे यह कहानी सुनाने के पीछे मेरा अपना अभिप्राय यही था कि मैं तुम्हारी बात

की पुष्टि करते हुए इतना और जोड़ दूँ कि पिशाचरूपी राजपुत्रों को चतुराई से ठगा जा सकता है।"

सोमप्रभा अपनी सखी की बात सुन मुस्कुराई, काफ़ी देर मुस्कुराती रही, और फिर बोली, "तुम्हारी कहानी में एक नहीं, अनेक सन्देश हैं, जो सब मेरी समझ में आ गए हैं, बताने की ज़रूरत नहीं, वैसे भी यह ज़रूरी नहीं कि हर कहानी में कोई एक केन्द्रीय सन्देश हो और उसे साफ़ साफ़ बताया जा सके, बल्कि मैं तो यहाँ यह कहूँगी कि बहुत सी अच्छी *कथासरित्सागरीय* कहानियों में कोई सन्देश नहीं होता या अगर होता है तो इतना सूक्ष्म होता है कि न होने के बराबर नज़र आता है।"

इस पर कलिंगसेना इतनी प्रसन्न हुई कि उसने अपनी सखी को चूम लिया।

तब सोमप्रभा ने कहा, "सखि, मेरा घर यहाँ से बहुत दूर है, सूर्यास्त हो रहा है, अब मैं चलती हूँ, फिर आऊँगी।"

उसके चले जाने के बाद कलिंगसेना काफ़ी देर तक उसी के बारे में सोचती रही, सोचती रही और सिहरती रही, और फिर सिहरते सिहरते सो गई।

लेखकीय नोट

इस सिलसिले को आगे बढ़ाने से पहले कुछ देर के लिए यहीं रुककर कुछ बातों और बारीकियों पर विचार कर लेना अनुचित नहीं होगा, आवश्यक भले ही न हो।

पहली बात तो यही कि इस सिलसिले की अन्य कहानियों की तरह इस कहानी में भी कथासरित्सागर में उपलब्ध इसके मूल पाठ में कई प्रकार के परिवर्तन किए गए हैं, उसके साथ कई क़िस्म के खेल खेले गए हैं, उस पाठ की अन्तर्निहित सम्भावनाओं को कहीं उजागर किया गया है तो कहीं उन्हें नज़रअन्दाज़ भी कर दिया गया है। यह छेड़छाड़ इस सिलसिले का मूलाधार है। इसकी परख और प्रताड़ना का काम शोधार्थी और समीक्षक करते रहेंगे, लेखक उन्हें रोक नहीं सकता, न ही उनकी कोई सहायता करना चाहता है।

दूसरी बात यह कि कलिंगसेना और सोमप्रभा की मित्रता को यदि लेखक ने विचित्र का विशेषण दिया है तो मूल पाठ में दिए गए संकेतों के आधार पर ही दिया है। उन संकेतों की सूची देकर सूचीक्षकों (हमारे सन्दर्भ में समीक्षकों का दूसरा और असली नाम) का काम आसान कर देने में लेखक की कोई दिलचस्पी नहीं।

तीसरी बात—इसे बारीक़ी भी कहा जा सकता है—यह कि सोमप्रभा और कलिंगसेना की कहानियों के साम्य उल्लेखनीय हैं। दोनों कहानियों में तथाकथित अश्लीलता के तत्त्व मौजूद हैं। सोमप्रभा कलिंगसेना की अपेक्षा अधिक अनुभवी है, इसलिए जब वह उस वैश्यपुत्र को अपने राजकुमार मित्र और उसकी वधू के पलंग के नीचे छिपा हुआ दिखाती है तो उसे संकोच और लज्जा का एहसास नहीं होता, जबकि कलिंगसेना जब अपनी कहानी में उस मुक़ाम पर पहुँचती है जहाँ उसे उस ब्राह्मण की विधवा की चतुराई का वर्णन करना और कुछ अंगों का नाम लेना पड़ता है तो वह सोमप्रभा से मुआफ़ी सी माँगती हुई दिखाई गई है। यह भिन्नता उनके चरित्रों की भिन्नता के कारण है और उनके संस्कारों की भिन्नता के कारण भी। यह लिख जाने के बाद लेखक पछता रहा है कि उसने इतनी प्रत्यक्ष सी बात पर इतना बल क्यों दिया। उसे मुआफ़ कर दिया जाए।

कलिंगसेना की कहानी में जिस चतुर ब्राह्मण विधवा की केन्द्रीय भूमिका है उसे भी कोई नाम नहीं दिया गया और सोमप्रभा की कहानी में केन्द्रीय भूमिका निभानेवाले वैश्यपुत्र को भी। मूल पाठ में भी नहीं और लेखक के रूपान्तर में भी नहीं। पूछा जा सकता है, क्यों ? लेखक के पास इसका कोई माकूल जवाब नहीं, नामाकूल जवाबों को वह अपने पास ही पड़े रहने देना चाहता है। विधवा कन्या के चतुर दुःसाहस पर लेखक तो विस्मित है ही, सम्भवतः पाठक भी होगा।

पिशाच की मूर्खता लाजवाब है। वह पिशाच कम और मूर्ख अधिक नज़र आता है।

सवाल उठाया जा सकता है कि कलिंगसेना जैसी कोमल राजकुमारी ने यह घाव कथा सुनी कहाँ से ? लेखक के पास इस सवाल का भी कोई माकूल जवाब नहीं।

बातें और बारीकियाँ और भी हैं लेकिन फ़िलहाल इतनी ही।

कहानी और आगे बढ़ती है

कलिंगसेना और सोमप्रभा की पहली मुलाकात के दौरान उन दोनों के बीच दो कहानियों का आदान प्रदान हुआ, अटूट स्नेह और मित्रता के आश्वासनों का आदान प्रदान भी हुआ, लेकिन कलिंगसेना ने अपनी उस असाधारण सखी से उसका नाम तक नहीं पूछा था। इस चूक से अनुमान लगाया जा सकता है कि

वह सोमप्रभा से कितनी अभिभूत हो गई थी। सो दूसरे दिन जब सोमप्रभा उसका मन बहलाने के लिए लकड़ी की पुतलियों से भरी हुई एक डोलची लेकर कलिंगसेना के राजमहल पहुँची तो कलिंगसेना उसे देखते ही उछल पड़ी। पहले उसने सोमप्रभा को ख़ूब प्यार किया, फिर उसे बताया कि उसके बग़ैर उसकी पिछली रात उसे अन्तहीन महसूस होती रही, और फिर वह बोली, "पहली ही नज़र में हम एक दूसरी पर मोहित तो हो गईं लेकिन, सखि, मैं तुम्हारे बारे में जानती कुछ भी नहीं, और तो और मैं यह भी नहीं जानती कि तुम्हारा जन्म किस देवजाति में हुआ, तुम्हारा नाम क्या है, तुम रहती कहाँ हो, कुँवारी हो या विवाहिता हो, अगर विवाहिता हो तो तुम्हारा पति कौन है, वह तुम्हारे साथ क्यों नहीं, वह...।"

सोमप्रभा यह सब सुन मुस्कुरा रही थी, जैसे उसे अपनी सखी के सहज सवाल बहुत भले और भोले लग रहे हों। अब उसने कलिंगसेना के मुँह पर हाथ रखते हुए कहा, "अब तुम चुप हो जाओ, मैं अपने बारे में सब कुछ तुम्हें बताती हूँ।"

बताना सोमप्रभा का अपने बारे में

"पता नहीं तुम उसके नाम से परिचित हो या नहीं, लेकिन तीनों लोकों में सुप्रसिद्ध मय नाम का एक असुर है। बहुत बरस हुए उसने अपनी आसुरी प्रवृत्तियों को त्याग भगवान विष्णु की आराधना की और उनसे अभयदान प्राप्त कर लिया। फिर उसने इन्द्र के लिए सुधर्मा सभा का निर्माण किया। उसके साथी दैत्यों ने देखा कि वह देवताओं से जा मिला है, इसलिए वे उसकी नीयत पर सन्देह करने लगे और उससे नाराज़ हो गए। उस मय नाम के असुर की दो कन्याएँ हैं। बड़ी का नाम स्वयंप्रभा है और वह मेरी बड़ी बहन है। वह घर में ही रहती है। मेरा नाम सोमप्रभा है और मैं इधर उधर उड़ती रहती हूँ, जैसाकि तुम देख ही चुकी हो। वैसे मेरा विवाह कुबेर के पुत्र से हो चुका है। मेरा पति मुझे किसी भी काम से रोकता टोकता नहीं। मेरे पिता ने बचपन में ही मुझे बेशुमार मायामन्त्र सिखा दिए थे। यह डोलची उन्हीं मायामन्त्रों से बनाए गए जादुई खिलौनों से भरी हुई है और यह मैं तुम्हारे लिए ही लाई हूँ, तुम्हारे मनोरंजन के लिए, क्योंकि मुझे लगता है कि तुम दिन भर यहाँ बैठी बैठी ऊब जाती होगी, है ना ?"

कलिंगसेना ने उस डोलची की पुतलियों के साथ खेलना और उन्हें खिलाना शुरू कर दिया और साथ ही साथ यह सोचना भी कि एक असुर की पुत्री भी इतनी प्यारी हो सकती है, मैंने कभी कल्पना भी नहीं की थी।

इस तरह कुछ समय कलिंगसेना के संग बिता लेने के बाद सोमप्रभा अपने पति की सेवा करने के लिए अपने घर चली गई।

उधर कलिंगसेना उन जादुई पुतलियों में इतना मस्त हो गई कि खाना पीना भी भूल गई।

लेकिन यह प्रसंग अधिक रोचक नहीं, इसलिए इसे यहीं छोड़ हम आगे बढ़ते हैं, दूसरे शब्दों में कहानी को आगे बढ़ने देते हैं।

कहानी और आगे बढ़ती है

तो हुआ यह कि कलिंगसेना और सोमप्रभा का आपसी मेलजोल बढ़ता चला गया, उनकी मित्रता घनिष्ठ होती चली गई। कलिंगसेना ने सोमप्रभा को अपने माता पिता से मिलाया, सोमप्रभा ने कलिंगसेना को अपनी बहन स्वयंप्रभा से मिलाया, और इस प्रकार कुछ दिनों के बाद एक दिन सोमप्रभा ने कलिंगसेना से कहा—"मेरी और तुम्हारी मित्रता तुम्हारे विवाह तक ही है, उसके बाद जब तुम अपने पति के पास रहने लगोगी तो मेरा इस तरह तुम्हारे पास आना जाना बन्द हो जाएगा, क्योंकि सखी के पति से मिलने में कई खतरे हैं, और वैसे भी विवाह के बाद अक्सर पत्नी के लिए सास की समस्या भी शुरू हो जाती है—सास अपनी बहू के मांस को उसी तरह खा जाती है, जिस तरह भेड़िया भेड़ के मांस को, लेकिन घबराओ नहीं, सासों से निबटने के भी कई उपाय हैं, इस सम्बन्ध में मैं तुम्हें एक कहानी सुनाती हूँ।"

यहाँ कुछ क्षण रुककर यह सोचना आवश्यक लगता है कि सोमप्रभा ने कलिंगसेना को अपनी बड़ी बहन से तो मिलवाया, लेकिन अपने पति से नहीं। तो क्या वह पुराने ख्यालों की और शंकालु स्वभाव की थी ? क्या विवाह के बाद पत्नी को अपनी सखियों को अपने पति से और पति को अपने मित्रों को अपनी पत्नी से दूर रखना चाहिए या उनके मेलमिलाप पर कड़ी निगाह रखनी चाहिए, उसे शक की नज़र से देखना चाहिए ? सोमप्रभा ने इस शक का बीज अपनी सखी के मन में क्यों डाल दिया ? और अचानक उसने सास की तुलना भेड़िए से और बहू की भेड़ से क्यों कर दी ? क्या वह कलिंगसेना को विवाह से विमुख कर देना चाहती थी ? क्या वह उसे विवाह सम्बन्धी समस्याओं के प्रति सजग कर देना चाहती थी ? या शायद वह कहानियाँ सुनाने की लत से विवश होकर ही

कलिंगसेना को भाँति भाँति की कहानियाँ सुनाती रहती थी ? जो हो इतना तो कथासरित्सागर के सभी पाठक जानते ही हैं कि कलिंगसेना के विवाह से पहले सोमप्रभा ने उसे कई विलक्षण कहानियाँ सुनाई थीं। ख़ैर !

कीर्तिसेना की कहानी सोमप्रभा की जुबानी

''बहुत पहले की बात है कि पाटलिपुत्र में धनपालित नाम का एक सौदागर रहा करता था। अपने नाम के अनुसार वह सिर से पाँव तक धन में डूबा हुआ था, इसीलिए कुछ लोग उसे धनलिप्त भी कहा करते थे। उसकी एक कन्या थी, जिसका नाम कीर्तिसेना था और जो उस बनिए को अपने धन से भी अधिक प्यारी थी। जब वह जवान हुई तो उसके पिता ने उसका विवाह मगध के एक धनवान वैश्य देवसेन से कर दिया। देवसेन स्वयं तो एक भला आदमी था, भले ही धनार्जन के काम में वह दूसरे सौदागरों से भिन्न नहीं था, लेकिन उसकी माता काफ़ी बुरी औरत थी। अपने पति की मौत के बाद वही घर की असली मालकिन बनी हुई थी। यह बात तो खैर ठीक ही थी लेकिन ग़लत बात यह थी कि अपने बेटे के विवाह के बाद उसने अपनी बहू से जलना शुरू कर दिया था, मानो वह उसकी बहू न होकर उसकी सौत हो। कुछ माँओं को पता नहीं क्या हो जाता है कि अपने पति की मृत्यु के बाद वह अपने पुत्र से इस तरह चिपक जाती हैं जैसे वह उनका पुत्र भी हो, पति भी। मैं एक बात कह रही हूँ, इसे तुम अन्यथा मत लेना, इसका मर्म पकड़ने की कोशिश करना। हाँ, तो हुआ यह कि देवसेन की माँ ने जब देखा कि उसका पुत्र अपनी पत्नी कीर्तिसेना पर फ़िदा है तो उसने कीर्तिसेना से बुरी तरह जलना शुरू कर दिया और वह उसे तरह तरह की यातनाएँ देने लगी। बेचारी कीर्तिसेना चुपचाप अपनी सास के अत्याचार सहन करती रहती, अपने पति से कोई शिकायत न करती, क्योंकि वह जानती थी कि अगर सास बुरी हो तो बहू का भला इसी में है कि वह चुप रह कर किसी अनुकूल अवसर की प्रतीक्षा करे, घबराए नहीं, वरना वह अपने पति के प्रेम को भी खो बैठती है।

लेकिन एक दिन जब देवसेन ने कीर्तिसेना को बताया कि वह अपने व्यापार के सिलसिले में बल्लभी जा रहा है तो कीर्तिसेना के धैर्य का बाँध टूट गया, उसकी आँखें छलक पड़ीं और उसने अपने पति से कहा—'इतने दिनों से मैं तुम्हारी माता के कटुवचन और कुव्यवहार को चुपचाप बर्दाश्त करती आ रही हूँ, इस आशा से कि किसी दिन तुम स्वयं ही सब कुछ जान समझकर कोई ऐसा क़दम उठाओगे जिससे स्थिति में सुधार हो सके, लेकिन अब तुम लम्बी यात्रा पर जा रहे हो,

इसलिए मैं चुप नहीं रह सकती, तुम्हारी उपस्थिति में मेरी इतनी दुर्गत होती है तो तुम्हारे न होने पर मेरा क्या होगा !'

देवसेन को अपनी पत्नी की दुर्दशा का आभास पहले से ही था, यह अलग बात है कि वह अपनी माँ के डर से चुप मारे रहता था और हर कमज़ोर आदमी की तरह सोचा करता था कि स्थिति अपने आप सुधर जाएगी। अब भी वह यही नीति अपनाता लेकिन कीर्तिसेना को इतना आर्त देख वह चुप न रह सका। हिम्मत बाँधकर अपनी माँ के पास गया और बोला—'माता, कीर्तिसेना को मैं तुम्हारे सहारे यहाँ छोड़ जा रहा हूँ, बेचारी तुमसे बहुत सहमती है, उसे प्यार से रखना, लड़की बुरी नहीं, अच्छे घर की है, अगर भूले से उससे कोई ग़लती हो भी जाए तो उसे क्षमा कर देना।'

अपने हिसाब से तो देवसेन ने बड़ी चतुराई से काम लिया था लेकिन उसकी माँ समझ गई थी कि बहू ने उसके बेटे के कान भर दिए थे। उसने उसी समय कीर्तिसेना को बुलवाया और बेटे से कहा—'बेटा, इससे पूछो कि इसे क्या शिकायत है, इससे साफ़ साफ़ कह दो कि माँ और बेटे के बीच फूट डालने से इसे कोई लाभ नहीं होगा, मैं भला अपने बेटे की बहू को क्यों कोई कष्ट होने दूँगी, मैं माँ हूँ, डायन तो नहीं !'

बेचारा देवसेन यह जानते हुए भी कि उसकी माँ नाटक कर रही थी, कुछ कहने की हिम्मत न जुटा पाया, बस ठगा सा अपनी पत्नी को देखता रह गया। उधर कीर्तिसेना भी समझ गई कि उसका पति प्यारा तो बहुत है लेकिन माँ के सामने वह ठनठन गोपाल ही बना रह जाता है, इसलिए वह भी कुछ और कह न पाई।

देवसेन के जाने के दूसरे दिन ही उसकी माँ ने उसकी विरह पीड़ित पत्नी को हर प्रकार का कष्ट देना शुरू कर दिया। धीरे धीरे उसने उसकी सेविकाओं को चलता किया। और फिर एक दिन अपनी एक पुरानी दासी के साथ मिलकर उसने कीर्तिसेना के सारे कपड़े ज़बरदस्ती उतारकर उसे हाथों और लातों से बुरी तरह पीट कूटकर घर के एक तहखाने में डाल बाहर से ताला लगा दिया। सुबह शाम दो सूखी रोटियों और दो घूँट गन्दे पानी के अलावा उस बेचारी को कुछ न दिया जाता।

अब कीर्तिसेना की वह पापिन सास उस दिन की प्रतीक्षा करने लगी जब कीर्तिसेना उस तहखाने में पड़ी पड़ी मर जाएगी और वह अपने बेटे देवसेन के लौटने पर उससे कह देगी कि उसकी कुलच्छनी पत्नी उसके पीछे अपने किसी प्रेमी के साथ कहीं भाग गई थी।

उधर तहखाने में पड़ी कीर्तिसेना अपनी क़िस्मत को कोसती रहती और सोचती रहती कि लोग इसीलिए कन्या के जन्म पर दुखी होते हैं क्योंकि कन्या का जीवन एक जंजाल से कम नहीं होता, वह बेचारी सास और ननद के अत्याचारों का शिकार हो जाती है या विधवा हो जाती है। एक दिन वह इन्हीं काले नीले ख़यालों की खाक छान रही थी कि उसे उस तहख़ाने में एक कोने में एक खुरपी दिखाई दे गई और उसे लगा जैसे उसके सामने एक विकल्प खिल उठा हो।

कीर्तिसेना ने उस खुरपी से एक सुरंग खोदने का संकल्प किया। सखि, तुम्हें मानना पड़ेगा कि उस कीर्तिसेना की संकल्पशक्ति असाधारण थी, नहीं तो जिस शारीरिक और मानसिक अवस्था में वह उस समय थी, उसमें कोई और होती तो उसने हिम्मत हारकर अपनी पराजय स्वीकार कर ली होती और शायद उसी खुरपे से अपना काम तमाम कर लिया होता। लेकिन वस्त्रहीन और लगभग भूखी और दुर्बल कीर्तिसेना अपने आत्मबल के बूते पर उस कठिन काम में जुटी रही। यह कहना भी मुश्किल है कि उसे विश्वास था कि वह सुरंग उसकी स्वतन्त्रता का माध्यम बन जाएगी। इसलिए जब वह सुरंग खोदती खोदती अपने शयनकक्ष में जा पहुँची तो उसकी हैरानी और खुशी की हद न रही। उसने जल्दी जल्दी कपड़े पहने, कुछ कपड़े और गहने साथ ले जाने के लिए बाँध लिए, और फिर किसी तरह छिपती लुकती हुई उस हवेली और उस शहर से बाहर निकल गई।

अपने पिता के घर पनाह लेने का विचार उसके मन में उठा तो वह सोच में पड़ गई—मायके जाऊँगी तो उन लोगों को बहुत दुःख होगा, उन्हें विश्वास नहीं आएगा कि मेरी सास ने मुझे ऐसी ऐसी यातनाएँ दी हैं, उनकी बदनामी होगी, इसलिए मुझे पिता के घर जाने के बजाय अपने पति को ही तलाशना चाहिए, कि अच्छी पत्नी को असली पनाह अपने पति के चरणों में ही मिल सकती है।

सो, सखि, कीर्तिसेना ने एक तालाब में स्नान किया और अपने वस्त्रों को इस ढंग से पहन लिया कि अब एक सास पीड़ित बहू के बजाय वह एक सुव्यवस्थित और सुन्दर राजपुत्र दिखने लगी। कहना न होगा कि वस्त्र व्यक्ति का हुलिया ही नहीं उसका लिंग भी बदल सकते हैं।

तो अब कीर्तिसेना ने बाज़ार जाकर कुछ सोना बेच पर्याप्त नक़दी भी प्राप्त कर ली। वह रात उसने वहीं कहीं एक भले और भोले बनिए के घर में बिताई और उस बेचारे को रत्ती भर सन्देह भी नहीं हुआ कि उसका मेहमान असल में

एक मोहिनी महिला थी। भले और भोले लोग आवरणों के नीचे नहीं झाँकते।

दूसरे दिन कीर्तिसेना ने समुद्रसेन नामक एक सौदागर से दोस्ती कर ली क्योंकि वह बल्लभी यानि उसी शहर जा रहा था जहाँ उसका पति अपने कारोबार के सिलसिले में कुछ दिन पहले गया था। यात्रा के दौरान समुद्रसेन यही समझता रहा कि कीर्तिसेना कोई राजकुमार वग़ैरह होगा, इसलिए वह उससे आदरपूर्वक पेश आता रहा। महसूल बचाने के लिए समुद्रसेन ने बड़े मार्ग के बजाय छोटे मार्ग को ही अपनाया जो जंगलों में से होता हुआ बल्लभी पहुँचता था। लिहाज़ा कुछ दिन बाद समुद्रसेन का वह क़ाफ़िला एक घने जंगल के मुहाने पर ठहर गया। रात को जब सब लोग सो रहे थे तो एक शृगाली ने मृत्यु के हरकारे की तरह हाय हाय करना शुरू कर दिया। सौदागर समझ गए कि उन पर हमला होनेवाला है, इसलिए वे सब सशस्त्र हो इधर उधर फैल गए। अँधेरे में दुबकी बैठी कीर्तिसेना ने सोचा—'अगर मैं इन डाकुओं के हाथों यहाँ मारी गई तो मेरी सास मेरे पति से कह देगी कि मैं किसी मर्द के साथ भाग गई हूँ, और अगर किसी डाकू को किसी तरह पता चल गया कि मैं मर्द नहीं औरत हूँ तो वह मेरी इज़्ज़त लूटना शुरू कर देगा, इसलिए मुझे किसी भी तरह अपनी जान और इज़्ज़त को एक साथ बचाना है, भले ही मुझे अपने इस भले मित्र समुद्रसेन को धोखा ही क्यों न देना पड़े—एक भली औरत का धर्म यही है कि वह अपने स्त्रीत्व की रक्षा करे, फिर चाहे उसे उसके लिए अपने मित्र से विश्वासघात ही क्यों न करना पड़े।'

तो कीर्तिसेना ने चारों ओर छाए घोर अँधियारे को अपनी आँखों से टटोलकर पाया कि पास ही पड़े एक पेड़ के तने के खोखल में वह छिप सकती है। सो वह चुपके से उसमें छिप गई और अपने पति से पुनर्मिलन की आशा से बल बटोरने लगी।

अब हुआ यह कि आधी रात के वक़्त डाकुओं के गिरोह ने सौदागर और उसके साथियों को घेर लिया। उसके बाद जंगल में कुहराम मच गया और काफ़ी ख़ूनख़राबे के बाद विजय डाकुओं की ही हुई—समुद्रसेन और उसके सेवक साथी सब मारे गए। कीर्तिसेना पेड़ के खोखल में सब कुछ अगर देखती नहीं तो सुनती ज़रूर रही थी। हो सकता है वह मन ही मन कहती रही हो, काश कि मैं भी मर्द होती तो इस खोखल में छिपी बैठी न होकर उन डाकुओं से लड़भिड़ रही होती। दूसरे दिन जब वह खोखल से बाहर आई तो एक शेर बबर उस पर झपटने को हुआ लेकिन उस पतिव्रता नारी का नूर देख वह बर्बर जानवर भी मोम हो गया, अर्थात् मुँह मोड़ दूसरी तरफ़ चल दिया। फिर पता नहीं कहाँ से और कैसे एक

तपस्वी वहाँ प्रकट हो गया, और उसने कीर्तिसेना की सहायता याचना सुन उसे सही रास्ते पर डाला और फिर ग़ायब हो गया।

दिनभर चलते रहने के बाद शाम होते होते कीर्तिसेना थक गई। उसे फिर एक पेड़ का खोखल दिखाई दिया और वह उसमें छिप बैठ गई। अँधेरा हो ही रहा था कि एक राक्षसी छोटे छोटे बच्चों को लिए उस पेड़ पर चढ़ गई। कुछ देर बाद उसके बच्चों ने रोना शुरू कर दिया–'माँ, हमें भूख लगी है, हमें कुछ खाने को दो।'

सखि, भूख बुरी बला है, कोई इसकी मार से बचा नहीं, बूढ़े और बच्चे, निर्धन और धनवान, इन्सान और हैवान, फ़रिश्ते और शैतान, सब भूख लगने पर लाचार तो हो जाते हैं लेकिन एक से नहीं, ग़रीब की भूख उस बेचारे के लिए एक भयंकर और जानलेवा संकट के समान होती है, जबकि अमीर की भूख उसे आनन्द का अवसर जुटाती है, उसे स्वादिष्ट और पौष्टिक भोजन खाने का सुयोग भी है। लेकिन, सखि, तुम्हें निर्धनों और राक्षसों की भूख का ज्ञान या अनुमान हो ही नहीं सकता, इसलिए मेरी इस बेतुकी बात पर ध्यान देकर अपना दिल मत दुखाओ।

हाँ, तो राक्षसी अपने बच्चों से बोली–'बच्चो, आज मैं मांस की तलाश में मरघट भी गई, लेकिन वहाँ डाकिनियों के सामने हाथ फैलाने पर भी मुझे कुछ नहीं मिला। फिर मैंने भैरव से प्रार्थना की। उसने मेरा नाम गोत्र सुनकर कहा, 'तुम खरदूषण वंश में से उत्पन्न हुई हो, अच्छे कुल की हो, इसलिए अगर तुम वसुदत्तपुर जाओ तो तुम्हें वसुदत्त नामक धार्मिक राजा का मांस खाने को मिलेगा, वह राजा आजकल एक भीषण रोग से पीड़ित है, अगर उसका इलाज न हुआ तो वह मर जाएगा, और तुम उसका मांस खाकर छह महीनों तक तृप्त रहोगी, लेकिन बच्चो, यह सब तो भविष्य की बातें हैं, और तुम्हें भूख इस समय सता रही है, और मैं सोच नहीं पा रही कि तुम्हें खाने को क्या दूँ।'

राक्षसी के बच्चे कुछ देर के लिए अपनी भूख को भूल अपनी माँ से यह ज़िद करने लगे कि वह उन्हें राजा के रोग और उस रोग के इलाज़ के बारे में कुछ बताए।

राक्षसी को अपने भूखे बच्चों की उत्सुकता अच्छी लगी। वह बोली–'बच्चो, हुआ यह था कि वह राजा एक दिन जब जंगल में सोया हुआ था तो एक कनखजूरी उसके कान में घुस गई और फिर वहाँ उसने असंख्य कनखजूरों को जन्म दिया, और अब वे सब राजा के सिर के भीतर कुर्बल कुर्बल कर रहे हैं, वैदों ने राजा के इलाज में कोई कसर नहीं उठा रखी, लेकिन असल में उन्हें असली

इलाज के बारे में कुछ मालूम नहीं, और जिस वैद को मालूम है वह हकीमी छोड़ बेकार का कथाकार बन बैठा है।

राक्षसी के बच्चों ने उसे वहीं रोककर पूछा–'माँ, तुम्हें भी तो उस रोग का इलाज मालूम होगा, ज़रा बताओ तो।'

राक्षसी खुश थी कि बच्चे बहल गए हैं, भूख को भूल गए हैं, सो उसने कहा–'हाँ, मुझे वह इलाज मालूम है, मैं तुम्हें बताती हूँ। पहले तो राजा के सिर को अच्छी तरह से धोया जाए, फिर उसे घी से तर कर दिया जाए, फिर उसे दोपहर के सूरज से सेंका जाए, फिर बाँस की एक बारीक सी नलकी राजा के एक कान में घुसेड़ दी जाए, और नलकी का दूसरा सिरा ठंडे पानी से भरे एक पतीले में डाल दिया जाए। कनखजूरे तपिश और पसीने से घबराकर नलकी के रास्ते से होते हुए उस पतीले में गिरने लगेंगे और जब सारे कनखजूरे निकल जाएँगे तो राजा कुछ ही दिनों में अच्छा हो जाएगा।'

कीर्तिसेना ने सब कुछ सुन और कंठस्थ कर लिया था। सखि, अब तुम बाक़ी की कहानी के बारे में आसानी से अनुमान लगा सकती हो, सुनाने की ज़रूरत नहीं। संक्षेप में यही कि राक्षसी और उसके बच्चे दूसरे दिन वहाँ से चल दिए तो कीर्तिसेना खोखल से बाहर निकल उस रोग पीड़ित राजा की तलाश में निकल पड़ी। उसने अपनी वेशभूषा नहीं बदली क्योंकि वह जानती थी कि अगर राजा को पता चल गया कि वह औरत है तो वह उसे गम्भीरता से नहीं लेगा, समझेगा वह उसका इलाज करने के बजाय या बहाने उससे कोई बेजा फ़ायदा उठाना चाहती है। राजा के पास पहुँच उसने उस राक्षसी से छिपकर सुनी हुई सारी उपचार विधि अपनाई, जिससे राजा धीरे धीरे स्वस्थ होता हुआ एक दिन पूरी तरह बहाल हो गया। राजा ने कीर्तिसेना का अभिनन्दन किया, अपना आधा राज्य उसे देना चाहा लेकिन कीर्तिसेना के मना करने पर राजा ने उसे कई गाँव, हाथी, घोड़े और अन्य बहुमूल्य उपहार दिए। महारानी और मन्त्रियों ने अपनी ओर से भी ढेरों उपहार उसे दिए।

कीर्तिसेना अभी भी मर्द की वेशभूषा में ही थी। उसने वे सारे उपहार उन्हीं के पास रहने दिए, यह कहकर कि वह अभी व्रत में है। और इस तरह वह पति मिलन की प्रतीक्षा में वहीं रहने लगी। कुछ दिन बाद उसने सुना कि सौदागरों का एक क़ाफ़िला बल्लभी से लौटता हुआ वहीं से गुज़र रहा है। वह भागती हुई क़ाफ़िले के पास पहुँची। दूर से ही उसने देवसेन को देखा और मोरनी की तरह झूमती हुई उसके पास पहुँच उसके चरणों में गिर पड़ी। देवसेन ने उसके मर्दाना लिबास के बावजूद उसे पहचान लिया। जब सारी बात राजा के कानों

तक पहुँची तो वह तत्काल मौक़े पर पहुँच गया। फिर कीर्तिसेना ने अपने पति और राजा को अपनी आपबीती सुना दी, जिसे सुन देवसेन को अपनी माँ पर क्रोध भी बहुत आया, लज्जा भी बहुत महसूस हुई। राजा तो ख़ैर कीर्तिसेना की चतुराई और पतिनिष्ठा से अभिभूत ही हो उठा। कीर्तिसेना ने राजा से कहा—'जो उपहार आप मुझे दे रहे थे, अब मेरे पति को दे दीजिए।' राजा ने तो उसे पहले ही अपनी धर्म बहन मान लिया था, इसलिए उसने उसकी बात फ़ौरन मान ली। और इस तरह कीर्तिसेना और देवसेन सुखपूर्वक उसी नगर में रहने लगे।

सखि, यह कहानी पता नहीं मैंने तुम्हें क्यों सुना दी, शायद तुम्हें खबरदार करने के लिए और यह आश्वासन देने के लिए कि मैं चाहती हूँ कि तुम्हारा विवाह ऐसे वंश में हो जहाँ तुम्हें किसी पापिन सास और दुष्टा ननद का शिकार न होना पड़े।"

कलिंगसेना भावविभोर हो अपनी सखी सोमप्रभा से लिपट गई तो सोमप्रभा मन ही मन सोचने लगी कि अब इसे कौन सी कहानी सुनाऊँ। पहले शायद कहा ही जा चुका है कि सोमप्रभा को कहानियाँ सुनाने की सुलत थी।

लेखकीय हस्तक्षेप

सोमप्रभा कहानी सुनाकर अन्त में जब बनावटी भोलेपन से कहती है कि पता नहीं उसने यह कहानी क्यों कलिंगसेना को सुना दी और फिर खुद ही दो कारण भी सुझा देती है तो शायद वह यही इशारा दे रही है कि एक तरह से वह अपनी कुँवारी और किसी क़द्र कच्ची सहेली को विवाह की कड़वी असलियतों के लिए तैयार कर रही है। लेकिन सवाल उठता है, क्यों, किस मक़सद से? क्या वह चाहती है कि कलिंगसेना विवाह न करे ? कहीं ऐसा तो नहीं कि उसकी असली मंशा यह हो कि उसकी कहानी सुनकर कलिंगसेना कह दे कि वह हमेशा हमेशा के लिए कुँवारी ही रहेगी? यहाँ यह याद रखना ज़रूरी है कि कहानी सुनाना आरम्भ करने से पहले सोमप्रभा कलिंगसेना से कहती है कि कलिंगसेना के विवाह के बाद उनकी मित्रता का अन्त हो जाएगा। कहा जा सकता है कि ऐसा कहकर भी वह अपनी सखी को विवाह के खिलाफ़ ही उकसा रही है। हो न हो, सोमप्रभा के अवचेतन में कहीं न कहीं यह कामना काम कर रही है कि कलिंगसेना विवाह न करे, या कम अज़ कम देर से करे, ताकि उन दोनों की दोस्ती में कोई बाधा न आए। पूछा जा सकता है कि सोमप्रभा ने स्वयं विवाह क्यों किया? इसका जवाब तो यही है कि अक्सर हम सब यही चाहते हैं कि जो ग़लतियाँ हमने कीं,

या हमसे हो गईं, दूसरे उनसे बचे रहें। इसीलिए तो देखा गया है कि हर कोई हर किसी को नसीहतें देता रहता है—यह करना, वह न करना, इधर जाना, उधर मत जाना, यह पीना, वह मत पीना और इन नसीहतों को देनेवाले अक्सर खुद इन पर अमल करने में नितान्त विफल हो चुके होते हैं। फ़ारसी में एक कहावत है—मेरा अनुमान है कि हर भाषा में होगी—मन न करदम, शुमा हज़र बिकुनेद, अर्थात् मैं तो बच नहीं सका, तुम बच जाना!

वैसे यह हस्तक्षेप ज़रूरी नहीं था। अक्सर कोई भी हस्तक्षेप इतना ज़रूरी नहीं होता कि उससे बचा न जा सके लेकिन अब चूँकि हो ही गया है तो एक नुक़्ता और उठा देना चाहिए : नारी विमर्श का नुक़्ता। हमारे बहुत से वाचाल आलोचक अक्सर यह सुझाते सुने जाते हैं कि इस या उस गम्भीर विषय पर गम्भीर विचार होना चाहिए। ऐसा कहते समय उनकी अति गम्भीर मुख मुद्रा देखने योग्य होती है। वे खुद तो किसी भी विषय पर गम्भीर विचार करने की ज़हमत नहीं उठाते लेकिन दूसरों को उकसाते रहते हैं। उन्हीं महानुभावों का अनुसरण करते हुए हम सुझा रहे हैं कि हमारे इन कथासरित्सागरीय विचलनों में व्याप्त नारी विमर्श के नुक़्ते पर गम्भीर विचार होना चाहिए। होगा नहीं, हम जानते हैं, लेकिन होना चाहिए। सोमप्रभा में ही नहीं, कथासरित्सागर की अनेक नारियों में कई ऐसे गुण दिखाई देते हैं जिनके आधार पर उन्हें नारीवादी नारियाँ सिद्ध किया जा सकता है। यह अलग विडम्बना है कि उन्हीं गुणों के आधार पर उन्हें नारी विरोधी नारियाँ भी सिद्ध किया जा सकता है। इस विडम्बना पर भी गम्भीर विचार होना चाहिए।

और आगे बढ़ना मित्रता और कहानी का

कहना ही होगा कि कीर्तिसेना की कहानी सोमप्रभा से सुन लेने के बाद कलिंगसेना अनायास ही अपने विवाह के बारे में सोचने लगी। जाने अनजाने सोमप्रभा ने अपनी सहेली को उकसा दिया था। सो एक दिन जब सोमप्रभा आकाशमार्ग से होती हुई अपनी सखी के पास पहुँची तो कलिंगसेना मानो भरी हुई बैठी थी, उसे देखते ही सावेश बोली—"एक भेद की बात तुम्हें बताना चाहती हूँ, किसी से कहना मत। मुझे पता चला है कि अनेक राजाओं के दूत मेरे विवाह का प्रस्ताव लेकर मेरे पिता के पास आ रहे हैं, लेकिन मेरे पिता ने अभी तक किसी प्रस्ताव को स्वीकार नहीं किया। हाँ, श्रावस्ती के राजा प्रसेनजित के दूत को पिता ने विशेष सत्कार दिया है, और मुझे लगता है कि मेरा विवाह प्रसेनजित से कर

दिया जाएगा, क्योंकि वह राजा बहुत कुलीन है और मेरी माता ने भी अपनी सहमति दे दी है।''

यह बात सुनते ही सोमप्रभा ने ज़ार ज़ार रोना शुरू कर दिया तो कलिंगसेना ने पूछा, ''सखि, मैं तो सोचती थी तुम मेरी बात सुन प्रसन्न हो जाओगी लेकिन तुम रो रही हो, बात क्या है ? क्या उस घर में तुम्हें सास या ननद को लेकर कोई आशंका है ?''

सोमप्रभा ने अपने आँसुओं को रोकते हुए कहा, ''बात यह है, सखि, कि प्रसेनजित को मैंने अपनी आँखों से देखा है, वे वयोवृद्ध न सही लेकिन वृद्ध ज़रूर हैं। ऐसे मुरझाए हुए पति से तुम्हें मिलेगा क्या, और उसके कुल और चरित्र का तुम क्या करोगी? तुम सुन्दर और जवान हो, प्रसेनजित बेचारा कर क्या सकेगा तुम्हारे लिए? तुम्हें पति चाहिए या पिता? मैं रोऊँगी नहीं तो और क्या करूँगी ! तुम जैसी रूपवती को तुम जैसा ही रूपवान पति मिलना चाहिए। मैं जानती हूँ कि तुम्हारे योग्य एक ही राजा है, जिसका नाम उदयन है, तुम्हारा विवाह उसी के साथ होना चाहिए, उस खूसट प्रसेनजित से नहीं, और अगर दुर्भाग्यवश तुम उससे बाँध दी गईं तो हम दोनों उम्र भर रोती रहेंगी, समझी!''

बेचारी कलिंगसेना यह सब सुन कुम्हला गई और बोली, ''मुझे उस उदयन के बारे में बताओ।''

सोमप्रभा ने उसे वत्सराज के वंश के बारे में जो जानकारी दी उसमें तो हम नहीं जाएँगे लेकिन उदयन के जन्म से जुड़ी हुई एक अजीब घटना का संक्षिप्त ब्यौरा देने से बाज़ नहीं आएँगे। सोमप्रभा ने बताया कि उदयन की माता मृगावती को गर्भावस्था में रक्त से भरी बावली में नहाने की उत्कट आकांक्षा हुई तो उसने अपने पति सहस्रानीक से माँग की कि वह उसके लिए वैसी बावली बनवाए। गर्भवती पत्नी की इस विलक्षण इच्छा को वह कोई पाप किए बग़ैर पूरा करना चाहता था, इसलिए उसने लाखादि के लाल रंग से एक बावली को भरवा दिया। रानी मृगावती ने उस बावली को रक्त से भरी हुई समझ उसमें सानन्द स्नान किया। जब वह बाहर निकली तो एक गरुड़वंशीय पक्षी की निगाह उस पर पड़ गई और वह उसे मांस का लोथड़ा समझ उसको अपनी चोंच में पकड़ उदयाचल पर्वत की ओर उड़ गया, और वहाँ उसने उसे छोड़ दिया। रानी मृगावती वहाँ जामदगन्य ऋषि के आश्रम में रहने लगी। दिन पूरे होने पर उसने वहीं एक पुत्र को जन्म दिया, जिसको नाम दिया गया उदयन।

सोमप्रभा ने कलिंगसेना को बताया कि वह सब अपमानित तिलोत्तमा के शाप के कारण हुआ था। शाप का अन्त होने तक राजा सहस्रानीक ने पूरे बारह

वर्ष मृगावती के बग़ैर व्यतीत किए। जब उन दोनों का पुनर्मिलन हुआ तो उदयन बड़ा और बलवान हो चुका था, पिता ने उसे युवराज घोषित कर दिया। और फिर कुछ ही वर्षों बाद उदयन ने सारा राजपाट सँभाल लिया। सहस्रानीक और मृगावती वर्षों तक सांसारिक सुख भोगने के बाद वृद्धावस्था में चल बसे तो उदयन अब अपने मुख्यमन्त्री यौगन्धरायण और अन्य मन्त्रियों की मदद से सारी पृथ्वी को जीत उस पर राज करने लगा है, लेकिन अन्त तक वह कहलाता वत्सराज या वत्सनरेश ही रहेगा।

सोमप्रभा ने कलिंगसेना को बताया, "उदयन तुम्हारे बारे में सब जानता है, तुम्हें चाहता भी है, सच तो यह है कि विश्व में शायद ही कोई सुन्दरी हो जिसे वह न चाहता हो। तुम जानो कुछ मर्दों का स्वभाव ही ऐसा होता है, वैसे तो कुछ औरतों को भी ऐसे ही स्वभाव के कारण हर आदमी पर मोहित होते देखा गया है, कहना न होगा कि स्वभाव लिंगभेद का अनुयायी नहीं, लेकिन, सखि, उदयन अपनी रानी वासवदत्ता से डरता है, इसीलिए उसने अपना दूत तुम्हारे पिता के पास नहीं भेजा, वैसे वासवदत्ता को मैंने देखा है, वह तुम्हारी तुलना में कुछ कम ही पड़ती है, अधिक नहीं, इसलिए तुम धीरज धरो, तुम्हारा विवाह उदयन से ही होना चाहिए, प्रसेनजित से नहीं।"

सोमप्रभा कुछ और भी कहती लेकिन कलिंगसेना ने बात बदलने के लिए और अपनी विवशता जतलाने के लिए तेजस्वती की कहानी सुनानी शुरू कर दी। उस कथा को हम यहाँ गोल किए दे रहे हैं, क्योंकि उसमें कोई ख़ास दम हमें दिखाई नहीं देता। और वैसे भी बात बात पर कथा सुना देने का रिवाज अब नहीं रहा, हालाँकि कुछ कथावाचक अब भी मौक़ा बे मौक़ा हर मंच से मुँह बना बनाकर तथाकथित मार्मिक कथाएँ सुनाते रहते हैं।

लेखक की स्वीकारोक्ति

सच तो यह है कि इन पंक्तियों का लेखक भी शायद इन्हीं कथा व्याकुल कथावाचकों से प्रभावित या शायद प्रताड़ित होकर ही अपने अटपटे मार्ग से हट इस पारम्परिक मार्ग पर चल निकला है, एक साथ झिझकता और झूमता हुआ सा, एक साथ इस मर्यादा का पालन और अतिक्रमण करता हुआ, अपनी पुरानी शरारतों से पूरी तरह बाज़ न आता हुआ, अपनी बात कहे जाता हुआ, भले ही यार लोग उसे समझ जाएँ या न समझ पाएँ। अगर समझ जाएँ तो सहन न कर पाएँ, उनके आरोपों की परवाह न करता हुआ और निरन्तर सोचता हुआ कि अगर वह

महाकथाकार ऊपर कहीं बना तना बैठा उसके इन विचलनों को देख परख रहा है तो पता नहीं वह उसे और क्या क्या यातनाएँ देगा।

कहानी फिर आगे बढ़ती है

तो अगले या शायद अगले से अगले दिन—कालक्रम की कोई ख़ास चिन्ता न कथासरित्सागरकार को थी, न उसके असंख्य आख्याताओं को, इसलिए हमें क्यों हो ? सोमप्रभा जब फिर अपनी सखी के घर पहुँची तो उसने उसे किसी मुरझाए हुए फूल की तरह सिर झुकाए देखा। वह समझ गई कि राजकुमारी प्रसेनजित के साथ अपने निश्चितप्राय विवाह के बारे में ही सोच सोचकर व्यथित हो रही थी। उसने उसका मन बहलाने के लिए फिर से उदयन का गुणगान करना आरम्भ कर दिया। कलिंगसेना तड़पकर बोली, "तुम क्यों मुझे उस पराए प्रेमी की तरफ़ खींच रही हो, मेरे हृदय का हरण तो हो चुका, लेकिन अब मैं करूँ तो क्या? मेरी बात सुनो, पहले तो किसी तरह राजा प्रसेनजित की सूरत दिखा दो ताकि मैं अपने संकल्प पर कुछ और दृढ़ हो जाऊँ, और फिर तुम मुझे वत्सराज उदयन की नगरी कौशम्बी ले चलो, कि मैंने निर्णय ले लिया है कि मैं भी उस वासवदत्ता की तरह सब कुछ छोड़ छाड़कर उस उदयन का पीछा करूँगी, जिस पर मुझे लगता है तुम विवाहित होने के बावजूद खुफ़िया दिल से फ़िदा हो।"

सोमप्रभा मुस्कुराते हुए बोली, "तो चलो, मेरा आकाशयान उड़ने के लिए तैयार है; अपने वस्त्रादि साथ ले लो, और कुछ सेवकों और सेविकाओं को भी, क्योंकि उस उदयन को देख लेने के बाद तुम माता पिता को भूल जाओगी, यहाँ लौट नहीं सकोगी, वहीं की और उसी की होकर वहीं रह जाओगी, और यह भी जान लो कि जैसा मैं पहले कह चुकी हूँ मैं भी तुम्हारे विवाह के बाद तुमसे जुदा हो जाऊँगी।"

यहाँ शायद कलिंगसेना को पूछना चाहिए था—सखि, तुममें इतना असुरक्षा भाव क्यों? तुम बार बार यह क्यों कहती रहती हो कि मेरे विवाह के बाद तुम मेरे घर आना बन्द कर दोगी? क्या तुम्हें अपने आप पर भरोसा नहीं? क्या तुम्हें मुझ पर और मेरे होनेवाले पति पर भरोसा नहीं? आखिर बात क्या है? खुलकर बोलो ना, उलटे सीधे संकेत ही क्यों दिए जाती हो, अपने मन के चोर को मेरे सामने पेश करो। लेकिन कलिंगसेना ने यह सब नहीं पूछा।

कलिंगसेना बोली, "अगर ऐसी बात है तो तुम वत्सराज को ही यहाँ क्यों नहीं ले आतीं?"

और फिर उसने उषा और अनिरुद्ध की कहानी यहाँ जड़ दी, जिसमें उषा की सखी चित्रलेखा चालाकी से अनिरुद्ध को उषा के पास ले आती है। हम इस कहानी को भी यहाँ गोल किए दे रहे हैं, और एक छलाँग मारकर कौशम्बी पहुँच रहे हैं, जहाँ कलिंगसेना भी सोमप्रभा के आकाशयान पर सवार हो पहुँचनेवाली है। रास्ते में श्रावस्ती नगरी में थोड़ी देर के लिए रुककर वह माता पिता प्रस्तावित वृद्ध वर राजा प्रसेनजित को भी दूर से ही एक नजर देख लेती है और सोमप्रभा से कह देती है, "इसके साथ विवाह के लिए हाँ कर देने का सवाल ही पैदा नहीं होता, अब तुम मुझे कौशम्बी ले चलो।"

तो कौशम्बी पहुँचते ही कलिंगसेना ने सोमप्रभा के आकाशयान में बैठे बैठे ऊपर से ही वत्सराज उदयन को एक उद्यान में बैठे वीणावादन करते देखा तो वह कमली हो गई और अपनी सखी से बोली, "अब मैं समझ गई कि तू क्यों इस कामदेव समान उदयन से बचकर रहना चाहती थी लेकिन मैं इससे बचना नहीं चाहती, तुम आज ही मुझे उसके पास ले चलो, फिर देखो क्या होता है!"

सोमप्रभा ने उसका आवेश देख उसे टालते हुए कहा, "आज मैंने कुछ अपशकुन देखे हैं, और वैसे भी मुझे अब पति सेवा के लिए अपने घर पहुँच जाना चाहिए नहीं तो वह शक और ईर्ष्या से आक्रान्त हो उठेगा, कल देखूँगी क्या किया जा सकता है।'

यह कहकर सोमप्रभा तो उड़ गई लेकिन कलिंगसेना ने उसके बताए हुए अपशकुनों की परवाह न करते हुए अपने दूत को उदयन के पास भेज अपने दिल का हाल उसे सुना दिया। वत्सराज ने दूत का समुचित सत्कार किया, उसकी बात सुनी और फिर अपने मुख्यमन्त्री यौगन्धरायण को सारी बात बताकर उससे पूछा, "मैं इस सुन्दरी का परिणय करना चाहता हूँ, तुम बस शुभ घड़ी बता दो।"

यौगन्धरायण बहुत ही काइयाँ आदमी था—मुख्यमन्त्री अगर काइयाँ न हो तो अपने राजा और उसके राज्य को सँभाले कैसे—इसलिए उसने राजा को तो गोलमोल कुछ कहकर थोड़ी देर के लिए टाल दिया, लेकिन अपने मन में उसने इस तरह से सोचा—'कलिंगसेना की असाधारण सुन्दरता के कारण देवता भी उस पर मुग्ध हैं, लेकिन अगर अपने इस व्यसनी राजा को किसी चालाकी से रोका न गया तो यह कलिंगसेना को पाकर उसके प्यार में इस तरह डूब जाएगा कि सब कुछ नष्ट कर देगा, और उधर वासवदत्ता और पद्मावती शायद आत्महत्या कर लें, और राजकुमार नरवाहनदत्त का भविष्य खटाई में पड़ जाएगा, इसलिए

इन तमाम कुपरिणामों को ध्यान में रखते हुए अपने राजा को बरबादी से बचाना होगा, और उसके लिए सावधानी और कूटनीति की ज़रूरत है।'

यह सब सोच लेने के बाद यौगन्धरायण ने राजा से कहा, "कलिंगसेना स्वयं आपके पास चली आई, इससे अच्छी बात और क्या हो सकती थी, लेकिन इस सुन्दरी का पाणिग्रहण करने से पहले मुहूर्त निकलवाना ज़रूरी है, उसके लिए ज्योतिषियों को कुछ समय देना होगा, इस बीच कलिंगसेना की रिहाइश का उचित प्रबन्ध हमें करना होगा, वह हम कर देंगे, आपका आदेश चाहिए।"

राजा अपने मुख्यमन्त्री के झाँसे में आ गया। फिर क्या था, कलिंगसेना वहीं कौशम्बी में रहने लगी और वत्सराज उदयन शुभ मुहूर्त की प्रतीक्षा करने लगे। यौगन्धरायण ने ज्योतिषियों से मिलकर साज़िश की और शुभ मुहूर्त को एक लम्बे अरसे तक टलवा दिया। उधर जब वासवदत्ता को पता चला कि कलिंगसेना ने कौशम्बी में डेरा डाल दिया है तो उसने यौगन्धरायण को अपने भवन में बुलवाया और उससे कहा, "तुम्हें याद है कि तुमने मुझे वचन दिया था कि पद्मावती के सिवा कोई और सौत मेरे घर में नहीं आएगी, लेकिन यह कलिंगसेना मेरे पति पर डोरे डाल रही है, इससे कैसे बचा जाए?"

मुख्यमन्त्री ने वासवदत्ता को समझाया, "रानीजी, आप चिन्ता क्यों करती हैं ? मेरे जीतेजी कलिंगसेना आपकी सौत नहीं बन सकेगी, लेकिन आपको मेरी बात माननी होगी, राजा का विरोध करने के बजाय उसकी हाँ में हाँ मिलानी होगी, उसे खुश रखना होगा, अपने भीतरी भाव को छिपाकर उसका यह भ्रम बनाए रखना होगा कि आप ईर्ष्यालु नहीं और अपने पति को प्रसन्न रखने के लिए हर प्रकार की कुरबानी करने के लिए तैयार हैं।"

हमें लगता है कि अब यहाँ विस्तार में जाने की ज़रूरत नहीं। संक्षेप में यही कि यौगन्धरायण राजा को धोखा देने और रानी को धीरज बँधाने में सफल हो गया। उधर कलिंगसेना को भी उसने लटका तो दिया ही था, अब ज्योतिषियों के साथ जोड़ तोड़ कर उसने उसे उलझा भी दिया। इस सबके अलावा उसने अपने मित्र योगेश्वर नामक ब्रह्मराक्षस को बुलाकर उसे कलिंगसेना पर कड़ी निगाह रखने के लिए कह दिया, दूसरे शब्दों में उसे जासूसी का काम सौंप दिया। ब्रह्मराक्षस बोला—"अगर आप आज्ञा दें तो मैं उसे नष्ट भी कर सकता हूँ।" यह सुनकर वह कपटी यौगन्धरायण धर्म की दुहाई देने लगा। कहना न होगा कि हमारी परम्परा में यह दुहाई बहुत दी जाती है और ऐसे सन्दर्भों में दी जाती है कि कभी कभी कुछ पता नहीं चलता कि धर्म क्या है और अधर्म क्या है,

सत्य क्या है और असत्य क्या है। कुछ लोग इस अनिश्चय को भी हमारी परम्परा की विशिष्टता मान लेने की सलाह देते हैं। जो हो सो हो, हमें तो लगता है कि हमारी परम्परा में हर प्रकार के उपाय उपलब्ध भी हैं और वेध्य भी, और इसके लक्षण हमें अभी तक अपने आचरण में हर क्षण दिखाई देते हैं। इस उबाल के लिए इस लेखक को क्षमा नहीं किया जाएगा, यह जानते हुए भी वह अपने आपको रोक नहीं पाया, इसी से उसकी मूर्खता का अनुमान लगाया जा सकता है।

अब हमें सोमप्रभा की ओर लौटना चाहिए। दूसरे, तीसरे या शायद चौथे दिन वह कलिंगसेना के पास आई और उससे सारा हाल सुन उससे नाराज़ हुई कि उसने वही किया जिसके लिए उसे मना किया गया था। अपनी बात की पुष्टि के बहाने उसने विष्णुदत्त और उसके सात साथियों की कहानी सुना दी, जिसे यहाँ नहीं सुनाया जाएगा, हालाँकि वह कहानी काफ़ी सनसनीख़ेज भी है, सार्थक भी। इस कहानी को और सोमप्रभा की अगली कहानी, जो ऋषिकन्या कदलीगर्भा के बारे में है, को फ़िलहाल भूलकर, हम आगे बढ़ना चाहते हैं। लेकिन आगे बढ़ने के लिए कभी कभी पीछे भी हटना पड़ता है, इसलिए

कहानी पीछे हटती है

एक दो क़दम ही नहीं, काफी पीछे हटती है, उस मुक़ाम तक जहाँ अभी कलिंगसेना वत्सराज उदयन पर तो मोहित नहीं हुई थी लेकिन अपने माता पिता के प्रस्तावित वर वृद्ध राजा प्रसेनजित को लेकर चिन्तित हो रही थी और अपनी सखी सोमप्रभा को अपनी चिन्ता सुनाने के लिए तैयार हो रही थी। एक दिन उसी सोमप्रभा को उसके घर लौटते हुए वह अपनी छत पर खड़ी पीछे से प्यार की नज़रों से देख रही थी कि दैवयोग से विद्याधरों के एक सरदार मदनवेग ने उसे देख लिया और देखते ही उस पर मोहित हो गया।

यहाँ दो क्षण रुककर दो बातों की ओर आप लोगों का ध्यान आकृष्ट करना आवश्यक लग रहा है : एक तो यह कि आदिकाल से हमारी प्रेम परम्पराओं में छतों की भूमिका केन्द्रीय रही है, अभी तक हम अपने देश के करोड़ों लड़कों और लड़कियों को छतों पर डोलते और झूमते हुए देख सकते हैं, बड़े शहरों में उतना नहीं जितना कि सागर और फैज़ाबाद जैसे छोटे क़स्बों में; दूसरी बात यह

कि पहली ही नज़र में फ़ना हो जाने का फ़न हमारे यहाँ बहुत ही पारम्परिक और पुराना है, इसलिए सरासर ग़लत हैं वे लोग जो इस फ़न का श्रेय पश्चिम की रूमानी परम्परा को देते हैं, क्योंकि सच तो यह है कि अन्य अनेक अनमोल मूल्यों और प्रथाओं और प्रेरणाओं की ही भाँति पहली नज़र में ही सदा सदा के लिए अपनी प्रेमिका या प्रेमी पर मर मिटने की इस प्यारी और ख़तरनाक आदत का उदय हमारे यहाँ ही हुआ था। खैर!

मदनवेग को मदनविह्वला विद्याधारियों की कोई कमी हो ऐसी बात नहीं थी, लेकिन कलिंगसेना के रूप की बात कुछ और ही थी। उस पर मोहित होते ही उसके मन में ख़याल आया कि अगर यह सुन्दरी मुझे नहीं मिली तो मेरा होना न होने के बराबर है। साथ ही उसे यह ख़याल भी आ गया कि वह स्वयं तो विद्याधर हुआ और वह सुन्दरी एक मानवी स्त्री, उन दोनों का संगम होगा तो कैसे? तो उसने प्रज्ञप्ति विद्या की साधना की, जिसके परिणामस्वरूप वह विद्या प्रकट हुई और उसने मदनवेग को बताया, "इस कन्या को मानुषी मत समझो, यह तो वास्तव में एक शापच्युत अप्सरा है जो कलिंगदत्त के घर पैदा कर दी गई थी।"

यह बात या भेद सुनकर मदनवेग को कुछ चैन तो मिला लेकिन पूरा नहीं। अपने घर जाकर वह सोचने लगा–'अगर मैं इसको कहीं उड़ा ले जाता हूँ और इससे बलात्कार करता हूँ तो मुझे मृत्युभोग भी साथ ही करना पड़ेगा, क्योंकि ऐसा एक शाप मुझे मिला हुआ है; इसलिए इस अप्सरा की प्राप्ति के लिए मुझे शिवजी की आराधना करनी होगी।'

बस, फिर क्या था, दूसरे ही दिन वह ऋषभ पर्वत पर जा पहुँचा और एक पैर के बल खड़े हो निराहार तप करने लगा।

कहना न होगा कि उस ज़माने के नायकों को वह रोग अभी नहीं लगा था जिसे पिछले चार सौ सालों से दुनिया भर में हेमलिट का रोग कहा जाता है, जिसके कारण नायक जो करना चाहते हैं कर नहीं पाते और जो कर सकते हैं करना नहीं चाहते।

शिवजी अपने भोले स्वभाव के अनुसार शीघ्र ही मदनवेग के तप से सन्तुष्ट हो प्रकट हुए और बोले, "मदनवेग, हमारी बात सुनो, वत्सराज उदयन इस सुन्दरी पर मोहित हो चुका है, यह भी शीघ्र ही अपनी सखी सोमप्रभा के प्रभाव से उदयन पर मोहित हो जाएगी, अगर तुम इसे पाना चाहते हो तो एक ही उपाय है और वह यह कि तुम वत्सराज का रूप धारण कर इससे गन्धर्व विवाह कर लो।"

शिवजी का आदेशरूपी वरदान सुन मदनवेग अपने घर को चल दिया।

उधर कलिंगसेना सोमप्रभा से नाना प्रकार की रोचक बातें और कहानियाँ सुन ही रही थी, अब उन सब बातों और कहानियों के केन्द्र में उदयन के साथ उसके विवाह की समस्या केन्द्रीय हो उठी थी।

देखा गया होगा कि 'केन्द्रीय' का प्रयोग अनायास बार बार हो रहा है। यह अकारण नहीं। इसके कारणों की खोज करनेवाले को एक विशेष पुरस्कार दिया जाएगा।

कहानी फिर आगे बढ़ती है

आप लोग भूले नहीं होंगे कि वत्सराज के मुख्यमन्त्री यौगन्धरायण ने अपने मित्र ब्रह्मराक्षस को जासूसी काम में लगा दिया था। अब कलिंगसेना बेचारी अपने माता पिता से दूर कौशम्बी में बैठी शुभ मुहूर्त का इन्तज़ार कर रही थी और सोमप्रभा की कहानियाँ सुन रही थी और पगली सी हुई जा रही थी। उसकी स्थिति में कोई भी सुन्दरी पगली हुए बग़ैर रह ही नहीं सकती। उधर वत्सराज उदयन को उसके मन्त्री यौगन्धरायण ने ऐसे चक्कर में डाल दिया था जिसमें से उसका बाप भी शायद ही निकल पाता। एक दिन उदयन कलिंगसेना को भूलने के विचार से वासवदत्ता के महल में गया। वासवदत्ता को यौगन्धरायण ने पहले से ही पट्टी पढ़ा रखी थी कि वह अपने अन्दर की अग्नि को छिपा दबाकर ही रखे नहीं तो वह उदयन को खो बैठेगी। सो वासवदत्ता ने प्रणय प्रदर्शन में कोई भी कसर न छोड़ी तो उदयन अपराधबोधग्रस्त हो सोचने लगा–'सब कुछ जानते हुए भी महारानी का मन मैला नहीं हुआ, मैं ऐसी महारानी के योग्य नहीं, और अगर मेरी किसी हरक़त से इसे कुछ भी कष्ट पहुँचा तो अनर्थ हो जाएगा।' यही सब सोचता हुआ वह अपनी दूसरी पत्नी पद्मावती के महल में गया। पद्मावती ने भी निर्विकार भाव से अपने पति का स्वागत किया, उससे प्यार किया, और उसे आश्वासन दिया कि उसे कलिंगसेना के साथ उसके विवाह पर कोई आपत्ति नहीं। यह सब देख और सुनकर वत्सराज उदयन कुछ और अनिश्चित हो गया, कुछ और अपराधबोधग्रस्त हो गया। तब उसने यौगन्धरायण को बुलवाकर उससे बात की। वह चतुर मन्त्री तो इसी अवसर की प्रतीक्षा में था। उसने राजा को शशोपंज में पड़ा देख उससे कहा, "मुझे तो लगता है कि दोनों रानियों ने मन ही मन आत्महत्या कर लेने की ठान रखी है, इसीलिए वे ऊपर से इतनी उदार और शान्त नज़र आती हैं।" और फिर यौगन्धरायण ने

एक शिक्षाप्रद कहानी वहाँ जड़ दी, जिसे हम यहाँ नहीं जड़ेंगे, क्योंकि उस कहानी में से अनेक अन्य कहानियाँ भी फूट निकली थीं, जिनमें यदि हम जा फँसे तो निकलना कठिन हो जाएगा।

तो हुआ यह कि इधर उदयन अपने अपराधबोध से निबट रहा था, उधर कलिंगसेना अपने कामावेग के कारण अधीर हो रही थी। तभी मदनवेग–जो शिवजी के वरदान से लैस पर्याप्त अवसर की ताक में हर रात कलिंगसेना के भवन के इर्द गिर्द उड़ता रहता था–एक रात वत्सराज उदयन का रूप धारण कर कलिंगसेना के पास पहुँच गया। कलिंगसेना ने समझा कि वत्सराज भी उसकी ही तरह अधीर हो उठे होंगे और उन्होंने सोचा होगा, मुहूर्त के लिए अब और प्रतीक्षा हमारे लिए असम्भव है, हम तो आज अपनी प्रेमिका को पाकर ही दम लेंगे। और इस प्रकार से उसी रात दोनों ने गन्धर्व विवाह कर लिया। यौगन्धरायण का जासूस वह ब्रह्मराक्षस सब कुछ देख ही रहा था। पहले तो उसे अपनी आँखों पर विश्वास न हुआ, फिर कुछ देर बाद जब उसने रति क्रीड़ा के बाद सोई हुई कलिंगसेना के बग़ल में सोए हुए मदनवेग के असली रूप को देखा तो वह समझ गया, और उसने सब कुछ यौगन्धरायण को जा सुनाया।

उन दोनों के बीच हुए वार्तालाप में न जाकर हम यहाँ यौगन्धरायण की उस बात की ओर मुड़ते हैं जो उसने उस रात का सारा क़िस्सा सुना कर अपने राजा से कही, "वत्सराज, यह कलिंगसेना पैदाइश और स्वभाव से ही चंचला है, न होती तो अपने माता पिता की इच्छा के विरुद्ध अपने लिए चुने हुए वर प्रसेनजित को वृद्ध देख उसे छोड़कर यहाँ कौशम्बी न चली आती, यह कभी परपुरुष के संग से बाज़ नहीं आएगी, इसे आप भूल जाइए।"

उदयन को विश्वास नहीं हुआ तो मन्त्री ने कहा, "आज रात अपनी आँखों से सब कुछ देख लीजिए, मैं सारी व्यवस्था किए देता हूँ।"

देर रात यौगन्धरायण और उदयन कलिंगसेना के भवन में गए और वहीं उन्होंने कलिंगसेना के साथ सोए हुए मदनवेग को देख लिया। उदयन मदनवेग पर वार करने के लिए तलवार खींच ही रहा था कि मदनवेग विद्याधर बन उड़ गया और उदयन की तलवार सुती की सुती रह गई।

कलिंगसेना की नींद भी उसी समय खुल गई और जब उसने अपने पलंग को सूना पाया तो वह अनायास पुकार उठी, "आज मुझे बिना जगाए ही वत्सराज क्यों चले गए ?"

यह सुन छिपा हुआ वत्सराज विस्मित हो ही रहा था कि यौगन्धरायण ने उसके कान में कहा, "इस मदनवेग नामक विद्याधर ने आपका रूप धारण कर

आपकी प्रेयसी को भ्रष्ट कर दिया है, लेकिन आप उस विद्याधर का कुछ बिगाड़ नहीं सकेंगे।" यह सुनकर भी वत्सराज को चैन नहीं आया तो वह जहाँ छिपा खड़ा था वहाँ से बाहर आ गया तो कलिंगसेना बोली, "वत्सराज, यह क्या चमत्कार है कि अभी तो आप यहाँ नहीं थे और अब अपने मन्त्री समेत प्रकट हो गए हैं।"

वत्सराज उदयन कुछ कहता, उससे पहले ही यौगन्धरायण बोल उठा, "हे कलिंगसेना, तुम्हारे साथ जो अभी अभी था, वह कोई और था, उसने वत्सराज का रूप धारण कर तुमसे गन्धर्व विवाह भी कर लिया और तुम्हें भोग भी लिया, अब तुम्हारा विवाह वत्सराज से कैसे हो सकता है ?"

कलिंगसेना ने मन्त्री को मुँह लगाने के बजाय सीधा सवाल वत्सराज से किया, "आपने भी मुझे ऐसे ही भुला दिया जैसे दुष्यन्त ने शकुन्तला को ? क्या आपने मेरे साथ गन्धर्व विवाह नहीं किया ? बोलिए !"

राजा ने नीचे मुँह किए हुए ही कहा, "वह मैं नहीं था, कोई और था, मुझसे अधिक भाग्यशाली, मैं तो यहाँ आज पहली बार आया हूँ।"

इतना कहकर वत्सराज अपने मन्त्री को साथ लेकर वहाँ से चल दिया, और कलिंगसेना बेचारी आकाश की ओर देखती हुई विलाप करने लगी, "जिस दुष्ट ने उदयन का रूप धारण कर मेरे कौमार्य का हरण किया वह तत्काल प्रकट हो कि अब वही मेरा पति है !"

तब जो जो हुआ, उसकी कल्पना की जा सकती है। संक्षेप में यही कि मदनवेग ने प्रकट होकर सब कुछ स्वीकार कर लिया और कलिंगसेना ने उसे ही पूरे दिलोजान से अपना पति स्वीकार कर लिया। फिर मदनवेग फिर आने का आश्वासन देकर वहाँ से उड़ गया और कलिंगसेना एक पतिव्रता की तरह उसकी प्रतीक्षा में वहीं पड़ी रही।

क़ायदे से इस कहानी का अन्त यहीं हो जाना चाहिए। किन्तु *कथासरित्सागर* की अधिकतर कहानियाँ बेक़ायदा हैं, और अन्तहीनप्राय भी। इसलिए इस कहानी का अन्त यहाँ नहीं हुआ। हुआ यह कि कुछ ही दिन बाद रात के समय उदयन फिर कामावेश से कमज़ोर हो कलिंगसेना के शयनकक्ष में जा घुसा। संयोग से मदनवेग उस रात वहाँ नहीं था। कलिंगसेना ने उदयन का सादर स्वागत किया, लेकिन उदयन तो किसी और ही काले संकल्प को लेकर वहाँ आया था, बोला, "तू अब व्यभिचारिणी स्त्री हो गई है, तेरे साथ ज़बरदस्ती करने में कोई दोष नहीं, मैं वही करने आया हूँ।"

कलिंगसेना ने उसे समझाया, "वत्सराज, मैं तो स्वयं आप पर मोहित हो

अपना घर छोड़ यहाँ चली आई थी, आप ही अपने मन्त्री और ज्योतिषियों के चक्कर में पड़ गए, और इस तरह हमारे विवाह में देर होती गई, और फिर उस विद्याधर मदनवेग ने आप ही का रूप धारण कर मुझसे विवाह कर लिया, मैं दुराचारिणी कैसे, मैं तो एक पतिव्रता ही कही जाऊँगी, हाँ, अगर आप आज बलपूर्वक मेरा स्पर्श करेंगे तो आप अवश्य व्यभिचारी कहलाएँगे, लेकिन अगर आप इस कुकृत्य से बाज़ नहीं आए तो मैं अपने प्राण ले लूँगी, अभी कहे देती हूँ।"

वत्सराज कुछ कहता या करता, उससे पहले ही कलिंगसेना ने उसे एक पतिव्रता वैश्यपत्नी की कहानी सुना दी।

वह कहानी यहाँ नहीं सुनाई जाएगी। यहाँ अब दो ही बातों का ज़िक्र किया जाएगा। पहली यह कि सोमप्रभा ने अपने वचनानुसार कलिंगसेना के विवाह के बाद उसके घर आना जाना बन्द कर दिया और दूसरी यह कि कलिंगसेना भी *कथासरित्सागर* की अन्य अनेक नायिकाओं की तरह विवाह के फ़ौरन बाद गर्भवती हो गई, और फिर उसने एक कन्या को जन्म दिया, जिस कन्या को नाम दिया गया मदनमन्चुका, और यही मदनमन्चुका बड़ी होकर उदयन के पुत्र नरवाहनदत्त की प्रेमिका और पत्नी बनी। दूसरे शब्दों में वत्सराज उदयन अपनी जिस प्रेमिका को नहीं पा सका, उसकी पुत्री से उसने अपने पुत्र का विवाह कर दिया, और इस तरह एक नई कहावत को जन्म भी दे दिया : भागती प्रेमिका की पुत्री ही सही, भले ही वह अपने पुत्र के लिए हो !

एक और लेखकीय नोट

इस कहानी के अनेक अर्थों पर प्रकारान्तर से प्रकाश डाला जा चुका है। उस प्रकाश की निर्मम परख की जानी चाहिए। कहानी के अन्तिम चरण में एक दार्शनिक प्रश्न भी उठता हुआ प्रतीत होता है और उसी के साथ सटा हुआ एक धार्मिक प्रश्न भी। दार्शनिक प्रश्न का सम्बन्ध माया और काया से है, अर्थात् माया और काया के आपसी अन्तर या अन्तरहीनता से है। मदनवेग जब उदयन का रूप धारण कर लेता है तो क्या वह अन्तर मिट जाता है या अन्तरहीनता में बदल जाता है ? कलिंगसेना को क्या सचमुच पता नहीं चलता कि मदनवेग असल में उदयन नहीं या उदयन असल में मदनवेग ही है ? कहीं ऐसा तो नहीं कि उसे असली उदयन के बजाय नकली उदयन अधिक रास आ जाता है ? या फिर इसीलिए असलियत जान लेने पर भी वह असली उदयन को रद्द कर देती

है, भले ही धर्म की आड़ में खड़ी होकर ? कहीं ऐसा तो नहीं कि कथासरित्सागर (और इन पंक्तियों का लेखक भी) यह संकेत देना चाहता हो कि असल और नक़ल असल में (या शायद नक़ल में भी) एक ही हैं, और यह संकेत भी कि प्रेम (और कला) के सन्दर्भ में नक़ल असल से कुछ इंच ऊपर ही है, नीचे नहीं। इस सिलसिले में हेनरी जेम्स की एक कहानी अनायास याद आ गई है, जिसका नाम अगर यहाँ नहीं दूँगा तो मुझे चैन नहीं आएगा—उस कहानी का नाम है 'द रियल थिंग'। मेरा सुझाव है कि पारखी लोग, विशेष तौर पर इस युग में भी यथार्थवाद के अन्धे अनुयायी, उस कहानी को पढ़ने का प्रयास करें।

धार्मिक प्रश्न क्या था, अब मुझे याद नहीं। या शायद याद तो है लेकिन उसे टटोलने का काम दूसरों पर छोड़ रहा हूँ, उन दूसरों पर जो आजकल बहुत धर्मव्याकुल हुए फिरते हैं।

सोमप्रभा की सुनाई हुई दो विचित्र कहानियों से छेड़छाड़

सोमप्रभा और कलिंगसेना की विचित्र मित्रता के प्रसंग में हमने कथासरित्सागरीय मूल पाठ से अनेक विचलन किए और उनके आधार पर एक कमोबेश मौलिक कहानी बुनने या बनाने का प्रयास किया। उस प्रयास में हमने सोमप्रभा की सुनाई हुई दो कहानियों को गोल कर देना उचित समझा था। अब उस हरकत के औचित्य पर हमें सन्देह हो रहा है और इस सन्देह से ही उन दो कहानियों से छेड़छाड़ के दुःसाहस की प्रेरणा भी मिल रही है। सोमप्रभा और कथासरित्सागरकार से अभय क्षमा याचना के साथ इस दुःसाहस का शुभारम्भ हम यहाँ कर रहे हैं।

1. विष्णुदत्त और उसके सात साथियों की कहानी

मयासुर की पुत्री सोमप्रभा ने यह कहानी कौशम्बी में अटक गई अपनी सखी कलिंगसेना को यह उपदेश देने के बहाने या लिए सुनाई थी कि बिना समझे बूझे कोई काम नहीं करना चाहिए, अपशकुनों पर पर्याप्त ध्यान देना चाहिए, नहीं तो अनिष्ट अनिवार्य हो जाता है। हम अपने इस विचलन में इस उपदेश को एक तरफ़ फेंक रहे हैं क्योंकि हमें यह इस कहानी के मर्म पर थोपा हुआ महसूस होता है। हम इस कहानी की अन्य और सुषुप्त सम्भावनाओं को उकसाना चाहते हैं। तो लीजिए, हमारा रूपान्तर सुनिए।

पुराने ज़माने की बात है कि अन्तर्वेदी देश में वक्षदत्त नामक एक ब्राह्मण का पुत्र विष्णुदत्त हुआ करता था। वह जब सोलह बरस का हुआ तो उसने विद्या प्राप्ति के लिए बल्लभीपुरी जाने का फ़ैसला किया। सम्भव है कि उसने अपने पिता से पूछकर ही यह फ़ैसला किया हो और यह भी सम्भव है कि उसके पिता ने ही यह सुझाव दिया हो कि वह अपने साथ अपने कुछ मित्रों को भी ले जाए ताकि परदेस में उसे ऊब और अकेलापन तंग न करे। जो भी हो, विष्णुदत्त ने

सात और ब्राह्मणपुत्रों को अपने साथ चलने के लिए तैयार कर लिया।

उन सातों के नाम हमें मालूम नहीं हो सके। हम चाहें तो उन्हें कोई से भी नाम दे सकते हैं लेकिन हम ऐसा चाह नहीं रहे, शायद इसलिए कि हम मानते हैं कि नाम रूप विहीन चरित्रों का अपना एक रहस्य होता है, और रहस्य के बग़ैर कहानी ही नहीं, जीवन भी जड़ हो जाता है। वैसे सच तो यह है कि वे सातों बालक एक से बेवकूफ़ थे, जो बेवकूफ़ी करते थे एक साथ करते थे, और वह उस विद्या जिज्ञासु विष्णुदत्त के साथ चलने के लिए राज़ी इसीलिए हो गए थे कि वह उन्हें पढ़ा वढ़ा दिया करेगा, उनका सारा कामकाज कर दिया करेगा, उन्हें सब पाठ वाठ रटा दिया करेगा, और वे स्वयं उस बल्लभीपुरी में ऐश किया करेंगे।

सवाल किया जा सकता है कि विष्णुदत्त के साथियों की संख्या सात क्यों थी, उससे कम या अधिक क्यों नहीं थी ? जवाब दिया जा सकता है कि पुराने ज़माने की कहानियों में 'सात' का बड़ा महत्त्व हुआ करता था—राजा की सात रानियाँ होती थीं, कभी कभी सात कन्याओं के बाद ही उन रानियों में से कोई एक पीले पिलपिले से पुत्र को जन्म दिया करती थी, अक्सर कहानी का नायक सात समुन्दर पार करने के बाद ही किसी परी तक पहुँच पाता था, जो उससे सात सवाल पूछा करती थी या सात कहानियाँ सुनाया करती थी या उससे सात परीक्षाएँ लिया करती थी या उसे सात यातनाएँ दिया करती थी या कभी कभी सात चुम्बन। यह अकारण नहीं कि सात आसमानों और सात ज़मीनों और सात स्वर्गों और सात नरकों की बातें आदिकाल से चली आ रही हैं। 'सात' के सम्बन्ध में बाक़ी की खोज का भार किसी खोजी पाठक पर।

हाँ, तो हुआ यह कि विष्णुदत्त और उसके सात बेनाम साथियों ने चलने से पहले प्रतिज्ञा की कि वे एक दूसरे का साथ नहीं छोड़ेंगे। चलते समय उनमें से किसी एक ने छींक मार दी तो विष्णुदत्त बोला, "दोस्तो, यह अपशकुन है, हमें कुछ देर के लिए यहीं रुके रहना चाहिए।" अब यह बात नहीं कि विष्णुदत्त पुराणपन्थी था और उसके साथी नए ख़यालों के थे। उस बेचारे ने तो संस्कारवश ही यह सुझाव दे दिया होगा जिसे उसके साथियों ने ठुकरा दिया और कहा, "यह बूढ़ोंवाली बातें हम युवाओं को शोभा नहीं देतीं, तू डरता है तो रुक जा, हम तो जा रहे हैं इस काली रात की बाँहों में।" विष्णुदत्त प्रतिज्ञाबद्ध तो था ही, उनके साथ हो लिया।

दूसरे दिन सायंकाल वे लोग भीलों के एक गाँव में पहुँचे। विष्णुदत्त ने इधर उधर घूम फिरकर एक ऐसा घर ढूँढ़ निकाला जिसमें एक युवती अकेली रह रही

थी। अब उसने वही घर क्यों ढूँढ़ निकाला और उस युवती से ही रात बिताने के लिए स्थान क्यों माँगा ? इस प्रश्न का उत्तर ढूँढ़ने के लिए हमें उस सोलह साल के लड़के के अवचेतन में जाने की ज़रूरत नहीं। उसे वह भीलनी भा गई हो तो कोई अस्वाभाविक बात नहीं हुई होगी। ख़ैर, तो उस भीलनी ने उसे और उसके साथियों को अपने घर में ठहरने का स्थान दे दिया। कुछ ही देर बाद विष्णुदत्त के साथी तो सो गए, विष्णुदत्त नहीं सोया। उसने सोचा—'अगर मैं भी सो जाऊँगा तो इस युवती की रक्षा कौन करेगा !' शायद उसकी इस सोच के साथ कुछ और सोचें भी चिपकी हुई हों, क्योंकि इन्सान के मन की सुरंगों का किसी को पूरा अतापता नहीं, उनमें क्या क्या छिपा रहता है, क्या क्या विचरता रहता है, कौन जान पाया है ! वैसे भी आदमी अक्सर सोचता कुछ है, चाहता कुछ है, और मुसीबत तो यह है कि ख़ुद उसे अक्सर यह ख़बर नहीं होती कि वह असल में सोच क्या रहा है और चाह क्या। हम चाहें तो यह भी कह सकते हैं कि विष्णुदत्त को कुछ पूर्वाशंका हो गई थी कि उस रात कुछ होगा, कुछ रोचक या / और कुछ ख़तरनाक, इसलिए थकान पर किसी तरह क़ाबू पाकर उसे जागते रहना चाहिए। लेकिन अगर हम अधिक अनुमानबाज़ी न भी करें तो हमें एक युवक का अकेली युवती के घर में आसानी से सो न पाना एक विश्वसनीय कठिनाई ही जान पड़ेगी, एक असाधारण घटना नहीं। दूसरे सातों युवक क्यों सो गए ? इस प्रश्न के उत्तर में हमें यही कहना पड़ेगा कि सब युवक एक से नहीं होते, सबकी नींदें और थकानें एक सी नहीं होतीं, सबकी उत्सुकताएँ और जिज्ञासाएँ एक सी नहीं होतीं, सबकी वासनाएँ एक सी नहीं होतीं, इस कहानी का नायक विष्णुदत्त है, इसलिए उसका उस रात उस अपरिचित भीलनी के घर जागते रहना उसकी भूमिका के अनुकूल ही नज़र आता है।

कुछ ही रात बीती होगी कि विष्णुदत्त ने एक युवक को दबे पाँव उस भीलनी की कोठरी में घुसते देख लिया। उसकी रही सही नींद भी उचट गई। उसका सारा शरीर आँखों और कानों में बदल गया। उसे विश्वास हो गया कि वह युवक उस भीलनी का पति नहीं था और यह भी कि वह पहली बार वहाँ नहीं आया था। वह सोचने लगा कि अगर इस औरत ने अपने जार को बुलाने का प्रोग्राम बना रखा था तो हम लोगों को इसने अपने घर क्यों ठहरने दिया ? शायद इसने सोचा हो कि हम सब थके हुए हैं, सो जाएँगे ? शायद इसने यह भी सोचा हो कि हम सब नादान हैं, हमें कामुक खेलकूद का कुछ ज्ञान ही नहीं होगा ? या शायद इसने हमें सारा तमाशा दिखाने के लिए ही यह स्थान दे दिया हो ! तभी उसने देखा कि बीच के दरवाज़े की दरार से उसे दूसरी कोठरी में हो रही रतिक्रीड़ा

साफ दिखाई दे रही थी, क्योंकि उस दबंग भीलनी ने दीया तक नहीं बुझाया था। विष्णुदत्त की जगह कोई और बालक होता तो शायद अपने साथियों को जगाकर उन्हें भी उस तमाशबीनी में शरीक कर लेता, लेकिन विष्णुदत्त ने ऐसा नहीं किया। क्यों नहीं किया, हम दोटूक तरीक़े से नहीं कह सकते। हम पहले ही संकेत दे चुके हैं कि इन्सान की मनोकामनाओं की विचित्रता का कोई ठिकाना नहीं, कोई ठीक ठीक पैमाना नहीं, किसी भी कल्पनाकार ने अभी तक उन्हें सही सही जाना नहीं।

हाँ, तो बेचारा विष्णुदत्त सब कुछ देखता सुनता रहा, कुछ ऐसे डूबकर जैसे वह सब कुछ भी उसकी शिक्षा दीक्षा का ही एक आयाम हो। उधर वे दोनों प्रेमी कुछ देर बाद रति की श्रान्ति और उसके कारण आ गई गहरी नींद से परास्त हो मीठी नींद सो गए। विष्णुदत्त बेचारा फिर भी न सो सका। कुछ ही देर बाद उसने अपनी कोठरी के दूसरे दरवाज़े की दरार में से देखा कि एक युवा भील अपने शस्त्रधारी अनुचरों के साथ उस भीलनी की कोठरी की तरफ़ बढ़ता चला आ रहा था। वह समझ गया कि वह नौजवान उस मदनमस्त भीलनी का पति या भूतपूर्व प्रेमी होगा और उसने उन दोनों को रँगे हाथों और नंगे बदनों पकड़ने के लिए ही कोई ऐसी चाल चली होगी कि वे उसके जाल में फँस जाएँ। विष्णुदत्त की उत्तेजनाओं का अनुमान लगाया जा सकता है—अभी वह एक उत्तेजना को बिठा नहीं पाया था कि दूसरी खड़ी हो गई थी। यह कहने का मन होता है कि उसके मन में अनायास यह कामना आई कि वह उन दोनों प्रेमियों को जगाकर आ रहे ख़तरे से ख़बरदार कर दे, लेकिन अफ़सोस से कहना पड़ता है कि उसने ऐसा कुछ नहीं किया, बस दम साधे खड़ा रहा। और जब उस भील सरदार ने उस भीलनी की कोठरी में जाकर उन दोनों को एक दूसरे के साथ लिपटे हुए देखा तो उसने बड़ी होशियारी से भीलनी के प्रेमी को अलग किया और उसका सिर अपनी तलवार से काट दिया।

विष्णुदत्त ने कुछ ही देर पहले पहली बार परसंभोग दृश्य देखा था, और अब उसने पहली बार परपुरुष वध देखा। उस बेचारे की तो हालत ख़राब हुई जा रही थी, लेकिन उसकी सोच समझ की दाद देनी पड़ती है कि वह चुपचाप वहाँ छिपा खड़ा रहा, उसने अपने मुँह से कोई भी आवाज़ निकलने नहीं दी।

भील ने अपनी पत्नी को न जगाया और न ही मारा। विष्णुदत्त को यह विचित्र तो लगा, लेकिन वह बेचारा विस्मित होने के सिवा कुछ कर नहीं सका, कर भी नहीं सकता था। उसे आश्चर्य यह देखकर भी बहुत हुआ कि वह भील अपनी भीलनी के संग लेटते ही ऐसे सो गया जैसे उसने अभी अभी उसके जार

का सिर नहीं अपना ही कोई नाख़ून काट गिराया हो ! विष्णुदत्त के मन में यह विचार भी आया कि हो न हो वह भील बहुत ही बड़े और अजीब दिलवाला आदमी था कि उसे अपनी पत्नी पर तो कोई विशेष क्रोध नहीं आया था लेकिन उसके आशिक़ का काम तमाम करने में ज़रा सी हिचक भी महसूस नहीं हुई और न ही वहीं उसी पलंग पर लेट सो जाने में जिस पर कुछ ही देर पहले उसकी पत्नी उस अजनबी के साथ कुसत्संग कर रही थी।

विष्णुदत्त कुछ और सोचता लेकिन भीलनी ने तभी अपनी दोनों बड़ी बड़ी आँखें खोल दीं। अपने आशिक़ के कटे हुए सिर पर उसकी निगाह पड़ी तो वह तड़प उठी लेकिन इतनी नहीं कि उसका पति जग जाता। उठकर उसने अपने जार के शव को अपने पुष्ट कन्धे पर रख लिया और दूसरे हाथ से उसका सिर उठाकर कोठरी से बाहर निकल गई।

यहाँ यह दर्ज कर देना उचित लग रहा है कि इस कहानी में विष्णुदत्त के सिवा सब चरित्रों की नींद कुम्भकर्ण की सी जान पड़ती है।

खैर, तो उस भीलनी ने क्या किया कि उस शव और सिर को बाहर पड़े राख के एक ढेर में छिपा दिया। और फिर कोठरी में लौट उसने अपने पति की ही तलवार से अपने पति का सिर एक ही वार में काट डाला और फिर बाहर निकलकर रोने चिल्लाने लगी, "हाय, इन दुष्ट मुसाफ़िरों ने मेरे पति का सिर काट दिया, क्योंकि मैंने इन्हें अपने साथ वह कुकृत्य नहीं करने दिया जो ये सब करना चाहते थे, हाय ! मैं बरबाद हो गई, विधवा हो गई, मेरा क्या होगा !"

उसकी हाय हाय सुन उसके पति के सोए हुए सेवक—जी हाँ, वे सब भी अपने सरदार के सो जाने के बाद सो गए थे—जाग उठे और लगे डाँटने विष्णुदत्त और उसके साथियों को जो उस कोलाहल के कारण हड़बड़ाकर जाग उठे थे।

विष्णुदत्त ने भील के सेवकों से कहा, "तुम लोग इस दुष्टा की बातों में मत आओ, मेरी बात तो सुनो, मेरे ये मूर्ख दोस्त तो मज़े से सो रहे थे, मैंने सब कुछ अपनी इन आँखों से देखा है।"

सेवकों को पता नहीं क्यों उसकी बात वाजिब सी जान पड़ी और उन्होंने विष्णुदत्त की बात मान उसे अपना बयान देने के लिए कहा।

विष्णुदत्त का बयान यहाँ देना ज़रूरी नहीं। बयान के साथ ही जब उसने सारे सबूत भी पेश कर दिए—सरदार की तलवार, जार के मुचड़े हुए कपड़े, उसके साथ भीलनी द्वारा मनाई गई रँगरलियों के दाग़ और धब्बे, राख में दबा हुआ

नंगा धड़ और कटा हुआ सिर—तो भीलनी को भी स्वीकार कर लेना पड़ा कि वह भोलाभाला ब्राह्मण बालक सच बोल रहा था।

इस तरह विष्णुदत्त और उसके साथियों को तो छोड़ दिया गया, भीलनी को उसके दुराचार के लिए ख़ूब फटकारा गया। कहानी एक झटके से यहाँ ख़त्म हो जाती है।

लेखकीय नोट

इस कहानी में से शायद शिक्षाएँ कई निकाली जा सकती हैं लेकिन यह हलका काम हम उन आलोचकों पर छोड़ देना चाहते हैं जिन्हें इसमें विशेष दक्षता हासिल है। हम कुछ और ही संकेत संक्षेप में देना चाहते हैं। हमें तो लगता है कि इस कहानी का केन्द्रीय बिन्दु विष्णुदत्त की दीक्षा है—यह कहानी शिक्षाप्रधान न होकर, दीक्षाप्रधान है, कहानी की ख़ूबी यह है कि विष्णुदत्त के वे सातों साथी जो इस दीक्षा के योग्य नहीं थे कहानी में सोए रहते हैं, वे जब जागते हैं तो दीक्षा समाप्त हो चुकी होती है। हम कल्पना कर सकते हैं कि अपनी आँखों से एक युवा पत्नी को एक पराए पुरुष के साथ रतिरत देखकर, फिर एक क्रुद्ध पति द्वारा पत्नी के जार का वध देखकर, और अन्त में एक पापिन पत्नी द्वारा उसके सोए हुए पति का वध देखकर विष्णुदत्त के बालसुलभ भोलेपन का तो अन्त हो ही गया होगा, उसे जीवन की कुछ आधारभूत सच्चाइयों का बोध भी हो गया होगा। वीर्य और रक्त में डूबे हुए दृश्यों ने उसे जो दीक्षा दी होगी, वह कोई गुरु भी उसे शायद ही दे सकता हो।

इस कहानी की नायिका एक भीलनी है, उसका पति भील है, लेकिन उसके जार की जाति के बारे में कथासरित्सागरकार भी ख़ामोश है, हम भी ख़ामोश ही रहना चाहते हैं, लेकिन इसका यह मतलब नहीं कि पाठक भी ख़ामोश रहें। इस बारे में हम उनकी आवाज़ें सुनना चाहेंगे।

भील पति ने अपनी पत्नी के जार का सिर तो झट से काट दिया लेकिन अपनी पत्नी को कुछ बुरा भला कहने या उसके साथ कुछ बुरा भला करने के बजाय वह चुपचाप उसके साथ लेट गहरी नींद सो गया! क्यों? क्या वह अन्दर से यही चाहता था कि उसकी पत्नी उठकर उसका सिर काट डाले? क्या वह सारा टंटा ही समाप्त कर देना चाहता था? लेकिन अगर वह यह चाहता था तो उसने कोई ऐसी व्यवस्था क्यों नहीं की जिससे उसकी पत्नी का काम भी वहीं तमाम हो जाता? कहीं ऐसा तो नहीं कि वह ख़ुद अपराधबोध से पीड़ित

था क्योंकि उसने .ख़ुद कई दुराचार कर रखे थे और वह उन सबका दंड अपनी उस दुष्टा पत्नी के हाथों पाना चाहता था ?

इन प्रश्नों पर गम्भीरता से विचार होना चाहिए।

और अन्तिम संकेत यही कि इस कहानी में नींद को एक रूपक और प्रतीक के तौर पर प्रयुक्त किया गया है, उसी तरह जैसे रात को, राख को, और भीलनी की उन दोनों कोठरियों को भी।

2. ऋषिकन्या कदलीगर्भा की कहानी

सोमप्रभा को कहानियाँ सुनाने की लत थी, कलिंगसेना को सुनने की, और यह उनके पारस्परिक आकर्षण का एक आधार था। वैसे कभी कभी वे दोनों अपनी भूमिकाएँ बदल भी लेती थीं ताकि उनके सम्बन्धों में एकरसता न आ जाए। रस्म की अदायगी के लिए ही सही, सोमप्रभा अक्सर कहानी आरम्भ करने से पहले और कहानी समाप्त करने के बाद कहानी का सन्देश या उपदेश भी बता दिया करती थी लेकिन हमने देखा है कि वे सन्देश या उपदेश अनावश्यक भी हैं, अप्रासंगिक भी। लगता है जैसे वे किसी और ने जोड़ दिए हों, किसी सन्देश उपदेशवादी अहृदय ने। ख़ैर !

सोमप्रभा की सुनाई हुई जिस दूसरी कहानी से अब हम छेड़छाड़ करने जा रहे हैं उसकी नायिका का नाम हमें बहुत ही प्रिय है—कदलीगर्भा ! क्या नाम है ! हमें हैरानी होती है कि यह नाम सर्वप्रिय क्यों नहीं हुआ ? अगर हमारे इस प्रयास के बाद हो गया तो हम अपने प्रयास को सफल मानेंगे। कुछ लेखक छोटी छोटी सफलताओं से ही सन्तुष्ट हो जाते हैं, हम भी शायद उन्हीं हाशियानशीनों में से एक हैं। ख़ैर ! अब हमारी कहानी सुनिए।

एक ज़माने में इस देश में इक्षुमती नाम की एक नदी के किनारे इक्षुमती नाम की एक नगरी हुआ करती थी। कहते हैं कि इन दोनों का निर्माण ऋषि विश्वामित्र ने किया था। कुछ लोगों का विचार है कि नगरी का निर्माण पहले हुआ था, कुछ का यह कि नदी का पहले हुआ था। हमारा झुकाव दूसरे विचारवाले लोगों की तरफ़ अधिक है।

नदी के तट पर एक विशाल वन हुआ करता था, जिसमें मंकणक नाम का ऋषि सिर के बल खड़ा हो पैर जोड़कर तपस्या किया करता था। आसपास के लोग तो उसके दर्शनों के लिए आया ही करते थे, समय पाकर दूरदराज़ से भी दर्शक बड़ी संख्या में आने लगे थे। ऋषि मंकणक के ध्यान में दर्शकों की

उपस्थिति से कोई विघ्न नहीं पड़ता था, उसकी आँखें हमेशा मुँदी रहती थीं, टाँगें हमेशा ऊपर की ओर उठी रहती थीं, मुखमुद्रा हमेशा प्रशान्त रहती थी। लोग एक दूसरे से कहते रहते—'इस ऋषि ने अपनी इन्द्रियों को पूरी तरह अपने वश में कर लिया है, अब तो कोई अप्सरा भी इसकी तपस्या को भंग नहीं कर सकेगी, देखो तो सिर के बल खड़ा यह कितना भव्य और भगवानमय लग रहा है, इसे आभास तक नहीं कि इसके दर्शकों में कितनी सुदर्शनाएँ हैं, तपस्वी हो तो ऐसे ताप का !'

लेकिन विधि की विडम्बना देखिए कि एक दिन मेनिका नाम की अप्सरा आकाश मार्ग से उड़ी जा रही थी कि मंकणक ऋषि की दृष्टि पता नहीं कैसे उसकी ओर उठ गई। अप्सराओं के वस्त्र अक्सर काफ़ी महीन और पारदर्शी से ही होते हैं, ऊपर से ठंडी ठंडी हवा के कारण वे वस्त्र भी मेनिका की ही तरह उड़े जा रहे थे, इसलिए ऋषि ने उसे नग्नप्राय देख लिया और वह अनायास उत्तेजित हो उठा। ऋषियों के बारे में यह बात प्रसिद्ध है कि जब कभी वे कामविह्वल हो जाते हैं तो रुक नहीं पाते। मंकणक ऋषि के साथ भी यही हुआ। मेनिका को नग्नप्राय देख वह बेक़ाबू हो गया और उसके वीर्य के कुछ क़तरे उछलकर एक युवा कदली वृक्ष के बीचोबीच जा गिरे। ऋषियों का वीर्य कभी विफल नहीं जाता, सो उस कदली वृक्ष गर्भ से एक सर्वांगसुन्दरी बालिका पैदा हो गई, और ऋषि ने उसका नाम कदलीगर्भा रख दिया। ऋषि तो फिर अपने तप जप में विलीन हो गया, कन्या कदलीगर्भा आश्रम की स्वच्छ हवाओं में मचलती हुई बड़ी होती गई, बड़ी भी और बला की तन मन मोहिनी भी।

तो हुआ यह कि एक बार दृढ़वर्मा नामक एक राजा शिकार करता हुआ उस आश्रम में चला आया। उसने वल्कल में झिलमिलाती उस कदलीगर्भा को इधर उधर इठलाते देखा तो वह शिकार भूल ख़ुद उसका शिकार हो गया और सोचने लगा—क्या वह उसे पा लेने में उसी तरह सफल हो सकेगा जिस तरह दुष्यन्त शकुन्तला को पा लेने में हो गया था ? तब उसने सामने से आते हुए मंकणक ऋषि को देखा तो अपने घोड़े से उतर ऋषि को प्रणाम किया और अपना परिचय दिया। ऋषि ने कदलीगर्भा को आदेश दिया कि वह राजा के लिए अर्घ्य दे। कन्या से सत्कृत होने के पश्चात् राजा ने ऋषि से कदलीगर्भा के बारे में पूछा कि वह थी कौन और उनके आश्रम में कैसे आई ? ऋषि ने सारी कहानी निःसंकोच कह सुनाई। राजा को लगा कि वह कदलीगर्भा असल में तो मेनिका की ही पुत्री मानी जाएगी, सो उसने ऋषि से कन्या को माँग लिया। ऋषि ने राजा की बात मान ली। स्वर्ग की अप्सराओं को सूचना मिली तो उन सबने

आकर कदलीगर्भा को विवाह के लिए सजाया सँवारा और उसके हाथों में सरसों के बीज देते हुए कहा, "पति के घर जाते समय इन बीजों को रास्ते में बोती जाना, जिससे अगर कभी तुम्हें किसी कारणवश अपने पिता के आश्रम में लौटना पड़े तो पथ पहचान लेने में कठिनाई नहीं होगी।" विवाह हो गया और कदलीगर्भा अपने पति के घोड़े पर सवार हो अपने पति के साथ मध्यदेश चली गई। रास्ते में वह चुपचाप सरसों के बीज बिखेरती रही।

अपने राजमहल में पहुँचकर राजा दृढ़वर्मा अपनी दूसरी तमाम रानियों से विरक्त हो दिन रात कदलीगर्भा के संग ही रतिरत रहने लगा, कि अब तक वैसी अलौकिक सुन्दरी का संस्पर्श उसे नहीं मिला था। उधर दूसरी रानियाँ इस नई रानी से जलने भुनने लगी थीं, जिसने आते ही राजा को पूरी तरह अपने क़ाबू में कर लिया था। आख़िर एक दिन महारानी ने राजा के मुख्यमन्त्री को अपने पास बुलाया और कहा, "मन्त्री महोदय, आपको याद होगा कि मैंने आपके कितने काम किए और करवाए हैं, अब आपको मेरा एक काम करना है, मेरी इस नई नवेली सौत, तथाकथित कदलीगर्भा, को नष्ट करना है, कि इसने तो राजा को अपने जादू से अपना गुलाम ही बना लिया है।"

मुख्यमन्त्री ने हाथ जोड़ महारानी से कहा, "मुझ पर आपके अनेक उपकार हैं, मैं आपका आदेश टालूँ तो कैसे, लेकिन, महारानी, आपके स्वामी की इस नई पत्नी को नष्ट करवाने के लिए आपको किसी साधुनी की सहायता ही लेनी होगी, क्योंकि वही जादू टोने से इस प्रकार के काम कर सकती हैं, मैं करूँगा तो पकड़ा जाऊँगा।"

मुख्यमन्त्री की बात सुन महारानी ने अपना रुख़ फ़ौरन बदल लिया और कहा, "मैं तो ऐसे ही अपना मन हल्का करने के लिए एक बात कह रही थी, मैं क्या जानती नहीं कि आप इस तरह का कोई भी बुरा काम कभी नहीं करेंगे ?"

मुख्यमन्त्री के चले जाने के बाद उसने अपनी दासी से कहा कि वह किसी कुख़्यात साधुनी को बुला लाए। और इस तरह से एक साधुनी को ढेर सारे धन का लालच देकर महारानी ने वह बुरा काम उसे सौंप दिया। साधुनी ने महारानी के सामने तो ख़ूब डींगें मारीं, कहा, महारानीजी, यह तो मेरे बाएँ हाथ का खेल है, लेकिन अपने घर जाकर वह सोच में पड़ गई क्योंकि उससे पहले उसने किसी रानी को नष्ट नहीं किया था, और न ही उसे जादू टोने में कोई ज़्यादा महारत थी। वह हताश होने ही वाली थी कि उसे याद आया कि उसका एक नाई मित्र बहुत चतुर था और वह शायद उसकी सहायता कर सकेगा। सो वह दौड़ी दौड़ी उस नापित के घर गई। नापित उसे देखते ही भाँप गया कि वह कुट्टनी किसी

कुकृत्य की योजना लेकर उसके पास आई होगी। नापितों की प्रज्ञा असाधारण होती है, उनका दिमाग़ उनके उस्तरे की ही तरह तेज़। जब उस साधुनी ने उसे सारी बात बताई तो नापित तुरन्त कोई उत्तर देने के बजाय सोचने लगा–'इस अवसर का पूरा पूरा लाभ मुझे तभी मिल सकता है अगर जल्दबाजी के बजाय बुद्धि से काम लूँ तो, नई रानी को मारना नहीं चाहिए, उसका पिता एक ऋषि है, वह दिव्यदृष्टि से सब देख समझ लेगा, इसलिए रानी को किसी तरह राजा से अलग करके ही महारानी से मिले धन से भी मौज उड़ाऊँगा, और फिर राजा और ऋषिकन्या को अलग अलग ऐसी पट्टी पढ़ा दूँगा कि दोनों सारी उम्र मुझे कुछ न कुछ देते रहेंगे।'

यह सब सोचकर नापित ने उस नक़ली साधुनी से कहा, "माता, रानी को मारना ठीक नहीं रहेगा, उसे राजा से अलग कर देना ही काफ़ी होगा, और यह काम तुम मुझ पर छोड़ दो। बुद्धि के बल पर मैं ऐसे सब काम बड़ी आसानी से कर सकता हूँ। आखिर ये बाल मैंने धूप में तो सफ़ेद नहीं किए। सुनो, तुम्हें अपनी बुद्धि की करामात की एक कहानी सुनाता हूँ।

नापित साधुनी को कहानी सुनाता है

"हमारे राजा दृढ़वर्मा का पिता, तुम्हें याद ही होगा, कितना बदचलन हुआ करता था। वैसे तो सभी राजे महाराजे कमोबेश बदचलन ही होते हैं लेकिन वह हरामी कुछ ज़्यादा ही था। कोई भी जवान और सुन्दर औरत उसकी बुरी नज़र से बच नहीं पाती थी। मैं उसका सेवक था और उसकी हजामत वग़ैरह ही नहीं, उसके गुप्त अंगों की सफाई भी किया करता था, इसलिए मुझसे उसकी कोई बुरी आदत छिपी हुई नहीं थी। पता नहीं तुम्हें याद है कि नहीं, मेरी पत्नी बहुत सुन्दर और स्वस्थ हुआ करती थी। नाइनें और जमादारिनें अक्सर आकर्षक होती हैं और राह जाते लोग उन्हें देख ठिठक जाते हैं। एक दिन उस राजा ने मेरी पत्नी को देख लिया और उसे देखते ही उसने उसे भोगने का फ़ैसला भी कर लिया होगा। यह पता चलाने में उसे कोई दिक़्क़त नहीं हुई होगी कि वह औरत मेरी पत्नी है। यह जान लेने के बाद वह और शेर हो गया होगा, क्योंकि उसने सोचा होगा कि इस नापित साले को इतनी अच्छी सुन्दर पत्नी को अकेले भोगने का क्या अधिकार है ! राजे महाराजे और सेठ साहूकार हमेशा से ग़रीब औरतों पर हाथ मारते आए हैं, हम सब जानते ही हैं। तो हुआ यह कि एक दिन जब मैं घर में नहीं था, वह दुष्ट राजा मेरे घर में घुस मेरी पत्नी को भ्रष्ट कर चला गया।

मेरी पत्नी भी साली कम बदचलन नहीं थी, उसने बड़े अभिमान से मुझे बताया कि राजा कह रहा था कि उस जैसी मस्त औरत उसे पहले कभी नहीं मिली थी। तुम अनुमान लगा सकती हो कि अपनी पत्नी के मुँह से यह सब सुनकर मेरी क्या हालत हुई होगी। मैंने अपनी पत्नी को काफ़ी मारा पीटा लेकिन मारने पीटने से तो बदचलन औरत में बदले की भावना भड़क उठती है, यह समझदारी मुझमें उस समय नहीं थी, बाद में आई।

ख़ैर, तो राजा ने अब हर रात मेरे घर में आकर मेरी पत्नी को मेरी मौजूदगी में भी भोगना शुरू कर दिया और मैंने यह सोचना कि इन दोनों को बुद्धि के बल से ही एक दूसरे से दूर किया जा सकता है, दूसरा कोई तरीक़ा नहीं। तो मैंने खाना पीना कम करके कुछ ही दिनों में अपने आपको इतना दुर्बल बना लिया कि जब मैं राजा की हजामत वग़ैरह करने के लिए उसके महल में जाता तो राजा पूछता—'नापित, बात क्या है, तुम तो सूखते चले जा रहे हो, पत्नी दूध वग़ैरह नहीं पिलाती क्या ?' राजा को मुझसे कोई हमदर्दी तो थी नहीं, वह तो मेरा मज़ाक़ ही उड़ा रहा था, लेकिन फिर भी उसके बार बार पूछने पर मैंने कहा—'महाराज, आप मानेंगे नहीं लेकिन मेरी पत्नी असल में डाकिनी है, इधर उसकी भूख इतनी बढ़ गई है कि जब मैं सोया हुआ होता हूँ तो वह मेरी आँतों को मेरे मलद्वार से बाहर खींच उन्हें चूस लेती है और फिर उन्हें वापस घुसेड़ देती है, इसीलिए मैं दुबला होता जा रहा हूँ, अपनी पत्नी का भेद मुझे बताना तो नहीं चाहिए था लेकिन आप मेरे मालिक हैं, आपसे कुछ भी छिपाना मुझे अच्छा नहीं लगता।'

मैंने देखा कि राजा की हँसी बन्द हो गई और उसके चेहरे पर हवाइयाँ उड़ने लगीं। मैंने अपनी बात को कुछ और मिर्च मसाला लगाकर दुहराया तो राजा का रंग हल्दी की तरह पीला पड़ गया। मैं समझ गया कि मेरी चाल सफल हो रही थी। उसी शाम अपने घर पहुँचते ही मैंने रोना शुरू कर दिया। मेरी बदचलन पत्नी को मेरे रोने की क्या परवाह, उसने मज़ा लेने के लिए मुझे ताना मारते हुए कहा—'रोने चिल्लाने से कुछ नहीं होगा, मुझे जब राजा का प्यार मिल रहा है तो मैं तुम जैसे मरियल की परवाह क्यों करूँ ? खाना उधर पड़ा है, खाना हो तो खा लो, नहीं तो जाकर अपनी खाट पर पड़ रहो, मैं तो अब राजा के स्वागत के लिए बनूँ ठनूँगी !'

अपनी पत्नी की बातें मुझे ज़हर बुझे तीरों सी लगीं लेकिन अपने क्रोध को क़ाबू में रखते हुए मैंने उससे कहा—'मेरी जान, मैं अपने लिए नहीं, तुम्हारे लिए ही रो रहा हूँ; आज मैं जब राजा के सारे शरीर की सफ़ाई कर रहा था तो मैंने

देखा कि उसके मलद्वार में दाँत निकल आए हैं, तुम्हारा राजा, मुझे लगता है, असल में कोई राक्षस है, आज तो मेरा उस्तरा भी टूट गया, मैं यह भद्दी बात बताकर तुम्हारा जी ख़राब नहीं करना चाहता था लेकिन क्या करूँ, आख़िर तुम्हारा पति हूँ, तुम्हें एक राक्षस राजे से फँसी देख चुप कैसे रहूँ ?'

मेरी पत्नी सुन्दर तो थी, मूर्ख भी थी, उसी रात उसने अपने साथ सोए हुए राजा के मलद्वार में उगे हुए दाँतों को देखना चाहा तो झूठमूठ सोया हुआ राजा उछलकर चिल्लाने लगा—'तू सचमुच डाकिनी है, तू मेरी आँतें चूसना चाहती है, मैं अब कभी यहाँ नहीं आऊँगा !'

यह कहकर राजा भाग गया और मेरी पत्नी को यक़ीन आ गया कि राजा उन गुप्त दाँतों को छिपाने के लिए ही भाग गया था। इस तरह मैंने अपनी बुद्धि के बल से उन दोनों को बुद्धू बनाकर अपना उल्लू सीधा कर लिया।"

आगे बढ़ना कदलीगर्भा की कहानी का

अपनी बड़ मार लेने के बाद उस नापित ने उस साधुनी को समझाया कि 'राजसदन के किसी बूढ़े नौकर और कुछ और सेवक सेविकाओं को धन का लालच देकर फोड़ लेना होगा और फिर राजा के मन में यह बात भर देनी होगी कि उसकी रानी कदलीगर्भा डाइन है, इसीलिए तो एक केले के पेड़ के गर्भ से वह उत्पन्न हुई। और फिर किसी रात किसी शव के कुछ अंग काटकर रानी के बिस्तर के आसपास बिखेर बिखरवा देना, राजा देखकर डर जाएगा और कदलीगर्भा को घर से निकाल देगा, महारानी ख़ुश हो जाएगी, और तुम मालामाल हो जाओगी, अगर चाहो तो मुझे भी कुछ दे देना।'

तो उस झूठी साधुनी ने नापित की सिखाई हुई विधि को अपना लिया और कदलीगर्भा को राजमहल से निकलवाने में वह सफल हो गई।

कदलीगर्भा ने सरसों के जो बीज आश्रम से राजमहल जाते समय बोए थे वे अब तक फूट चुके थे, इसलिए उसे आश्रम लौटने में कोई परेशानी नहीं हुई। ऋषि मंकणक ने जब अपनी कन्या को देखा तो कुछ क्षणों के लिए उसे सन्देह हुआ कि शायद दोष उसी का रहा हो। फिर उसने योगबल द्वारा सब कुछ मालूम कर लिया और अपनी कन्या को लेकर राजा दृढ़वर्मा के पास पहुँचा। उसने राजा को समझाया कि उसकी कन्या निर्दोष है और सारा दोष महारानी का ही है जिसने अपनी जलन दूर करने के लिए छलकपट कर कदलीगर्भा को घर से निकलवा दिया।

नापित को जैसे ही पता चला कि ऋषि मंकणक अपनी कन्या के साथ राजमहल पहुँच गया है तो वह भी वहाँ पहुँच गया, और फिर उसने सारी बात बताकर राजा से कहा, ''महाराज, मैंने आपकी इस भोली भाली रानी की जान बचाने के लिए ही साधुनी को अपना सुझाव दिया था, न देता तो उसने रानी को मरवा ही तो दिया होता।''

इस प्रकार राजा दृढ़वर्मा ने ऋषि और ऋषिकन्या से मुआफ़ी माँग ली, ऋषि को सादर उनके आश्रम भिजवा दिया, कदलीगर्भा को अपने सीने से लगा लिया और महारानी से हमेशा के लिए अपना मुँह मोड़ लिया।

लेखकीय नोट

कथासरित्सागर में ये दो कहानियाँ सुना लेने के बाद सोमप्रभा मानो एक रस्म की अदायगी के तौर पर ही कलिंगसेना को उपदेश देती है कि उसे अपनी सौतों से हमेशा सचेत रहना होगा, बावजूद इस बात के कि वह देवताओं की भी चहेती है और विवाह के बाद वत्सराज उदयन की भी चहेती बन जाएगी। और फिर पता नहीं उसे क्या हो जाता है कि वह कलिंगसेना से यों सम्बोधित होती है, ''हे सुन्दर अंगोंवाली कलिंगसेना, अब तू अपने विवाह के लग्न की प्रतीक्षा कर, और उदयन से अपने मिलन की भी, मैं अब कल से यहाँ नहीं आऊँगी, यह तेरे होनेवाले पति का घर है, और अच्छी स्त्रियाँ सहेलियों के पतियों के घरों में नहीं जातीं, और मेरे पति ने भी मुझे आदेश दे दिया है कि मैं यहाँ आना बन्द कर दूँ।''

क़ायदे के मुताबिक़ यहाँ सोमप्रभा को एक दो कहानियाँ और जड़ देनी चाहिए थीं लेकिन उसने ऐसा नहीं किया।

सवाल उठता है कि कथासरित्सागरकार ने सोमप्रभा जैसे रोचक चरित्र को इतनी जल्दी और इतनी आसानी से ग़ायब क्यों हो जाने दिया ? कहीं ऐसा तो नहीं कि वह इस चरित्र की अनेक सम्भावनाओं को सँभालने के कठिन काम से कतरा गया हो, कि उसे यह अन्देशा हो कि अगर सोमप्रभा का आना जाना बन्द न हुआ तो कलिंगसेना का विवाह खटाई में पड़ जाएगा, या अगर हो गया तो ख़तरे में ? वैसे यह भी सम्भव है कि सोमप्रभा को ख़ुद अपनी नीयत पर सन्देह होना शुरू हो गया है।

जैसाकि हम जानते हैं कलिंगसेना का विवाह वत्सराज से नहीं हो पाया। कलिंगसेना को मदनवेग नाम का एक विद्याधर उदयन का रूप बनाकर उड़ा ले

गया था। तो सम्भव है कि सोमप्रभा के पति ने ही उसे अपनी दिव्यदृष्टि से बता दिया हो कि क्या होनेवाला था, और सोमप्रभा ने सोच लिया हो कि उससे पहले ही उसे ग़ायब हो जाना चाहिए।

कारण कुछ भी रहा हो, हम यह खेद व्यक्त किए बग़ैर नहीं रह सकते कि सोमप्रभा जैसी कुशल कथावाचिका को हमने इतनी जल्दी खो दिया। अगर वह कलिंगसेना के घर आती जाती रहती तो हमें कुछ और करारी और विचित्र कहानियाँ सुनने को मिल जातीं। मानना ही होगा कि रचनाकार कभी कभी अपने चरित्रों से भयभीत हो उठते हैं या उन्हें सँभाल नहीं पाते और किसी न किसी लँगड़े बहाने से उन्हें मार डालते हैं या किसी लम्बे सफ़र पर भेज देते हैं या उन्हें किसी बेकार संकोच या ग्रन्थि का शिकार बना डालते हैं। बेचारी सोमप्रभा के साथ भी कुछ ऐसा ही हुआ जान पड़ता है।

सोमप्रभा ने जो कहानी नापित के मुँह से सुनवाई है उसे कुछे नफ़ासतपसन्द पाठक शायद अश्लील कहें। तथाकथित अश्लीलता गल्प का एक शाश्वत पक्ष भी है, प्रश्न भी। हमें यह तथ्य आश्वस्त करना है कि कथासरित्सागर में तथाकथित अश्लीलता के अनेक नमूने हमें मिलते हैं, जिनसे हमें यह आश्वासन भी मिलता है कि उस देशकाल के गल्पकार इस देशकाल के गल्पकारों की अपेक्षा अधिक स्वस्थ, अधिक स्वतन्त्र, अधिक कुंठामुक्त हुआ करते थे। कहना न होगा कि हमें भी उनका अनुसरण करने का प्रयास करना चाहिए।

अर्थलोभ से मानपरा की मुक्ति

पता नहीं मेरे माता पिता ने क्यों और किस लोभ में आकर मेरा विवाह काँची नगरी में रहनेवाले एक धनवान व्यापारी से कर दिया था, क्योंकि सच कहूँ तो मुझे तो वह पहले ही दिन इतना अप्रिय और मनहूस प्रतीत हुआ था कि अगर मुझमें साहस होता तो मैंने उसी दिन उसे छोड़ दिया होता। लेकिन बात शायद सिर्फ़ साहस की नहीं, संस्कारों के अंकुश की भी है। माता पिता के चुने हुए पति को मैं मन ही मन नापसन्द तो कर सकती थी, जैसाकि मैंने किया, मगर उसे छोड़ नहीं सकती थी, ख़ास तौर पर पहले ही दिन। जिस तरह मुझे सिखाया गया था कि माता पिता की आज्ञाओं का पालन करना मेरा परम धर्म है, उसी तरह मुझे यह भी सिखाया गया था कि विवाह के बाद मेरा पति ही मेरा परमेश्वर होगा चाहे वह कितना ही मनहूस और अप्रिय क्यों न हो। और मुझे सिखाया गया था कि मरते दम तक मुझे उसी की पूजा और सेवा करनी है चाहे वह कितना ही क्रूर या कुरूप या कामी, क्रोधी या लोभी क्यों न हो। और मुझे सिखाया गया था कि विवाह के बाद स्त्री की लाश ही उसके पति के घर से निकलनी चाहिए चाहे उसका पति उसे कितने ही कष्ट क्यों न दे। और मुझे सिखाया गया था कि विवाह के बाद मेरा अपना कोई व्यक्तित्व या अस्तित्व नहीं रहेगा चाहे मेरे तन और मन में कितने ही उबाल क्यों न आएँ। और मुझे सिखाया गया था...लेकिन सारा ब्यौरा देना ज़रूरी नहीं, सार आपने समझ ही लिया होगा।

सारी तालीम के बावजूद अगर पहले ही दिन मैं अर्थलोभ नामक अपने पति से विमुख हो गई थी तो दोष मेरी तालीम का नहीं, मेरे अपने ही विकृत चरित्र का रहा होगा या शायद मेरे पति की असाधारण अप्रियता का। हो सकता है मैं उन अल्पसंख्यक कन्याओं में से एक थी जिन पर किसी तालीम का कोई असर नहीं होता। हो सकता है मुझे स्वभाव से ही चंचला कहकर फटकारा जा सकता हो। हो तो ख़ैर कुछ भी सकता है लेकिन हुआ यह कि पहले ही दिन अपने पति को निहायत नापसन्द करने के बावजूद मैं कई महीनों तक उसकी सेवा में जुटी रही, उसकी हर उचित और अनुचित बात को मानती रही, उसके

महालोभी बर्ताव को सहन करती रही, उसके लिजलिजे शरीर और फुसफुसे प्यार को झेलती रही, उसकी हाँ में हाँ मिलाती रही, उसके अहम् को सहलाती रही।

और ऐन मुमकिन है कि मैंने अपना सारा जीवन उसी की सेवा या क़ैद में काट दिया होता अगर एक दिन उसने वह हरकत न की होती जो उसने की।

उस हरकत को बयान करने से पहले उसके साथ अपने सहवास की एक संक्षिप्त सी तस्वीर उतारना मुझे ज़रूरी लग रहा है।

मैंने कहा ना कि पहले ही दिन मेरा पति मुझे मनहूस और अप्रिय प्रतीत हुआ था। आप सोच रहे होंगे, क्यों ? शायद आप यह भी सोच रहे हों कि विवाह से पहले मुझे किसी और पुरुष से प्यार हो गया होगा या मेरे मन में एक आदर्श पति की प्रतिमा बैठ गई होगी या मेरे पति में कोई ऐसा ठोस शारीरिक दोष रहा होगा जिसने मुझे उससे विरक्त कर दिया होगा। ऐसी कोई बात नहीं थी। हुआ यह था कि पहले ही दिन–लज्जावश मैं रात को दिन ही कहे जा रही हूँ–उसने जिन आँखों से मुझे देखा था उनमें मुझे मेरे प्रति उसका रुख साफ़ दिखाई दे गया था, और वह रुख़ एक उदार जीवनसाथी का नहीं, एक काइयाँ व्यापारी का था। उसकी आँखें मुझे ऐसे टटोल रही थीं जैसे किसी माल या मवेशी को। उसके मुँह से मुझे एक अदृश्य लार लटकी हुई दिखाई दे गई थी। मुझे लगा था जैसे मन ही मन वह मेरा और मेरे मांस का मोल लगा रहा हो। सोच रहा हो मैं उसके किस किस काम आ सकूँगी, उसे कौन कौन सा फ़ायदा पहुँचा सकूँगी। मुझे महसूस हुआ था जैसे वह मेरे रूप को एक वस्तु में बदल रहा हो, ऐसी वस्तु में जिसे वह अपने व्यापार के लिए हितकर समझता हो। हो सकता है कि सभी व्यापारी पुरुष अपनी पत्नियों को ऐसी ही आँखों से देखते परखते हों। हो सकता है मैं इस मुआमले में कुछ ज़्यादा ही संवेदनशील हूँ। हो सकता है विवाह से पहले भी पुरुष मुझे काम आनेवाली वस्तु ही समझते रहे हों। हो सकता है मेरा पति अपने तरीक़े से अपने घर और जीवन में मेरा स्वागत ही कर रहा था, मेरे रंग और रूप की सराहना ही कर रहा था, मुझे यह आश्वासन दे रहा था कि मुझे देख वह निराश नहीं हुआ। लेकिन इन तमाम सम्भावनाओं के साथ मेरा यह सन्देह चिपका हुआ है कि मैं अपने अपराधबोध के दबाव में ही इन सबकी कल्पना कर रही हूँ।

अपराधबोध से मुझे इन्कार नहीं, उसी तरह जैसे अपनी निराशा और विक्षोभ से नहीं। मैंने निराशा और विक्षोभ को पनपने न दिया होता अगर उस पहले दिन के बाद मुझे अपने पति की आँखों में कोई परिवर्तन दिखाई दे गया होता तो। मैं मानती हूँ कि आँखें आत्मा को प्रतिबिम्बित करती हैं। अगर मेरे पति

ने मेरी आँखों में ध्यान से झाँका होता तो उसे मेरी आत्मा की यातना दिखाई दे गई होती, क्योंकि पहले दिन से ही वह यातना आरम्भ हो गई थी और उसका मुख्य कारण मेरा पति था। पहले दिन से ही मैंने उस यातना को अपनी नियति मान लेने का प्रयास शुरू कर दिया था, अपने आपको यह समझाना शुरू कर दिया था कि वह यातना मुझे मेरे ही कर्मों के फलस्वरूप मिल रही थी, और पहले दिन से ही मेरे मन में इस प्रयास और आत्मोपदेश के सम्बन्ध में एक धुँधला लेकिन ज़िद्दी सा संशय भी उठ खड़ा हुआ था जिसने मुझे कुछ और करने के लिए उकसाना शुरू कर दिया था, कुछ ऐसा करने के लिए जिससे मुझे अर्थलोभ से मुक्ति मिल सके।

इधर मैं जैसे तैसे, तमाम भीतरी उलझनों और उकसाहटों के बावजूद, नारी धर्म निभाने में जुटी हुई थी, उधर वह जैसे तैसे और धन कमाने में। अपने धन की बदौलत ही उसने राजदरबार में अपने लिए एक ख़ास जगह तो पहले से ही बना रखी थी, अब उस जगह को कुछ और विशिष्टता और ऊँचाई देने के लिए उसने मुझे भी इस्तेमाल करना शुरू कर दिया था। शुरू के उन दिनों में उसने कई बार मुझे अपने साथ राजदरबार ले जाना चाहा और हर बार मैंने किसी न किसी बहाने से उसे टाल दिया, क्योंकि मैं भाँप गई थी कि वह वहाँ मेरे रूप का प्रदर्शन करना चाहता था और अपने फ़ायदे के लिए करना चाहता था। मैंने राजे और राजदरबार के बारे में जो अफ़वाहें सुन रखी थीं उनसे मैंने अनुमान लगा लिया था कि वहाँ व्यभिचार व्याप्त था। वहाँ तो मैं नहीं गई लेकिन आसपास व्याप्त व्यभिचार से निर्लिप्त मैं नहीं रह सकी क्योंकि मेरा पति न सिर्फ़ दूसरे व्यापारियों को अपने साथ घर ले आता बल्कि मुझसे अपेक्षा करता कि उनके साथ सौदेबाजी में मैं भी शिरकत करूँ, उनको रिझाऊँ, लुभाऊँ ताकि वह अपने माल को उनके हाथ अधिक से अधिक दामों पर बेच सके और उनका माल उनसे कम से कम दामों पर ख़रीद सके। मेरी उपस्थिति इस ख़रीदफ़रोख़्त को सहल और सहज बनाने के लिए वह ज़रूरी समझता था। शुरू शुरू में कुछ दिन तो उसने इस आशय के संकेत ही मुझे दिए लेकिन जल्द ही उसने खुलकर और लगभग बेशर्म होकर कहना शुरू कर दिया कि अगर मैं उसकी मदद नहीं करूँगी तो वह मनवांछित मुनाफ़ा नहीं कमा सकेगा और मुनाफ़ा कमाना ही उसका परम धर्म और ध्येय है।

अपने पति के मुँह से इस प्रकार की फूहड़ बातें सुन मेरा जी मितला उठता लेकिन मैं उस पर पत्थर रखकर यथासम्भव उसकी आज्ञा का पालन करती रहती। उसके व्यापारी दोस्त भी उसी की ही तरह लालची और लिजलिजे न होते तो

ऐन मुमकिन है कि उनमें से किसी ने मुझे अपना लिया होता कि मेरा अपना पति तो धनार्जन में ही अपनी सारी ऊर्जा लगा रहा था, उसके पास मेरे लिए न समय था न सामर्थ्य। उसके मन में शायद ही कभी यह आशंका उठी हो कि मुझे धन की लालसा नहीं थी, कि मुझे किसी और ही चीज़ की चाह थी, कि मैं उसके सूखे साथ के कारण अन्दर से सूखती चली जा रही थी, बाहर से उसको भले ही हरी भरी दिखाई देती रहूँ। उसके मन में शायद ही इस प्रकार की किसी आशंका के लिए कोई गुंजाइश हो क्योंकि वहाँ तो हर समय धन का धान ही लहलहाता रहता या फिर धनसम्बन्धी स्वप्नों का।

हाँ, तो मेरा जीवन इस रसलयहीन गति से रेंग ही रहा था कि एक शाम श्रीमान अर्थलोभ ख़ुश ख़ुश घर लौटे और अपनी लिजलिजी मुस्कुराहट का लेप अपने मुख पर चढ़ाकर बोले, "मानपरा, आज हमारी नगरी में किसी दूर देश से सुखधन नाम का एक बहुत ही बड़ा व्यापारी आया है।"

मैं चुप रही क्योंकि किसी बहुत बड़े व्यापारी के आगमन पर मैं चहक तो नहीं सकती थी।

"वह अपने साथ सैकड़ों घोड़े और हाथी और बहुमूल्य रत्नादि भी लाया है।"

मैं चुपचाप मरे हुए मन से अपना काम करती रही।

"बेचने के लिए बीस हज़ार चीनी घोड़े और बेशुमार चीनी कपड़े भी साथ लाया है।"

मैं फिर भी चुप रही।

"तुम शायद मेरा इशारा समझीं नहीं।"

मैं उसका इशारा समझ गई थी लेकिन मैंने अपनी चुप्पी को नहीं तोड़ा।

"मैं चाहता हूँ कि तुम अकेली उसके डेरे पर जाओ और जितने चीनी घोड़े और कपड़े तुम्हें सस्ते दामों मिलें, उससे ख़रीद लाओ।"

उस दिन से पहले उसने किसी व्यापारी के डेरे पर अकेली जाने के लिए नहीं कहा था। मुझे ग़ुस्सा तो बहुत आया लेकिन मैं एक पतिव्रता पत्नी की भूमिका निभाते हुए उसे पी गई।

"प्यारी मानपरा, इस काम में तुम्हें देर नहीं करनी चाहिए, घर का काम तो होता ही रहेगा, इसे छोड़ो और जल्दी से तैयार होकर सुखधन के पास पहुँच जाओ, नहीं तो कोई और उसे पटा लेगी।"

मेरा मन हुआ कहूँ, तुम्हें शर्म नहीं आती ? लेकिन फिर यह सोच चुप रही कि अगर उसे शर्म आती होती तो वह ऐसी बात कहता ही क्यों ? सो मैंने कपड़े

वग़ैरह बदले और एक दासी को साथ लेकर उसके बताए हुए सुखधन के डेरे की तरफ़ चल दी। वहाँ पहुँचने से पहले मेरे मन में कई विचार आए जिनमें से एक यह भी था कि मैं उसी दासी को साथ लेकर कहीं भाग जाऊँ, किसी जंगल या बियाबान में जा छिपूँ, कुछ भी करूँ लेकिन अपने घर न लौटूँ। मेरी दासी ने भी शायद मेरे मन का यह विचार भाँप लिया होगा क्योंकि मैंने देखा वह मुझे ऐसे देख रही थी जैसे कह रही हो, मैं आपके साथ हूँ, आपसे सहमत हूँ।

लेकिन मैंने फिर अपने मन को मार लिया और कुछ ही देर बाद सुखधन व्यापारी के डेरे पर पहुँच गई। मेरा अनुमान था कि सुखधन भी मेरे पति की ही तरह पिलपिला होगा लेकिन उसकी सुडौल देह और सुशील व्यवहार मुझे पहली ही नज़र में पसन्द आ गया—उसकी आँखों में मुझे वह दोष नज़र नहीं आया जो विवाह के बाद पहले ही दिन अपने पति की आँखों में आ गया था।

सुखधन ने मेरी दासी को तो अपनी एक दासी के हवाले कर दिया, मुझे वह एक सुन्दर सजे धजे कमरे में ले गया और बोला, "आपको यहाँ आने का कष्ट नहीं उठाना चाहिए था, मैं ख़ुद आपका इशारा पाते ही आँखों के बल चलकर आपके पास पहुँच जाता।"

उसके लहजे में शराफ़त और शरारत का सन्तुलन मुझे इतना सुन्दर लगा कि मैं अपनी प्रशंसात्मक मुस्कान को छिपा न सकी।

"आप बैठिए ना, खड़ी क्यों हैं ? बताइए, मैं आपके लिए क्या कर सकता हूँ ?"

उसी समय एक दासी खाने पीने का कुछ सामान ले आई और रखकर चली गई। उसके ग़ायब होते ही वह बोला, "मुझे मालूम है कि आप खाने पीने के लिए नहीं, किसी और ही काम के लिए यहाँ आई हैं इसलिए मैं आपसे कोई औपचारिक अनुरोध खाने पीने के लिए नहीं करूँगा, लेकिन अगर आप अपने आप कुछ खा पी लेंगी तो मैं समझूँगा, मैं आपको नापसन्द नहीं बावजूद इस बात के कि आम तौर पर आप जैसी सुन्दर स्त्रियों को हम जैसे लोभी व्यापारी अक्सर असहनीय ही लगते हैं।"

मेरी मुस्कुराहट हँसी में बदल गई, और मैंने सहज भाव से कुछ खा भी लिया, पी भी। और जो मैंने खाया वह भी मुझे अच्छा लगा, जो पिया वह भी। अभी तक मेरे मुँह से एक शब्द भी नहीं निकला था। अब अनायास एक पूरा वाक्य फूट निकला।

"मुझे आपके पास दस हज़ार चीनी घोड़ों और दस हज़ार चीनी जोड़ों का

सौदा करने के लिए भेजा गया है।"

मुझे लगा कि मेरे इस वाक्य ने मेरे पति को तो नंगा कर ही दिया था, ख़ुद मुझे उसके अंकुश से आज़ाद भी कर दिया था। मैं बहुत स्वच्छन्द महसूस करने लगी थी, हालाँकि मेरे भीतर कहीं इस भय ने कसमसाना ज़रूर शुरू कर दिया था कि सुखधन अब कोई ऐसी हरकत कर देगा जो मुझे उससे भी विरक्त कर देगी। इसलिए मैं उत्सुकता से उसके उत्तर की प्रतीक्षा और उसके चेहरे का निरीक्षण कर रही थी। कुछ देर तो वह गम्भीर बना रहा, फिर मुस्कुराते हुए बोला, "आपके साथ सौदा करें मेरे और आपके दुश्मन, मैं तो आपसे प्यार ही कर सकता हूँ, इस शर्त पर कि आप अपनी मर्ज़ी से मुझे यह मौक़ा दें। मैं जानता हूँ कि इस वक़्त आप यहाँ अपनी मर्ज़ी से नहीं आईं, भेजी गई हैं। मैं आपसे कोई सौदा नहीं करूँगा। जब आप अपनी मर्ज़ी से यहाँ आएँगी तो मैं आपसे प्यार करूँगा और जो मुझसे बन पड़ेगा, आपको भेंट करूँगा।"

मैं उस शाम की इस करवट के लिए पूरी तरह तैयार नहीं थी, वैसे हो सकता है कि उसे देख और पसन्द कर लेने के बाद मेरे मन के किसी तहखाने से यह उमंग उठ खड़ी हुई कि हो कि वह मुझसे इस तरह की कोई बात कहे। जो हो, मेरा मुँह मुझे लाल हो गया महसूस हुआ, मेरा दिल एक ख़ास लय में लपकता हुआ। कुछ लोग अपेक्षा कर रहे होंगे कि मैंने कड़ककर सुखधन से कहा होगा—'बकवास मत करो, मैं विवाहिता हूँ, पतिव्रता हूँ, चंचला नहीं, अगर माल बेचना है तो दाम बताओ, नहीं बेचना तो मैं जा रही हूँ अपने घर, अपने पति के पास,' या इसी तरह की किसी सख़्त बात से मैंने उसका मुँह तोड़ दिया होगा। मैंने ऐसा कुछ नहीं किया। कुछ क्षण खुली आँखों उसे देख लेने के बाद मैं उठ खड़ी हुई। वह तो ख़ैर पहले से ही उठा हुआ था लेकिन वह कुछ हैरान ज़रूर हुआ।

"जाने से पहले कोई जवाब नहीं देंगी ?"

मैं चुप रही और दरवाज़े की तरफ चलने लगी। उसने मेरी दासी को बुलवाया। मैंने चुपचाप एक फ़ैसला कर लिया था। उसके बारे में मैं उसे या किसी और को बताना नहीं चाहती थी। इसलिए जब उसने दोबारा पूछा कि मेरा जवाब क्या था तो भी मैं चुप रही और अपनी दासी के साथ अपने घर को चल दी।

मेरा पति घर के दरवाज़े पर खड़ा मेरी प्रतीक्षा कर रहा था। उसकी उत्सुकता मुझे अश्लील लगी। उससे कोई बात किए बग़ैर जब मैं अन्दर चली गई तो वह लगभग भागता हुआ मेरे कमरे में आया और बोला, "बताती क्यों नहीं कि कितने घोड़ों और जोड़ों का सौदा करके लौटी हो ?"

मैंने जवाब में जो निगाह उस पर डाली अगर किसी संवेदनशील व्यक्ति पर डाली होती तो वह वहीं फ़ना हो जाता, लेकिन मेरा पति मुँह बाए मेरी तरफ़ देखता रहा। कुछ क्षण और ख़ामोश रहने के बाद मैंने उसे सुखधन का प्रस्ताव सुना दिया, उसी के शब्दों में तो नहीं लेकिन सुना दिया, उस प्रस्ताव को अपने पति के अनुकूल कुछ फूहड़ बनाकर।

"अगर ऐसी बात थी तो तुम्हें वापस घर आने की इतनी उतावली नहीं करनी चाहिए थी, यह रात वहीं ठहर जाना चाहिए था, मैं क्या एक रात अकेला नहीं रह सकता था ? व्यापार को बढ़ाने के लिए कई प्रकार की क़ुरबानियाँ करनी पड़ती हैं। मेरी मान, मेरी प्यारी मानपरा, और अभी उसके पास चली जा। हाँ, इतना ध्यान रखना कि भेंट वेंट पर भरोसा मत करना, साफ़ साफ़ कह देना कि पाँच हज़ार चीनी जोड़े और एक हज़ार चीनी घोड़ों से कम तुम नहीं लोगी। हो सके तो उससे लिखवा या कोई क़सम उठवा लेना, व्यापारियों पर एतबार नहीं करना चाहिए।"

वह कुछ और भी कहता लेकिन मैं वहाँ ठहरी नहीं। मैंने सुखधन के घर जो मौन फ़ैसला कर लिया था, अब उस पर अमल करने का वक़्त आ गया था। मैंने फ़ैसला यह किया था कि अगर अर्थलोभ ने अर्थ के लोभ में आकर मेरी बात सुन लेने के बाद भी मुझे सुखधन के साथ रात बिताने के लिए कहा तो मैं उससे कुछ भी कहे बग़ैर सुखधन के पास चली जाऊँगी और फिर अपने घर नहीं लौटूँगी। पता नहीं कैसे लेकिन मुझे यक़ीन हो गया था कि सुखधन न सिर्फ़ मुझे स्वीकार कर लेगा बल्कि बड़े प्यार से मुझे अपने पास रखेगा। उसकी आँखों का उदास एकाकीपन मुझे अच्छा लगा था। था तो वह भी मेरे पति की तरह व्यापारी ही लेकिन उसके हावभाव से मुझे यह आश्वासन मिला था कि वह मेरा निरादर नहीं करेगा, मुझे प्यार करेगा, और उसके प्यार से मुझे तृप्ति मिलेगी। वैसे मैंने अपने फ़ैसले में इस सम्भावना की गुंजाइश भी रखी हुई थी कि सुखधन भी शायद अन्दर से अर्थलोभ जैसा ही क्रूर और अप्रिय हो। उस हालत में, मैंने ठान रखा था, मैं उसे भी छोड़ दूँगी और किसी दूर देश को चल दूँगी।

तो जब सुखधन ने दरवाज़ा खोल मुझे बाहर खड़ी देखा तो उसने जिस तपाक से मेरा हाथ पकड़ लिया, उससे मुझे लगा कि वह मेरी प्रतीक्षा कर रहा था। दासियाँ सब सो चुकी होंगी क्योंकि अन्दर मुझे कोई आहट या आवाज़ सुनाई नहीं दी। जिस कोमल उत्साह के साथ वह सुखधन मेरी खातिर कर रहा था, उससे मुझे भ्रम होने लगा जैसे वही मेरा असली पति हो, उसी के साथ उसी

दिन मेरा विवाह हुआ हो, और वही रात मेरी सुहागरात हो। इस भ्रम से मेरी आँखें भारी हो गईं और मेरा शरीर एकदम हल्का। मुझे महसूस हुआ जैसे कोई मुझे अपने साथ उड़ाए लिए जा रहा हो। हमारे बीच बातें बहुत ही कम हुईं। और जो कुछ हुआ उसके लिए न मेरे पास शब्द हैं और न ही मैं उसको शब्दों में बाँधना चाहती हूँ।

यह बताना तो मैं भूल ही गई कि उस अनूठी सुहागरात का शुभारम्भ करने से पहले सुखधन ने अपने कुछ सहायकों को जगाकर उन्हें आदेश दिया कि वे उसी समय पाँच हजार चीनी जोड़े और एक हज़ार चीनी घोड़े अर्थलोभ के घर पहुँचा दें। मैंने उसे इस विषय में कुछ भी नहीं कहा था। फिर उसने कैसे जान लिया कि मेरा नक़ली पति पाँच हज़ार जोड़ों और एक हज़ार घोड़ों की उम्मीद लगाए बैठा था ? मैं कह नहीं सकती लेकिन मेरा अनुमान है कि उसने मेरे पति के लोभ का अनुमान अपनी प्रज्ञा से लगा लिया होगा। यह भी हो सकता है कि सब व्यापारी एक दूसरे का मन पढ़ सकते हों। जो हो, मैं उस समय किसी और ही मौज में थी, इसलिए मैंने बेकार की बातों की तरफ़ कोई ध्यान नहीं दिया, और सच कहूँ तो सुखधन के साथ होनेवाले सुसंगम के अलावा उस समय मुझे सब कुछ बेकार ही लग रहा था।

दूसरे दिन सुखधन और मैं अभी एक दूसरे से लिपटे सो ही रहे थे कि दरवाज़े पर दस्तक हुई। सुखधन के एक ख़ास सेवक ने बताया कि मेरे पति के नौकर बाहर खड़े मेरा इन्तज़ार कर रहे हैं। मैंने सुखधन से कहा, "अपने सेवक से कहिए मैं अभी बाहर जाकर उन नौकरों से बात करूँगी।"

थोड़ी ही देर में मैं तैयार होकर बाहर चली गई। सुखधन ने मुझसे नहीं पूछा कि मैं उनसे क्या कहूँगी, और न ही मैंने उसे कुछ बताया।

बाहर जाकर मैंने अपने पति के नौकरों से कहा, "जाकर अपने स्वामी से कह दो कि मैं अब नहीं लौटूँगी क्योंकि मैं उसकी तरह निर्लज्ज नहीं, उसने मेरी क़ीमत वसूल कर ली है, इसलिए मैं अब यहीं रहूँगी।"

मेरी बात सुन नौकरों ने अपनी नज़रें नीची कर लीं और फिर वह चुपचाप लौट गए।

मुझे मालूम था मेरा पति मेरा पैग़ाम सुन पागल हो जाएगा, इसलिए नहीं कि वह मेरे बग़ैर रह नहीं सकेगा, बल्कि इसलिए कि वह मेरे लाभदायक रूप से वंचित हो जाएगा, उसका इस्तेमाल नहीं कर सकेगा, उसे बेच नहीं सकेगा। और अब तो उसके मुँह को ख़ून लग गया था, उसने देख लिया था कि एक ही रात में मैं उसके व्यापार के लिए कितना कुछ कर सकती थी इसलिए जब

मुझे ख़बर मिली कि अर्थलोभ सारे शहर में शोर मचा रहा था कि सुखधन ने मेरा अपहरण कर लिया था तो मुझे हैरानी नहीं हुई, हँसी ज़रूर आई। मुझे यह ख़बर भी मिली कि जब वह अपने मित्र हरबल के पास अपनी कहानी लेकर गया तो हरबल ने उसे ख़ूब फटकारा था। उसने उससे कहा था कि वह अपने ही किए का फल भोग रहा था, उसे वावेला मचाने का कोई अधिकार नहीं था, उसे चुप मार जानी चाहिए नहीं तो सारा शहर उस पर हँसेगा, सब कहेंगे, वह मारे लोभ के कमीना ही नहीं नपुंसक भी हो गया था, इसीलिए उसकी पत्नी मानपरा उसे छोड़ सुखधन के साथ रहने लगी थी। मुझे यह ख़बर भी मिली कि हरबल के इस मशविरे के बावजूद मेरा लोभी पति अपनी शिकायत लेकर राजा के पास गया था और फिर सुखधन और मैंने सुना कि राजा ख़ुद मुझसे मिलने और बात करने के लिए आ रहा था। मैं समझ गई कि राजा मौक़े का फ़ायदा उठाना चाह रहा था, मुझे देखने की अपनी ख़्वाहिश को पूरा कर लेने का उसे एक अच्छा बहाना मिल गया था। ख़ैर, मैं उसके स्वागत के लिए तैयार होकर बैठ गई। सुखधन को मैंने आश्वासन दिया कि उसे कोई चिन्ता नहीं होनी चाहिए, मैं राजा को सब कुछ बता समझा दूँगी। जब राजा आया तो मैंने सारा क़िस्सा उसे सुना दिया। पता नहीं उसने वह क़िस्सा सुना भी या नहीं क्योंकि वह तो सारा वक़्त मुझे ऐसे देखता रहा जैसे किसी अद्‌भुत चमत्कार को देख रहा हो। जब मैं चुप हुई तो वह बोला, "मानपरा, एक व्यापारी को छोड़कर तुम दूसरे व्यापारी के पास चली आई हो, यह तो कोई बात न हुई, अगर तुम अर्थलोभ को छोड़ना ही चाहती हो तो हमारे पास क्यों नहीं आ जातीं, हम तुम्हें विधिवत् अपनी रानी बना लेंगे।"

मैंने हाथ जोड़कर कहा, "महाराज, आप ज़रूर मेरा इम्तहान ले रहे हैं, मैं तो आपको अपना पिता मानती हूँ, और जब भी मैं आपके पास आऊँगी, आपकी पुत्री बनकर ही आऊँगी।"

राजा खिसिया गया। बोला, "शाबाश ! तुम इम्तहान में पास हो गई हो। लेकिन क्या तुम सचमुच अर्थलोभ के घर नहीं लौटोगी ?"

"महाराज, आप अपनी पुत्री को उस लोभी पिशाच के पास क्यों भेजना चाहते हैं ? नहीं, मैं उसके पास नहीं जाऊँगी।"

राजा तो मुझे आशीर्वाद देकर चला गया लेकिन मेरे पति अर्थलोभ ने ज़िद पकड़ ली कि वह सुखधन के साथ द्वन्द्वयुद्ध करेगा। सो वह द्वन्द्वयुद्ध हुआ। उसमें उसकी हार हुई। और मैं सुखधन के साथ सुखचैन का जीवन बिताने लगी। कुछ दिन काँची नगरी में बिता लेने के बाद मैं उसके साथ उसके देश चली गई।

आप पूछना चाह रहे होंगे कि उन चीनी जोड़ों और घोड़ों का क्या हुआ जो सुखधन ने अर्थलोभ के पास भिजवा दिए थे ? तो सुनिए ! उनको वह अर्थलोभ ऐसे हड़प कर गया जैसे उन पर उसका अधिकार हो। अगर उसने उन्हें लौटा दिया होता तो शायद उसके लिए मेरे दिल में बित्ता भर जगह बची रह जाती। आप शायद यह भी पूछना चाह रहे हों कि सुखधन ने भी क्या अपने व्यापार के लिए मेरे रूप का इस्तेमाल करने की कोशिश की या नहीं ? मेरा जवाब है कि जिस तरह सब संस्कारी स्त्रियाँ एक सी नहीं होतीं उसी तरह सब सांसारिक व्यापारी भी एक से नहीं होते।

लेखकीय नोट

कथासरित्सागर में यह कहानी राज्यधर नामक बढ़ई राजा नरवाहनदत्त को उस समय सुनाता है जब राजा कर्पूरिका नामक एक विद्याधरी के लिए बेहाल हो रहा होता है, इतना कि उसे नींद नहीं आती। एक प्रकार से यह कहानी राजा के लिए नींद की गोली का काम करती है। हमने यह कहानी मानपरा के मुँह से कहलवाई है, इसलिए इसमें अनेक परिवर्तन अपने आप हो गए हैं, और कुल मिलाकर उन परिवर्तनों का प्रभाव शायद ऐसा हो कि यह कहानी नींद लानेवाली गोली के बजाय नींद उड़ानेवाली गोली जैसा काम करे।

लोहजंघ की कहानी, मथुरानिवासिनी गणिका रूपणिका की ज़ुबानी

जो कहानी आज आप मेरे बहुचर्चित/बहुचुम्बित मुख से सुनने जा रहे हैं वह *कथासरित्सागर* में वत्सराज उदयन के वाचाल विदूषक मन्त्री वसन्तक के बहुरूपी और, इस कहानी के सन्दर्भ में, बहुविकृत मुख से सुनवाई गई है : उदयन की प्रेयसी वासवदत्ता के मनोरंजन के लिए। कहना ही होगा कि विवाह वग़ैरह से पहले ही वासवदत्ता को रंगबिरंगी कहानियाँ सुनने की लत पड़ गई थी और यह लत उसके लिए लाभदायक ही साबित हुई क्योंकि उदयन तो वीणावादन और वन भ्रमण और शिकारादि के शोशों में अक्सर इतना डूब जाया करता था कि उसे अपनी या वासवदत्ता या राजपाट की सुधबुध ही नहीं रहती थी और वासवदत्ता को अपना तनमन बहलाने और अपने अन्देशों को सुलाने के लिए उस वाचाल वसन्तक की कहानियों के रस का ही सहारा लेना पड़ता था। इसीलिए शायद *कथासरित्सागर* में वसन्तक की सुनाई हुई कहानियों की संख्या काफ़ी ज़्यादा है और इसीलिए शायद उनमें से कई कहानियाँ काफ़ी अटपटी और ऊटपटाँग हैं। आप स्वीकार करेंगे कि थोक में कहानियाँ गढ़नेवाला कोई भी कारीगर, चाहे वह कितना ही कुशल क्यों न हो, कभी कभी उबाऊ भी हो जाता है और अर्थहीन भी। और आप शायद यह भी स्वीकार कर लेंगे कि किसी भी कहानी के सार और प्रभाव का सम्बन्ध केवल कहानी से ही नहीं होता, कहानी कहनेवाले या वाली के मुख से भी होता है। मुझे अपने मुख से यह बात कहते हुए कुछ झेंप तो महसूस हो रही है लेकिन *कथासरित्सागर* में यदाकदा डुबकियाँ लगानेवाले किसी भी व्यक्ति को मालूम होगा कि वसन्तक के और मेरे जैसी किसी गणिका के मुख में कितना अन्तर है। मेरे मुख की कामुकता के किस्से मथुरा नाम की धार्मिक नगरी की घुमावदार गलियों में कहानियों की शौक़ीन वासवदत्ता की तलाश में मारे मारे घूमते भटकते बीसियों बेकार वसन्तकों के मुखों से आज भी सुने जा सकते हैं।

वैसे मैं मानती हूँ कि मुझे कहानियाँ सुनने का अभ्यास और अनुभव अधिक है, सुनाने का कम। मेरे पास जो आता था, कोई न कोई कहानी लेकर आता था और चाहता था कि मैं उसकी वासना को तो तृप्त करूँ ही, उसकी कहानी को भी चाव से सुनूँ। सच कहूँ तो मुझे अपने ग्राहकों की अधिकतर कहानियों में न कोई मज़ा आता था न उनकी कामुक हरकतों में। लेकिन इन सबके बारे में फिर कभी, अभी तो वही कहानी सुनिए जिसे सुनाने के लिए मुझे न जाने क्यों चुन लिया गया है। अगर इस चुनाव के आधार के बारे में आपके मन में कोई जिज्ञासा हो तो आप लेखक से सम्पर्क करें, मेरे मुख पर दस्तक मत दें।

हाँ, तो अब सुनिए कहानी।

एक बार की बात है कि अपने दिन का शुभारम्भ करने और अपनी माँ मकरदंष्ट्रा के अंकुश से, कुछ देर के लिए ही सही, मुक्ति पाने के लिए मैं नहा धो और स्वच्छ सादे वस्त्र पहनकर देवपूजा के लिए अपने एक प्रिय मन्दिर चली गई। अक्सर वहाँ जाया करती थी और पूजा के पश्चात् लौट आया करती थी, उस दिन भी अनायास ही चली गई। मन्दिर नगर से कुछ दूर एक सुहावने स्थल पर स्थित था। मौसम उस रोज़ मधुर था। पक्षी नटखट बालकों की तरह इधर उधर फुदक रहे थे, हवा किसी कामिनी के बदन की तरह सिहर रही थी, घंटियाँ बज रही थीं, लेकिन मन्दिर का पुजारी भाँग विभोर था और ऊँघ रहा था। मुझे देखते ही वह होशियार हो गया और एक मैली मुस्कुराहट के बीच से बोला, "आज इधर बहुत दिनों बाद आई हो, रूपणिका !" उसकी गिलगिली आवाज़ में कुछ ऐसा था कि मुझे हँसी आ गई। मुझे हँसते देख वह भी हँसने लगा। मैं उसकी फूहड़ हँसी पर मितला ही रही थी कि मेरी दृष्टि मन्दिर के प्रवेशद्वार पर खड़े एक बेचारे से स्वस्थ और सुन्दर युवक पर जा पड़ी। मेरी हँसी रुक गई, पुजारी की हँसी पर आ रही मितली कहीं उड़ गई, और मैं उस युवक की अर्धनग्न जाँघ को निहारती निहारती उस युवक पर फिदा हो गई, सदा के लिए, उसी वक्त।

अब ऐसी बात नहीं कि मैंने वैसी जाँघ पहले कभी देखी न हो। मैं गणिका हूँ, मथुरा की गणिका हूँ, हरमनपसन्द गणिका हूँ, अपने अनेक गुणों के लिए विख्यात हूँ, हर रात कितने ही कामी कद्रदान मेरे पास आते हैं, मेरी बलाएँ लेते हैं, तरह तरह के करतब दिखाते और देखते हैं और उनमें से कितनों की जाँघें बहुत ही भव्य होती हैं। सच तो यह है कि पुरुष के शरीर के किसी भी अंग की कोई अंगड़ाई मुझसे छिपी नहीं, उसका कोई भी रंग मेरे लिए नया नहीं। इसलिए क़ायदे से किसी भी पुरुष के किसी भी अंग के किसी भी रूप या रंग या ढंग या ढोंग का मुझ पर कोई असर नहीं होना चाहिए था। लेकिन सब कुछ

क़ायदे से कहाँ चलता है ? प्रेम तो हरगिज़ नहीं। उस साधारण से दिखनेवाले युवक ने अपनी घिसी फटी धोती किसी और ढंग से बाँध रखी होती और मेरी दृष्टि सीधी उसकी उस अर्धनग्न जाँघ पर न जा पड़ती तो शायद मैं उस पर फ़िदा न होती और उस बेचारे को मेरी माँ मकरदंष्ट्रा की दुष्टता का शिकार न होना पड़ता। लेकिन मेरा इस तरह से सोचना सरासर ग़लत है। जो होना होता है, होकर रहता है। कोई किसी संयोग या वियोग को टाल नहीं सकता। कोई किसी होनी से बच नहीं सकता। उस युवक का मिलन मुझसे होना था, हुआ। उस बेचारे को मेरे कारण कष्ट मिलना था, मिला। अन्त में हमारा पुनर्मिलन होना था, हुआ।

यह मुझे क्या हुआ कि मैंने न सिर्फ़ दर्शन बघारना शुरू कर दिया बल्कि कहानी का अन्त भी पहले से ही आपको बता डाला ! आपका मज़ा किरकिरा होना तो शुरू नहीं हो गया ? लेकिन नहीं, ऐसा नहीं हो सकता। असली रसिक का मज़ा अन्त जान लेने से कभी किरकिरा नहीं होता बल्कि कभी कभी तो वह और करारा हो जाता है। और मैंने आपको अन्त नहीं बताया, उसका संकेत ही दिया है और संकेत देना, सुन्दर संकेत देना, एक दक्ष गणिका का धर्म समझा जा सकता है, कि वह संकेतों की ही तो धनी होती है, उसके पास सांकेतिकता के सिवा होता ही क्या है—आँख से अधिक आँख का संकेत, वक्ष से अधिक वक्ष का संकेत, कामुकता से अधिक कामुकता का संकेत, शरीर से अधिक शरीर की झलकियाँ, प्रेम से अधिक प्रेम का अभिनय...।

एक बात मन में अभी अभी आई है, कह ही क्यों न दूँ—हज़ारों वर्षों से लोग वेश्या के तन को मथते चले आ रहे हैं लेकिन उसके मन को टटोलने का प्रयास बहुत कम लोगों ने किया है और कथासरित्सागरकार उन कम लोगों में से एक है।

तो उस लोहजंघ (बाद में जब मुझे उसका यह नाम मालूम हुआ तो मैं बहुत मुस्कुराई और मैंने सोचा, उसकी माँ ने उसका नाम बहुत सोच समझकर रखा होगा) को देख मैं इतनी पिघल गई कि मन्दिर में प्रवेश कर देवपूजा करना मेरे लिए असम्भव हो गया। मन हुआ दौड़कर उस युवक की जाँघ से लिपट जाऊँ, लेकिन गणिका हूँ, अपने मन को क़ाबू में रखना जानती हूँ, इसलिए कुछ देर तो वहीं खड़ी खड़ी चुपचाप पिघलती रही, फिर मैंने अपने पास ही स्तब्ध खड़ी अपनी सेविका से कहा कि वह उस युवक के पास जाए और उसे कह आए कि आज शाम मैं अपने कामकक्ष में उसकी प्रतीक्षा करूँगी। वैसे अगर मुझे अपनी माँ का भय न होता तो मैं ख़ुद उसी वक़्त आँखों के बल चल लोहजंघ के पास

पहुँच जाती और फिर उन्हीं आँखों पर उसे बिठाकर अपने घर ले जाती, कि शाम तक इन्तज़ार करने का धीरज मुझमें नहीं था।

सेविका ने लौटकर बताया, उस बेचारे का नाम लोहजंघ है, वह एक ग़रीब ब्राह्मण है, और वह कह रहा है, मैं क्या लेकर रूपणिका के कामकक्ष में जाऊँ, मेरे पास तो कुछ भी नहीं। मैंने सेविका को फिर कहा कि वह जाकर लोहजंघ से कहे कि उस मूर्ख को क्या मालूम कि उसके पास क्या है, कि वह शाम को सिर्फ अपने आपको लेकर मेरे पास आ जाए, मुझे उससे किसी और चीज़ की अपेक्षा नहीं।

घर लौटकर मैं अपने कामकक्ष की उस खिड़की के पास जा बैठी जिससे सड़क पर आनेजाने वाला हर व्यक्ति मुझे दिखाई देता है। शाम तक मैं वहीं बैठी रही। माँ आवाज़ें देती रही और मैं तरह तरह के बहानों से उसे टालती रही। मेरी आँखों में तो लोहजंघ ऐसे रसबस गया था कि मुझे और कुछ सुझाई ही नहीं दे रहा था। ख़ैर, तो शाम को जब मैंने उसे अपने निवास की ओर आते देखा तो मैं उछल पड़ी। झटपट मैंने कपड़े बदले, गहने पहने, इत्र फुलेल से अपने सारे बदन को बहार बना दिया और कामकक्ष की दहलीज़ पर जा खड़ी हुई। मेरी माँ ने उस बेचारे को हमारे निवास में प्रवेश करते देखा तो दुखी हो मुझसे बोली, "बेटी, तेरा दिमाग़ तो ख़राब नहीं हो गया, इस कंगाल ब्राह्मण के लिए ही तू सुबह से सिरफिरी हो रही है और अब सोलह सिंगार करके यहाँ आ खड़ी हुई है, तू अपना धन्धा और धर्म एक साथ भूल गई, ख़बरदार जो इस भिखमंगे को मुँह लगाया तो !" लेकिन मैंने माँ की एक नहीं सुनी। लपककर लोहजंघ का हाथ पकड़ लिया और फिर उसे घसीटती हुई कामकक्ष में घुस दरवाज़ा अन्दर से बन्द कर लिया।

अब अगर आप मुझसे यह अपेक्षा कर रहे हैं कि मैं आपको सविस्तार लोहजंघ के साथ अपने उस अभूतपूर्व अविस्मरणीय समागम के बारे में बताऊँगी तो आपको निराश होना पड़ेगा, क्योंकि मैं एक शास्त्रीय भारतीय गणिका होने के नाते इस प्रकार की कोई अश्लीलता कर ही नहीं सकती, इसलिए आपको इतने से ही सन्तुष्ट होना पड़ेगा कि रात भर हम दोनों रतिरत रहे और बार बार हम दोनों को परमानन्द की प्राप्ति हुई। ऐसे अद्वितीय अनुभव के बाद किसी और के साथ सहवास करने का कुविचार मेरे मन में नहीं उठ सकता था। लोहजंघ मेरे साथ रहने लगा। माँ बुड़बुड़ाती रहती और मैं मन ही मन सोचती रहती कि अगर लोहजंघ मुझे पहले मिल गया होता तो मैं न जाने कितने बेमज़ा गुनाहों से बच गई होती। मैं जानती हूँ, मेरा ऐसा सोचना सही नहीं। हर मिलन का

अपना समय होता हैं। हाँ, यहाँ मुझे एक और बात का ज़िक्र कर देना चाहिए...ऊपर से बेचारा दिखनेवाला पुरुष ज़रूरी नहीं कि नीचे से भी बेचारा ही हो। लोहजंघ इस सत्य की एक अमिट मिसाल है।

काश कि मैं कह सकती कि मैंने धन्धा छोड़ दिया और उस समय तक कमाए हुए धन के आधार पर लोहजंघ और मैंने मज़े से साधारण जीवन बिताना शुरू कर दिया। मेरी माँ मकरदंष्ट्रा को यह मंजूर नहीं था। मैंने उसे समझाने की हर सम्भव कोशिश की लेकिन उसने मेरी एक नहीं मानी। मानती भी कैसे क्योंकि एक तो उसे धन का लालच अधिक था और दूसरे उस पर धर्म का दबाव भी कम नहीं था। वह मानती थी कि तन बेचकर धन कमाना ही गणिका का धर्म है। मैं उसे लाख समझाती कि मैं गणिका ही नहीं, एक आस्थावान् भारतीय नारी भी हूँ और मेरा धर्म किसी एक नर से नत्थी हो जाना भी तो है, और अब जब मुझे एक तन मन वांछित नर संयोग से मिल गया है तो मुझे क्या पड़ी है कि मैं मथुरा के हर ऐरे ग़ैरे के साथ सिर्फ़ पैसे के लिए सहवास करती रहूँ ? अब मुझे लगता है कि मेरी इसी दलील ने मेरी माँ मकरदंष्ट्रा को मेरे लोहजंघ की जान लेने पर आमादा कर दिया होगा। अगर मैं भी अपनी माँ की तरह चालाक होती तो मैंने अपने दिल की बात उसे बताई ही न होती, कह दिया होता, यह लोहजंघ बहुत सिद्ध ब्राहाण है, अपनी सिद्धियों से हमें मालामाल कर देगा, तब मैं इसे धक्के देकर चलता कर दूँगी, मैं जन्मजात वेश्या हूँ, मुझे प्रेम व्रेम से क्या मतलब, माँ, मैं तो इस उल्लू से अपना उल्लू ही सीधा करवाना चाहती हूँ। अगर मैं भोली न होती तो मैंने अपने भोले भाले लोहजंघ को उन तमाम कष्टों से बचा लिया होता जो मेरी माँ के कारण उसे मिले।

मैं फिर ग़लत सोच रही हूँ। पता नहीं, कहानी सुनाते सुनाते बार बार मैं क्यों बकवास करना शुरू कर देती हूँ। अभी अभी मैंने अपने लोहजंघ को भोलाभाला कहा, लेकिन आप देखेंगे कि वह भोलाभाला नहीं था। ब्राह्मण गरीब तो हो सकता है, भोलाभाला कभी नहीं होता। लोहजंघ भोलाभाला होता तो उसने मुझे वे जलवे न दिखाए होते जिनकी याद से मैं अब भी बेहोश हो भूल जाती हूँ कि मैं बूढ़ी हो गई हूँ और मुझे पुरानी मस्तियों की यादों पर इस तरह सिहरना और सीत्कार करना शोभा नहीं देता। ख़ैर, तो मेरी माँ मकरदंष्ट्रा मुझसे बार बार यही कहती, "बेटी, तू पथभ्रष्टा हो रही है, धर्मभ्रष्टा हो रही है, इस कंगाल ब्राह्मण के बाहुपाश से निकल अपना कामधन्धा फिर से चला, अब लोहजंघ भी कोई नाम है निगोड़ा, पल्ले एक पैसा नहीं और बना फिरता है लोहजंघ, मेरी मान बेटी, और इस लम्पट को अब चलता कर, मथुरा के अमीर तुम्हारे शरीर के लिए

तड़प रहे हैं, उनका भी तो कुछ ख़याल कर, और उनके माल का भी, तू मुफ़्त में अपना सब कुछ कब तक लुटाती रहेगी, यह मत भूल कि तू मेरी बेटी है, मकरदंष्ट्रा की।''

लेकिन मैंने माँ की एक नहीं मानी और अपने अदम्य लोहजंघ के साथ दिन रात कामविभोर रहने लगी। और उस ब्राह्मण शूरवीर ने भी मुझे वह वह नक्शे दिखाए, ऐसे ऐसे जलवों से मेरा साक्षात्कार करवाया कि मैं हैरान रह गई। मैंने कभी स्वप्न में भी नहीं सोचा था कि मुझे उस जैसा जादूगर नसीब होगा जो मेरे जिस्म के साज़ को इस तरह बजाएगा, उसमें से ऐसी ऐसी विलक्षण रागिनियाँ निकालेगा कि मैं दंग रह जाऊँगी और भूल जाऊँगी कि बतौर गणिका मेरा धर्म क्या है।

ख़ैर, तो माँ मकरदंष्ट्रा को जब यक़ीन हो गया कि मुझ पर उसकी किसी दलील का कोई असर नहीं होगा तो वह हारकर चुप हो गई, लेकिन मैं जानती थी कि वह अवसर मिलते ही कोई और चाल चलकर मेरे लोहजंघ को घर से निकाल देगी। मुझे कई बार ख़याल आया कि मैं लोहजंघ को लेकर कहीं भाग जाऊँ या अपनी माँ को ही जैसे तैसे घर से भगा दूँ, लेकिन मेरी हिम्मत नहीं हुई। पर बात शायद हिम्मत की नहीं, बेटी होने की मजबूरी की है। कोई भी बेटी अपनी माँ को छोड़ सकती है न उससे अपना पीछा छुड़ा सकती है, माँ कितनी ही कुट्टनी क्यों न हो। मैं अपनी माँ की अवज्ञा तो कर सकती थी, उसकी बात मानने से इन्कार भी कर सकती थी, लेकिन उसे घर से नहीं निकाल सकती थी। मैंने लोहजंघ को ख़बरदार कर दिया था, कह दिया था कि माँ का कोई भरोसा नहीं। मैं ख़ुद भी ख़बरदार रहने लगी थी लेकिन चतुराई और छलफ़रेब में मेरी माँ का कोई जवाब नहीं। सो एक दिन जब मैं देवपूजा के बाद घर लौटी तो मेरी सेविका ने मुझे बताया कि मेरे पीछे मेरी माँ ने एक राजपुत्र और उसके सिपाहियों को सिखला फुसलाकर लोहजंघ की भरपूर पिटाई करवाई और उसे उठवाकर दूर कहीं फिंकवा दिया। सेविका ने यह भी बताया कि पिटते समय लोहजंघ उस सेविका से बार बार यही कहता रहा कि रूपणिका से कहना, मैं एक दिन ज़रूर लौटूँगा और इस कुट्टनी से बदला भी लूँगा और रूपणिका के साथ सुख का जीवन भी बिताऊँगा।

मैं दुखी तो बहुत हुई लेकिन दुख को सहने के सिवा कोई चारा नहीं था। मन हुआ कि माँ से अलग रहने लगूँ लेकिन फिर ख़याल आया कि अकेली रहूँगी तो दरिन्दों की बर्बरता से मुझे कौन बचाएगा, बीमार पड़ जाऊँगी तो दवादारू कौन देगा, सेविकाएँ सब स्वार्थ की पुतलियाँ होती हैं, माँ आखिर माँ है, कुट्टनी

हुई तो क्या। और फिर उसने तो यही सोचा होगा कि वह जो कर रही है मेरे भले के लिए ही कर रही है, मुझे सही रास्ते पर लौटाने के लिए कर रही है। और फिर मैंने यह भी सोचा कि बूढ़ी माँ की सेवा करना मेरा धर्म है, अगर लोहजंघ से पुनर्मिलन मेरे प्रारब्ध में होगा तो कोई मुझे उससे वंचित नहीं कर सकेगा। मेरा मन मुझसे बार बार कहता कि वह फिर आएगा, तब तक तुम अपने सीने को पत्थर बना लो, मथुरा निवासियों की हवस को बरदाश्त करो, अपनी मातानुसार अपने धर्म का पालन करो, और लोहजंघ की वापसी के दिवास्वप्न देखो। मैंने अपने मन की बात मान ली। सच और मुसीबत तो यह है कि औरत में आदिकाल से संस्कार ही ऐसे डाले जाते हैं कि वह हर प्रकार की स्थिति स्वीकार कर लेती है, हर प्रकार की कंटक शय्या पर लेट जाने पर राजी हो जाती है, हर प्रकार की पीड़ा को सह जाती है। मैंने भी यही किया।

उधर मेरे प्यारे लोहजंघ पर क्या क्या बीती, यह मुझे बाद में उसी के मुख से मालूम हुआ और अब मैं वह सारा वृत्तान्त उसी के शब्दों में आपको सुनाती हूँ :

तो हुआ यह कि जब तुम्हारी माँ मकरदंष्ट्रा ने मेरा भुरकस निकालकर मुझे मथुरा से दूर एक गढ़े में फिंकवा दिया तो मैं काफ़ी देर तक अपने अगमान और क्रोध की आग और ऊपर से कहर बरसाती धूप में जलता झुलसता वहीं पड़ा पड़ा तुम्हें याद करता रहा, तुम्हारे शरीर की खुशबुओं को याद करता रहा, तड़पता रहा और सोचता रहा कि किन पापों का यह कड़वा फल मुझे मिल रहा है ! बहुत देर बाद जब जिस्म में कुछ जान लौटी तो मैं उठा और किसी तीर्थ में जा प्राण त्याग देने के विचार से एक ओर चल पड़ा। दूर दूर तक कोई वृक्ष मुझे नज़र नहीं आ रहा था, मारे दर्द और धूप के मेरा दम निकला जा रहा था, तभी कुछ क़दमों की दूरी पर मुझे एक हाथी की खोखलाकार खाल पड़ी दिखाई दी। पहले तो मुझे लगा कि वह किसी गिरे पड़े बीमार बूढ़े पेड़ की ही खोखल थी लेकिन पास जाकर देखने पर मैंने असलियत को जान लिया। धूप और लू से बचने के लिए मैं उसमें घुसकर लेट गया। मुझे वहाँ इतना आराम मिला कि मुझे नींद आ गई। जब मेरी नींद खुली तो मैंने पाया कि हाथी की खाल में लेटा पड़ा मैं समुद्र में डूबता उतराता बहा जा रहा था। मैंने अनुमान लगा लिया कि मेरी नींद के दौरान मौसम बदल गया होगा, बादल घिर आए होंगे, और उस खाल में लेटा पड़ा मैं गंगाजी में जा गिरने के बाद बहता बहता समुद्र में आ गिरा होऊँगा। तुम हैरान हो रही होओगी कि उस खाल खोखल में इतनी गहरी नींद

मैं सो कैसे गया कि मुझे बारिश वग़ैरह का कुछ पता ही नहीं चला। थके हारे और पिटे पिटाए पुरुष की नींद एक तो वैसे ही लगभग अटूट होती है लेकिन अगर उसकी नींद में कामविभोर स्वप्नों और स्मृतियों का नशा भी शामिल हो तो वह और अटूट हो जाती है। मेरे साथ भी ऐसा ही हुआ होगा। वैसे मुझे यह भी लगता है कि उस हाथी की खाल में कोई ऐसी जादुई बात भी रही होगी कि उसके भीतर घुसते ही मैं सुरक्षित महसूस करने लगा था, ऐसा महसूस करने लगा था जैसे कोई बच्चा किसी कोख में करता होगा, और फिर वहाँ लेटते ही मैं स्वप्न स्मृतिलोक में जा पहुँचा था जहाँ तुम मेरे आलिंगन में कसी पड़ी किसी सुनहरी मछली की तरह तड़प रही थीं। मैं जानता हूँ कि तुम्हें मेरी उपमाएँ काफ़ी अटपटी लगती हैं लेकिन तुम्हें इतना बताए देता हूँ कि ठनठन गोपाल क़िस्म के प्रेमी कोमल कोमल उपमाएँ तराशने में तो माहिर होते हैं लेकिन उनसे और कुछ होताहवाता नहीं, जबकि मेरे जैसे लोहजंघ प्रेमियों की उपमाएँ भले ही अटपटी हों, उनकी कामुक कुशलताएँ असाधारण होती हैं, जैसा कि तुम जानती ही हो—अब तुम ही बताओ कि मैं झूठ बोल रहा हूँ या सच ?

लेकिन अभी कुछ मत बताना, अभी तो मुझे अपनी कहानी कह लेने दो। तो अब हुआ यह होगा कि एक गरुड़वंशीय पक्षी ने ऊपर से उस खाल खोखल को देख लिया होगा और सोचा होगा कोई जानवर है, सो अपनी चोंच से उस खाल को पकड़कर उसे ले उड़ा होगा। जो भी हो, वह पक्षी मेरे समेत उस खाल को लंका द्वीप पर ले गया। वहाँ उतरकर जब उसने उसे अपनी चोंच से खोला तो अन्दर मुझे देख वह वहाँ से उड़ गया। अब मैं नहीं बता सकता कि उसने ऐसा क्यों किया ?

खोखल से बाहर निकल जब मैंने इधर उधर देखा तो समुद्र तट पर मुझे दो भयंकर राक्षस दिखाई दिए। स्वप्नों और स्मृतियों का सुनहरा गुबार अभी भी मेरी आँखों को धुंधलाया हुआ था, इसलिए मैं तत्काल अपनी स्थिति सही तरीक़े से समझ नहीं पाया। ग़ौर से देखा तो वे दोनों राक्षस मुझे सहमे सहमे से नज़र आए। शायद मुझे देख उन्हें श्रीरामचन्द्र द्वारा की गई लंका की दुर्दशा याद आ गई होगी। जब उन्होंने अचानक दौड़ना शुरू कर दिया तो मैं समझ गया कि वह समुद्र तट पर मेरी उपस्थिति का समाचार राजा विभीषण को सुनाने जा रहे थे। कुछ ही देर बाद वे लौट आए और मुझे विभीषण के पास ले गए। राजा विभीषण ने ससत्कार मेरा स्वागत किया। मैं प्रसन्न भी हुआ, विस्मित भी। आखिर जब मुझसे पूछा गया कि मैं वहाँ कैसे आया, क्यों आया, तो मैंने सूखा सच बोलने के बजाय एक तरोताज़ा रोचक झूठ बोल दिया। मैंने कहा कि मैं

मथुरा का रहनेवाला एक साधारण और दरिद्र ब्राह्मण हूँ, दरिद्रता के दुख से तंग आकर मैंने नारायण के मन्दिर में कई महीनों तक निराहार तपस्या की तो एक रात स्वप्न में मुझे नारायण दिखाई दिए और बोले–'तू मेरे अनन्य भक्त राजा विभीषण के पास जा, वह तुझे मालामाल कर देगा' और जब मेरी नींद खुली तो मैंने अपने आपको आपके द्वीप पर गिरा पड़ा पाया।

विभीषण मेरा क़िस्सा सुन बहुत प्रभावित हुए। यहाँ तुम मुझसे पूछ सकती हो कि मैंने विभीषण से झूठ क्यों बोला ? मेरे पास इसका कोई सीधा और सच्चा जवाब नहीं, इसलिए फिलहाल यह सवाल स्थगित ही रहे तो अच्छा होगा। हाँ, अपने हक़ में इतना कह सकता हूँ कि कहीं न कहीं यह झूठ बोलते समय मेरे मन में यह मोह ज़रूर रहा होगा कि इस झूठ के सहारे शायद मैं फिर तुमसे मिल सकूँगा और तुम्हें तुम्हारे पेशे और तुम्हारी माँ से मुक्ति दिला सकूँगा। यह मैं अपने झूठ की सफाई के तौर पर नहीं, तुम्हारे लिए अपने प्रेम की पुष्टि के तौर पर ही कह रहा हूँ–तुम मानो या न मानो, तुम्हारी मर्जी।

ख़ैर, तो हुआ यह कि विभीषण ने सुमेरु पर्वत से एक गरुड़वंशीय पक्षी मेरी सवारी के लिए मँगवा लिया और मुझे आदेश दिया कि मैं कुछ दिनों के लिए और रुक जाऊँ और उस पक्षी पर सवार हो उड़ने का अभ्यास करूँ। सो मैंने वही किया। वहाँ से चलते समय राजा ने मुझे बहुमूल्य रत्नों से लाद ही तो दिया और साथ ही मथुराधिपति के लिए अनेक उपहार भी दिए। और तब आखिरकार मैं उस पक्षी पर सवार हो मथुरा पहुँच गया। मैं चाहता तो यही था कि वहाँ पहुँचते ही तुम्हारे निवास पर पहुँच तुम्हें अपने बाहुपाश में बाँध लूँ लेकिन मैंने संयम से काम लिया, क्योंकि मैं जल्दबाजी नहीं करना चाहता था और तुम्हारी माँ से बदला भी लेना चाहता था।

सो मैं मथुरा के बाहरी भाग में स्थित एक बौद्ध विहार में ठहर गया। अपना सारा धन मैंने जमीन में गाड़ दिया और अपने पक्षी को भी वहीं कहीं बाँध दिया। फिर मैंने एक रत्न को बाज़ार में बेचकर ज़रूरी सामान खरीद लिया, भोजन किया, पक्षी को भोजन कराया और फिर नए वस्त्रों से सज धजकर शाम की प्रतीक्षा करने लगा। शाम होते ही मैंने शंख चक्र धारण कर पक्षी को खोला और फिर उसकी पीठ पर बैठ उड़ता हुआ तुम्हारे निवास की छत पर उतरा और फिर मैंने वहीं से तुम्हें पुकारा। उसके बाद तो तुम जानती ही हो कि क्या हुआ।

तो यहाँ से फिर मैं कहानी शुरू करती हूँ। जब मैंने लोहजंघ की पुकार सुनी तो मैं पुलकित हो उठी। मैं यह तो नहीं कहूँगी कि मैंने उसकी आवाज़ को पहचान

लिया था लेकिन मैं यह ज़रूर कहूँगी कि उस पुकार को सुनते ही मैंने उसी प्रकार पिघलना शुरू कर दिया था जिस प्रकार मैं लोहजंघ को पहली बार देख पिघली थी। दौड़ती लपकती मैं छत पर जा पहुँची और मैंने देखा कि मेरे सामने शंख चक्रधारी नारायण खड़े थे और उनके पास ही उनका वाहन खड़ा था। मैं कुछ कहती या करती, उससे पहले ही लोहजंघ बोला, मैं हरि स्वयं तुम्हें मिलने और तुम्हारे साथ रहने के लिए आया हूँ। मैंने कहा, यह आपकी अपार कृपा है, आप मेरे साथ नीचे चलें। लोहजंघ ने पक्षी को वहीं बाँध दिया और ख़ुद मेरे साथ हो लिया। शयनकक्ष जल्द ही कामकक्ष में बदल गया। इस बीच लोहजंघ कुछ और कड़ा, कुछ और बड़ा, कुछ और अदम्य हो गया था। इधर मैं तो उसके वियोग में सूखी धरती के समान थी ही। आप कल्पना कर सकते हैं कि रात भर क्या होता रहा। मेरी माँ को किसी कारण गहरी नींद आ गई होगी वरना वह ज़रूर आवाज़ देकर पूछती—'बेटी आज किस राक्षस से पाला पड़ गया तेरा ?' सच कहूँ कि मैंने लोहजंघ को पहचान तो लिया था लेकिन मैंने उसे पता नहीं चलने दिया। मैंने सोचा, भले आदमी की पोल मैं क्यों खोलूँ अगर इसे अपने आपको नारायण मानकर ही मस्ती मिल रही है तो मेरा क्या जाता है !

सवेरा होने से पहले ही जब वह अपने पक्षी पर सवार हो उड़ गया तो पता नहीं मुझे क्या हुआ कि मैंने सचमुच ही मान लिया कि वह लोहजंघ नहीं था, भगवान विष्णु ही थे। इसे आप लोग वहम कहें या कुछ और, यह मुझ पर ऐसा सवार हुआ कि मैं एक विचित्र प्रकार के अहंकार से फूल उठी, मुझे लगने लगा कि मैं विष्णु की प्रेमिका हूँ, मैं अब मनुष्यों को अपने मुँह क्यों लगाऊँ ? सो मैंने मौन धारण कर लिया और माँ से कह दिया कि आज से मैं किसी मर्द से नहीं मिलूँगी। मेरी माँ ने जब यह सुना तो वह मेरे पीछे ही तो पड़ गई। अब मैं क्या करती, मुझे अपने मौन और प्रण का भेद बताना पड़ा। मुझे डर था, मेरी बात सुनते ही माँ भड़क उठेगी। कहेगी, तू पगला तो नहीं गई, भगवान विष्णु भला किसी वेश्या को भोगने उसके घर क्यों आएँगे ? लेकिन माँ ने सिर्फ़ इतना ही कहा कि जब तक वह उन्हें अपनी आँखों से यहाँ नहीं देखेगी, उसे विश्वास नहीं आएगा। तो उस रात जब उसने शंखचक्रादि से सुशोभित लोहजंघ को गरुड़वंशीय पक्षी की पीठ से छत पर उतरते हुए देखा तो उसे विश्वास हो गया कि भगवान विष्णु ही मेरे नवीनतम प्रेमी हैं। वह रात मैंने फिर लोहजंघ के साथ परमानन्द विभोर हो बिताई और अगली सुबह उसके उड़ जाने के बाद माँ मकरदंष्ट्रा मुझे पकड़कर बैठ गई और ज़िद करने लगी कि मैं अपने भगवान से प्रार्थना करूँ कि वह मेरी माँ को सशरीर स्वर्ग भिजवा दे।

मैं अपनी माँ की इस विचित्र और असम्भवप्राय माँग के लिए तैयार नहीं थी। मैंने तो कभी सोचा भी नहीं था कि उसे स्वर्ग के बारे में सोचने का समय भी मिलता होगा, क्योंकि मैंने तो हमेशा उसे धनार्जन की कामनाओं और उनकी पूर्ति के लिए नाना प्रकार के छलफ़रेब की योजनाओं में ही डूबे हुए देखा था। फिर भी मैंने उसे कह दिया, मैं कोशिश करूँगी। तो उस रात जब लोहजंघ फिर उसी विष्णुवेश में मेरे कामकक्ष में आया तो मैंने माँ की प्रार्थना उसके कान में डाल दी। ऐसा करते समय मेरे मन के एक कोने से आवाज़ आ रही थी, रूपणिका, क्या तुमने सचमुच मान लिया है कि तुम लोहजंघ से नहीं, विष्णु से बात कर रही हो ? इस आवाज़ को दबाना, दबाए रखना बहुत ज़रूरी था, इसलिए मैंने जैसे तैसे उसे दबाए रखा क्योंकि मैं लोहजंघ का खेल तो देखना चाहती ही थी, अपनी किसी ग़लती से उसे खो भी नहीं देना चाहती थी। यह मान लेने में भी मुझे कोई संकोच नहीं कि मुझे उस खेल में एक अनोखे आनन्द का अनुभव भी हो रहा था—आँखें मूँद जब मैं कल्पना करती कि मेरे साथ मेरा लोहजंघ नहीं, सारे संसार का स्वामी लेटा हुआ है तो मुझे महसूस होता जैसे धरती और आकाश का मिलन हो रहा हो। हाँ, तो मेरी बात सुन भगवान विष्णु बोले, "तुम्हारी माँ एक कुख़्यात कुट्टनी है, उसे खुले आम स्वर्ग में ले जाना आसान नहीं होगा, पकड़े जाने का खतरा है ! हाँ, एकादशी के दिन स्वर्ग का द्वार खोल दिया जाता है, शिवजी के भक्तगणों के लिए, उसी दिन शायद मैं मकरदंष्ट्रा को स्वर्ग में घुसेड़ पाने में सफल हो सकूँ, लेकिन उसका सिर मुँड़वाकर सिर्फ पाँच शिखाएँ वहाँ छोड़ देनी होंगी, और उसके गले में हड्डियों की माला डालनी होगी, उसके शरीर के आधे भाग को काला और आधे को लाल रँग देना होगा और फिर उसे नग्न खुला छोड़ देना होगा ताकि वह शिवजी के गणों जैसी नज़र आए।"

मेरी माँ तो यह सब करने के लिए तैयार हो गई, मेरे मन में कई प्रकार के संकोच उठ खड़े हुए थे। मैं भाँप गई थी कि लोहजंघ ने मेरी माँ से बदला लेने के लिए ही वह लाल काली योजना बनाई होगी और मेरा मन हो रहा था कि लोहजंघ से साफ़ साफ़ कह दूँ कि वह विष्णु नहीं, लोहजंघ है, और उसे मेरी माँ को अपमानित करने का विचार छोड़ देना चाहिए, मेरी ख़ातिर, लेकिन मैं चुप रही क्योंकि मैं लोहजंघ को खोना नहीं चाहती थी। वैसे यह भी सम्भव है कि मेरे अपने मन के किसी अँधेरे कोने में अपनी कुट्टनी माँ को सबक सिखाने की कोई काली कामना भी छिपी बैठी हो। जो भी हो, एकादशी के दिन प्रातःकाल ही मेरी माँ अपना हुलिया बिगाड़कर लोहजंघ के पीछे उस पक्षी पर बैठ उड़ गई।

बाद में लोहजंघ ने मुझे बताया कि उसने मेरी माँ को एक देवमन्दिर के

सामने गड़े हुए एक स्तम्भ के साथ लगे हुए एक चक्र के सहारे खड़ा कर दिया और उससे कहा, "मैं अब सारा प्रबन्ध करने जा रहा हूँ, तुम यहीं रुको।" कुछ आगे उड़ने पर लोहजंघ को रतजगे के लिए इकट्ठे हुए लोगों का एक मेला दिखाई दिया, उन्हें देख उसने ऊपर से आवाज दी, "हे नागरिको, तुम्हारे ऊपर एक महामारी गिरनेवाली है, मैं तुम्हें सावधान कर रहा हूँ ताकि तुम हरिभजन द्वारा अपनी रक्षा कर सको।" नागरिकों ने समझा कि आकाशवाणी हो रही है। वे बेचारे बहुत घबराए और अपनी घबराहट दबाने के लिए उन्होंने जोर जोर से हरिभजन शुरू कर दिया। उधर लोहजंघ उड़ता हुआ बौद्ध विहार तक जा पहुँचा। वहाँ उतर उसने पक्षी को वहीं बाँध दिया, अपना नक़ली वेश उतार दिया, असली वेश धारण कर एक साधारण मथुरानिवासी नागरिक दिखने लगा और फिर वह उस मेले में शामिल हो गया। जैसाकि मैंने कहा कि यह सारी बातें बाद में मुझे लोहजंघ ने ही बताईं। वैसे माँ और लोहजंघ के उड़ जाने के बाद मैं भी अपनी सेविका को साथ लेकर उस मेले में जा शामिल हुई थी। भीड़ और अँधेरे के कारण लोहजंघ तो मुझे दिखाई नहीं दिया लेकिन उस स्तम्भ पर चक्र के सहारे खड़ी अपनी नग्न माँ को मैं देख सकती थी। वह बेचारी बार बार चिल्ला रही थी, मैं गिरी कि गिरी, मैं गिरी कि गिरी ! और मेले की भीड़ बार बार कहे जा रहे थी, मत गिरो, मत गिरो ! मुझे समझ नहीं आ रहा था कि यह सब क्या हो रहा है। वह सारी रात उसी तरह गुज़र गई। सुबह हुई तो सब मथुरानिवासियों ने मेरी माँ को उस स्तम्भ पर खड़े देखा और पहचाना तो वे सब लोटपोट होने लगे। मैं उनकी हँसी में शामिल नहीं हुई। हो भी कैसे सकती थी—अपनी माँ का अपमान बेटी के लिए हँसी मज़ाक़ की बात कैसे हो सकती है। मैं मारे शर्म के डूबी जा रही थी और आसपास सब लोग खिलखिला रहे थे। तभी लोहजंघ की आवाज़ मेरे कानों में पड़ी। वह कह रहा था, "अपने विष्णु को अब तो पहचान लो, रूपणिका।" मैं उस समय गुस्से में थी। उसे झिड़कती हुई बोली, "पहले मेरी माँ को उस खम्भे से नीचे उतारो, मैं इस वक़्त मज़ाक़ के मूड में नहीं।" लोहजंघ मेरी सख़्त आवाज़ सुन सहम गया। फिर जो हुआ उसकी कल्पना आप लोग कर ही सकते हैं। बेकार की छोटी छोटी बातें बताने की ज़रूरत नहीं। संक्षेप में यही कि कुछ ही दिन बाद मेरी माँ ने भी लोहजंघ को मुआफ़ कर दिया, मैंने भी। अब लोहजंघ एक निर्धन ब्राह्मण तो रहा नहीं था, इसलिए मेरी माँ मकरदंष्ट्रा को अपना अपमान भूल जाने में अधिक दिक़्क़त नहीं हुई, अधिक देर भी नहीं लगी। वैसे यह भी सम्भव है कि उस सारे अपमानानुभव के कारण माँ भीतर से कुछ बदल भी गई हो। यह कहने की ज़रूरत नहीं कि मैंने धन्धा

छोड़ दिया, माँ ने धर्म की दुहाई छोड़ दी और मैं लोहजंघ की धर्मपत्नी बन गई। यह एक अलग असन्तोष है कि सन्तान सुख मुझे नहीं मिला, वैसे यह भी ठीक ही हुआ क्योंकि अगर संयोग से मेरे गर्भ से एक बेटी पैदा हो गई होती तो क्या पता मैं भी अपनी माँ मकरदंष्ट्रा जैसी ही हो जाती...क्या पता !

लेखकीय नोट

यह संकेत देना सही महसूस हो रहा है कि मूल कथा में किए गए तमाम परिवर्तनों के बावजूद इस कहानी में से अनेक नेक सन्देश निकाले जा सकते हैं और मुझे विश्वास है कि सन्देशप्रेमी समीक्षक ऐसा करने से बाज़ नहीं आएँगे। न आएँ, मेरी बला से।

देवदत्त की बीवी की कहानी, पिंगलिका ब्राह्मणी की ज़ुबानी

एक दिन की बात है कि वत्सराज उदयन सुबह सवेरे अपने दरबार में बैठे अपनी बीवी वासवदत्ता के मनोविनोद के लिए मन ही मन एक मार्मिक प्रेम कहानी गढ़ने का असफल प्रयास करते हुए सोच रहे थे कि उनका वह चतुर मन्त्री वसन्तक कैसे इतनी आसानी से नित नई कहानियाँ बुन लेता है कि नित्योदित नामक द्वारपाल ने आकर उनसे निवेदन किया, "हे राजन ! एक अति दरिद्रा किन्तु सुन्दर ब्राह्मणी दो बच्चों को गोद में लिए बाहर बैठी हुई है और आग्रह कर रही है कि उसे भीतर आने दिया जाए ताकि वह आपको अपनी दुर्दशा दिखा सके।"

उदयन पसीज गए और बोले—"उसे अभी भीतर ले आओ।"

फटे पुराने वस्त्रों में जब वह दुखियारिन अपने दो बच्चों को सीने से लगाए भीतर आई तो राजा उदयन उसे देख और पसीज गए और बोले, "तुम्हारी और तुम्हारे बच्चों की यह बुरी हालत हमसे तो देखी नहीं जा रही, इसलिए हम तुम्हें अपनी महारानी के पास भेज रहे हैं, उसको जब तुम अपना दुखड़ा सुनाओगी तो वह अवश्य ही तुम्हें समुचित दानादि देकर तुम्हारा उद्धार कर देंगी।"

तो वह द्वारपाल उसे वासवदत्ता के पास ले गया। रानी मानो उसी की प्रतीक्षा कर रही हो, उसने उसे देखते ही अपनी दासियों को आदेश दिया, "इस बेचारी और इसके बच्चों को अभी ले जाकर अच्छी तरह नहलाओ, नए वस्त्र पहनाओ, स्वादिष्ट भोजन खिलाओ, दूधादि पिलाओ फिर मेरे पास लाओ।"

दासियों ने रानी के आदेशानुसार सब कुछ किया। स्नानादि के पश्चात् सुन्दर नए वस्त्र पहन और बढ़िया भोजन खा लेने के बाद वह ब्राह्मणी और उसके दोनों बच्चे फूलों की तरह खिल उठे। उधर वासवदत्ता स्नानादि कर तरोताज़ा हो गई थी और सोचने लगी—'विधि भी कितनी विचित्र है कि मेरे पास सुख सम्पत्ति सब कुछ है लेकिन बालक अभी एक भी नहीं, इस बेचारी के पास और कुछ भी नहीं लेकिन बालक इसे एक साथ दो हो गए हैं।'

अपनी इस ईर्ष्या से ही मुक्त होने के लिए मानो रानी वासवदत्ता ने ब्राह्मणी से कहा, "तुम सबसे पहले मुझे एक कहानी सुनाओ, उसके बाद अपनी विपदा के बारे में बताना।"

कहानियाँ सुनने का व्यसन जिस स्त्री को लग जाए वह हर किसी से कहानी की ही अपेक्षा अधिक करती है और किसी वस्तु की कम। हमारा अनुमान है कि राजा उदयन ने उस ब्राह्मणी को देखते ही यह अनुमान लगा लिया होगा कि उसे बहुत सी कहानियाँ आती होंगी। देखा गया है कि जिनके पास और कुछ नहीं होता या कम होता है उनके पास कहानियों की कोई कमी नहीं होती।

ख़ैर, तो वह ब्राह्मणी रानी की बात सुन बोली, "महारानी, आज बहुत दिनों बाद मैंने भरपेट बढ़िया भोजन खाया है, सुन्दर वस्त्र पहने हैं, बच्चों को दूध पिलाया है, इसलिए अभी आपको एक ऐसी कहानी सुनाती हूँ कि आप सुनकर दंग रह जाएँगी।"

पिंगलिका ब्राह्मणी की बड़ सुन वासवदत्ता मुस्कुराई और मन ही मन सोचने लगी—'भोजनादि के बाद तो इस ब्राह्मणी के पर निकल आए !'

अब उस ब्राह्मणी की कहानी आप लोग भी सुनें।

एक ज़माने की बात है कि जयदत्त नाम का एक साधारण ज़मींदार हुआ करता था, जिसका एक ही पुत्र था। पुत्र का नाम था देवदत्त। वह देवदत्त जैसे ही कुछ बड़ा हुआ, उसके पिता ने उसके विवाह की चिन्ता शुरू कर दी। पुत्रियों के विवाह की चिन्ता की बात तो समझ में आती है, पुत्र के विवाह की चिन्ता पिता लोग कम ही किया करते हैं, लेकिन पिता भी सब एकसमान नहीं होते, इसलिए जयदत्त की चिन्ता पर हमें अधिक चकित नहीं होना चाहिए। सम्भव है, उसे पूर्वाशंका हो गई हो कि वह स्वयं ज्यादा देर तक ज़िन्दा नहीं रहेगा और यह भी कि अगर उसने अपने बेटे का विवाह अपने जीते जी न कर दिया तो बेटा बिगड़ जाएगा और सारी ज़मीन जायदाद को बरबाद कर डालेगा। देखा गया है कि पिताओं को जायदाद की चिन्ता अधिक होती है और माताओं को इस बात की कि उनकी बहुएँ उनके बेटों को अपने वश में कर लेंगी। जो भी हो, जयदत्त ने गम्भीर सोच विचार के बाद यह निर्णय लिया कि वह देवदत्त का विवाह किसी वैश्य कन्या से ही करेगा क्योंकि उसका विश्वास था कि वैश्य कन्याएँ अधिक स्थिर होती हैं, इधर उधर भटकती नहीं, पति की सम्पत्ति को भी सँभालकर रखती हैं, पति को भी। यही सब सोचकर उसने देवदत्त का विवाह पाटलिपुत्र के एक वैश्य वसुदत्त की कन्या के साथ कर दिया। वसुदत्त ने अपनी कन्या को दहेज में बहुत धन दिया, इतना कि उसका पति और ससुर उसे देख बहुत ही खुश

हुए—इतने कि उन्होंने उस कन्या को ध्यान से देखा तक नहीं। दहेज में आए धन को देख खुश तो देवदत्त की माँ भी कम नहीं हुई थी लेकिन ख़ुशी के बावजूद उसके मन के किसी अनालोकित कोने में इस आशंका का कंकर मौजूद था कि बहू भली न निकली तो क्या होगा ?

विवाह के कुछ दिन बाद वसुदत्त अपनी बेटी से मिलने समधी जयदत्त के घर आया और लौटते समय बेटी को अपने साथ ले गया। इस घटना में असाधारण तो कुछ नहीं था, फिर भी देवदत्त की माँ को यह बात रास नहीं आई क्योंकि वह चाहती थी कि उसकी बहू ससुराल में रहकर उसकी भी सेवा करे, उसके बेटे की भी। यहाँ यह संकेत दे देना ज़रूरी है कि देवदत्त को अपनी सम्पत्ति और माँ से जितनी आसक्ति थी उतनी अपनी बीवी से नहीं थी, वरना उसने अवश्य ही आपत्ति उठाई होती और कहा होता, अभी तो विवाह को हुए कुछ ही दिन हुए हैं, मायके भागने की इतनी उतावली क्यों ?

तो हुआ यह कि कुछ दिनों के बाद जयदत्त का अकस्मात् ही देहान्त हो गया और उसके बेटे देवदत्त की सारी जायदाद को उसके सगे सम्बन्धियों ने हड़प लिया। उसकी माता को वहम हो गया कि उसकी बहू उसके बेटे के लिए अशुभ साबित हुई है। उसने अपने बेटे से तो कुछ नहीं कहा लेकिन अपने मन में एक गाँठ सी उसने ज़रूर बाँध ली। शत्रुओं के भय से वह देवदत्त को लेकर अपने घर से भाग कहीं और जा छिपी और फिर उसने अपने बेटे को उकसाना शुरू कर दिया कि वह पहले धनी ससुर के पास जाए और उससे सहायता माँगे और फिर उससे प्राप्त हुए धन से अपनी हालत सुधारकर, उचित साज सामान लेकर, उस इलाके के महाराजा के पास जाए और उससे याचना करे कि वह उसकी खोई हुई जायदाद जागीर उसे दिला दे।

इस प्रकार अपनी माता की बात मान देवदत्त अपने ससुराल जा पहुँचा लेकिन सीधा अपने ससुर के घर वह नहीं गया। एक तो वह यात्रा की थकान से आक्रान्त था, दूसरे वह उस दीनहीन अवस्था में अपनी पत्नी और अपने ससुर के सामने नहीं जाना चाहता था। और तीसरे उसके मन में कोई अबूझ सा भयमिश्रित संशय किसी तीखे तिनके की तरह अटका हुआ था। इसलिए उसने वह रात अपने ससुर के घर के समीप एक धर्मशाला में बिताने का निर्णय लिया, यह सोचकर कि शायद नींद के दौरान उसे ऐसा कोई संकेत मिल जाए जिससे उसका धर्मसंकट कुछ कम हो।

आदमी सोचता कुछ है, होता कुछ और ही है। अक्सर होता वही है जो आदमी ने न सोचा हो। देवदत्त के साथ भी यही हुआ। वह उस धर्मशाला में

लेटा नींद की प्रतीक्षा में अधीर हो ही रहा था कि उसने एक मजबूत रस्से के सहारे एक स्त्री को धर्मशाला की दूसरी मंज़िल की ओर चढ़ते बढ़ते हुए देखा। वह चौंककर खड़ा हो गया। उस स्त्री के बजाय कोई पुरुष होता तो देवदत्त समझता कोई चोर है लेकिन स्त्री को देख वह हैरान हो ही रहा था कि उस स्त्री के रत्नों की कौंध हुई और उसने पहचान लिया कि वह स्त्री उसकी अपनी पत्नी ही थी। कुछ क्षण तो वह वहीं बुत सा बना खड़ा रहा, फिर दौड़ता और सीढ़ियों चढ़ता हुआ दूसरी मंज़िल पर पहुँच गया। कुछ ही देर बाद उसकी पत्नी भी ऊपर पहुँची तो उसने एक मैले कुचैले मर्द को बरामदे में खड़े देखा। देवदत्त शायद इन्तज़ार कर रहा था कि उसकी पत्नी उसे पहचानकर गले लग ज़ार ज़ार रोना शुरू कर देगी। उसने शायद यह भी सोचा हो कि उसकी पत्नी को किसी तरह पता चल गया होगा कि वह उस धर्मशाला में रुका हुआ था और वह सजधजकर चोरी छिपे उससे मिलने ही वहाँ पहुँच गई हो। लेकिन उसकी पत्नी ने जब उससे पूछा कि वह कौन है और उसे घूर क्यों रहा है तो देवदत्त का मुँह इतना सा रह गया और उसने बुझी हुई आवाज़ में जवाब दिया, "मैं थका हारा मुसाफ़िर हूँ, मुझे क्षमा करो, एक क्षण के लिए मुझे भ्रम हो गया था कि मैं तुम्हें जानता हूँ।" उसकी पत्नी ने जब अपने पति की आवाज़ को भी नहीं पहचाना तो देवदत्त अपनी माँ को याद करने लगा जिसने कभी उसे एक धीमा सा संकेत दिया था कि उसकी पत्नी की आँखों में उसे कुछ खोट कभी कभी दिख जाता है।

ख़ैर, तो जब वह उस धर्मशाला की दूसरी मंज़िल के एक कमरे में प्रवेश कर गई तो देवदत्त भी दबे पाँव उस कमरे के बन्द प्रवेशद्वार के बाहर जा खड़ा हुआ। बाक़ी सब लोग बेख़बर सोए पड़े थे, इसलिए देवदत्त को उस कमरे के अन्दर हो रही बातें और हरकतें साफ़ सुनाई दे रही थीं। उसने सुना कि एक पुरुष उसकी पत्नी को सख़्त स्वर में कह रहा है, "तू इतनी देर से क्यों आई ? क्या हो गया था तुझे ? कहीं तुम्हारा वह बुद्धू पति तो यहाँ नहीं आ टपका ? बोलती क्यों नहीं ?"

और फिर देवदत्त ने बाहर खड़े खड़े सुना कि उस पुरुष ने ताबड़तोड़ उसकी पत्नी के गालों पर झापड़ जड़ने शुरू कर दिए हैं। स्वयं उसने अपनी पत्नी पर हाथ उठाना तो एक तरफ़, कभी उसे उसकी किसी ग़लती पर झिड़की तक नहीं दी थी। उसे याद आया कि उसकी माँ ने दो एक बार इशारे से उसे समझाया था कि पति को अपनी पत्नी पर कभी कभी कुछ सख़्ती ज़रूर करनी चाहिए नहीं तो उसमें चंचला के दोष आ जाते हैं। बेचारा देवदत्त बार बार बाहर खड़ा

अपनी माँ को याद कर रहा था और उसकी पत्नी अन्दर किसी पराए पुरुष से पिट तो रही थी लेकिन प्रतिशोध करने या रोने चिल्लाने के बजाय ऐसी आवाज़ें निकाल रही थी जिनसे देवदत्त को आभास हो रहा था जैसे वह आनन्दविभोर हो सीत्कार कर रही हो। उसे अपने कानों पर यकीन नहीं आ रहा था। तभी कुछ हिम्मत जुटाकर उसने धीरे से दरवाज़े को धकेला तो उसे अपनी आँखों पर यक़ीन नहीं आया, क्योंकि वे दोनों सब कुछ से बेख़बर नितान्त नग्न समागम में डूबे हुए थे।

देवदत्त को अपनी पत्नी की बेहयाई पर गुस्सा तो बहुत आया लेकिन अपनी समझदार माँ की हिदायत को वह उस समय भी भुला नहीं सका—चलने से पहले उसने उसे कहा था—'बेटा, किसी भी बात से विचलित मत होना, ध्यान हमेशा अपने ध्येय पर ही रखना और तुम्हारा ध्येय है कि तुम्हें अपनी जायदाद जागीर वापस लेकर ही घर लौटना है।' इस तरह देवदत्त ने माँ की नसीहत को याद करते हुए अपने आक्रोश पर क़ाबू पा लिया। वैसे भी जो मर्द अपनी माँ का मुरीद बन जाता है उसके लिए उसकी पत्नी दूसरे या तीसरे दर्जे की औरत हो जाती है। देवदत्त ने शायद यह भी सोच लिया हो कि शोर मचाने से नुकसान ही होगा, फ़ायदा नहीं और फिर उस पुरुष के साथ उलझना उसे ख़तरनाक भी ज़रूर महसूस हुआ होगा क्योंकि उसने देख सुन लिया था कि वह कितना बर्बर क़िस्म का कामी प्रेमी था। उसे यह विश्वास भी ज़रूर रहा होगा कि उसकी पत्नी उसका नहीं, अपने उस दुष्ट प्रेमी का ही पक्ष लेगी।

इन सब बातों के बावजूद, महारानी, मुझे तो उस बेचारे उलझे हुए मातादमित देवदत्त पर दया ही आ रही है, यह कल्पना कर कि अपनी उस बेशर्म बीवी को एक धर्मशाला में उस पुरुष के साथ समागम करते देख और सुनकर उसके दिल में कैसे कैसे दर्द उठे होंगे और उसने किन किन उल्टी सीधी दलीलों से उन दोनों पर झपट पड़ने से अपने आपको रोका होगा। मैं यह दुहराए बग़ैर भी नहीं रह सकती कि अपने माता पिता की ही तरह देवदत्त को असली प्यार अपनी सम्पत्ति से ही था। पत्नी के बजाय सम्पत्ति को अधिक महत्त्व देने के कारण ही उसने सब कड़वे घूँट उस समय पी लिए होंगे। हाँ, एक सम्भावना यह भी हो सकती है कि वह अतिउदार विचारों का रहा हो और उसके अन्दर कहीं यह अवधारणा छिपी बैठी हो कि उसकी पत्नी को हर प्रकार की आज़ादी होनी चाहिए, कि वह अपनी देह का दुरुपयोग जैसे चाहे करे, जिसके साथ चाहे करे। और यह भी सम्भव है कि उस पुरुष की दबंगता को देख उसके मन में अपने पौरुष पर कई बुनियादी सन्देह एक साथ उठ खड़े हुए हों, और उन्हीं सन्देहों के कारण अकस्मात्

उसे वैराग्य हो गया हो, संसार और सम्पत्ति से नहीं, सिर्फ सम्भोग से।

ख़ैर ! मेरी कल्पना मुझे यही सुझाती है कि देवदत्त किंकर्तव्यविमूढ़ वह सारा लोमहर्षक दृश्य देखता रहा और तरह तरह की दलीलों से अपने आपको धोखा देता रहा, जिनमें सबसे बड़ी एक दलील यह भी थी कि उसे अपने ही किन्हीं बुरे कर्मों का कुफल मिल रहा था और एक यह भी कि अगर उसका विवाह उसके अपने ही कुल में किया गया होता तो उसकी पत्नी कुलटा न निकलती। इन तमाम सोचों और संकोचों के कारण वह और कुछ तो न उठा सका, अपनी पत्नी के कानों से गिरे हुए बहुमूल्य रत्न को उसने चुपके से उठा लिया। उसकी पत्नी को अपने पिता के घर लौटने की उतावली थी और उसके प्रेमी को कपड़े पहन सुव्यवस्थित हो आराम से सो जाने की, इसलिए उन दोनों में से किसी ने देवदत्त को वह रत्न उठाते हुए और फिर वहाँ से खिसक जाते हुए नहीं देखा वरना उसकी पिटाई हो जाती। मेरा अनुमान है कि उस दब्बू देवदत्त ने उस पिटाई को भी यह सोच चुपचाप सहन कर लिया होता कि कभी कभी अपने ध्येय की पूर्ति के लिए अपनी पत्नी के प्रेमी के हाथों पिटना भी अनिवार्य हो जाता है।

अपने कमरे में जाकर देवदत्त ने उस रत्न को ध्यान से देखा और उसके बेहिसाब मूल्य के बारे में अनुमान लगाया तो अपनी पत्नी को लेकर उसका रहा सहा अपराधबोध एकदम उड़ गया और वह अपनी समझ बूझ, सांसारिकता और अपनी माँ पर और गर्व महसूस करने लगा। अब ससुर से सहायता माँगने की कोई ज़रूरत या मजबूरी नहीं थी। यह सोचकर भी वह बहुत ख़ुश हुआ कि ससुर के घर जाकर दिन के प्रकाश में उसे अपनी पापिन पत्नी का काला मुँह भी नहीं देखना पड़ेगा।

तो हुआ यह कि दूसरे दिन मुँहअँधेरे ही वह कन्नौज की तरफ़ चल दिया। वहाँ पहुँच उसने उस रत्न को गिरवी रख इतना धन हासिल कर लिया कि कई हाथी, घोड़े और शस्त्रादि खरीद लेने के बाद भी ठाट बाट के लिए उसके पास काफ़ी पैसे बच गए। अपने मनोरथ की पूर्ति के लिए उसने उस धन में से कुछ दानादि भी कर दिया और फिर कान्यकुब्ज के राजा की सहायता से उसने अपनी जागीर जायदाद पर फिर से क़ब्ज़ा जमा लिया। और फिर अपने ध्येय की पूर्ति के पश्चात् उसके मन में अपनी उस पापिन पत्नी को सबक़ सिखाने की इच्छा उबलने लगी। उसने वह गिरवी रखा हुआ बहुमूल्य रत्न छुड़ा लिया। उसे लेकर वह अपनी माँ के पास गया। जब उसकी माँ ने उसकी बात सुनी तो वह बोली, “मैंने तो पहले ही संकेत दे दिया था कि तुम्हारी पत्नी की आँखों में खोट है।” माँ की शह पाकर वह शेर हो गया और उसने अपनी पत्नी का वह रत्न अपने

ससुर को भेज दिया। वह वैश्य उस रत्न को देख घबराया और उसने पुत्री से पूछा, "क्या मामला है ?" वैश्य पुत्री उस रत्न को देखते ही सारा मामला समझ गई। उस रात की सारी घटनाएँ उसके मन पर कौंध गईं जिस रात वह अपने प्रेमी से मिलने के लिए उस धर्मशाला में गई थी और वहाँ उसने उस फटेहाल मुसाफ़िर को देखा था। वह मेरा पति ही तो था, उसने सोचा, और उसी ने मेरे कान से गिरे इस रत्न को चुपके से उठा लिया होगा। इस तरह सोचते सोचते और उस रात को याद करते करते वह अपने पापबोध की तीव्रता से पागल हो गई और उसका हृदय उसी समय फट गया और वह वहीं अपने पिता के सामने मर गई।

उसकी दासी ने जब उसके पिता को उसकी पापिन पुत्री का भेद बताया तो वैश्य ने पुत्री की मृत्यु को श्रेयस्कर समझ उसका दुख नहीं मनाया।

उधर उस पापिन के पति ने कान्यकुब्ज के राजा की पुत्री से विवाह कर लिया और अपनी पहली पत्नी को भूल अपनी दूसरी पत्नी के साथ आनन्दपूर्वक रहने लगा।

इस तरह, महारानीजी, इस कहानी से सिद्ध हो जाता है कि वज्रवक्षा स्त्रियाँ भी पापबोध का आघात सहन नहीं कर पातीं और यह भी कि चंचला पत्नी को बाँधकर रखना हर पति के बस की बात,नहीं। और यह भी कि सम्पत्ति चाहनेवाले पति को हमेशा अपनी माँ की सीख को सँभालकर रखना चाहिए और उसके बताए हुए रास्ते पर चलना चाहिए, तभी वह विपत्ति में भी अपने ध्येय से विचलित नहीं होगा।

कथासरित्सागर के अनुसार महारानी वासवदत्ता उस पिंगलिका ब्राह्मणी से इतनी प्रभावित हुई कि उससे उसकी आपबीती सुनाने के लिए अनुरोध करने लगीं।

लेखकीय नोट

उस ब्राह्मणी की आपबीती आपको नहीं सुनवाई जाएगी। उसके एविज़ यहाँ संक्षेप में इस अटपटी कहानी की नुक्ताचीनी की जाएगी। यहाँ यह साफ़ कर दिया जाना चाहिए कि मैंने मूल कहानी में कोई ख़ास परिवर्तन नहीं किए। हाँ, माँ के चरित्र को मैंने कुछ और चमका दिया है और उसके साथ उसके आज्ञाकारी पुत्र के सम्बन्ध को भी, क्योंकि मूल कहानी मुझे इन परिवर्तनों की माँग करती हुई महसूस हुई थी।

अब मैं उन नुक्तों की तरफ़ मुड़ता हूँ जो उठाए जाने की माँग मुझसे कर रहे हैं, या कम अज़ कम मुझे उनके हावभाव से ऐसा महसूस होता है।

पहला नुक्ता तो कहानी के अन्त के बारे में है। मुझे इस कहानी की पत्नी के हृदय के फट जाने और उसके वहीं अपने पिता के सामने मर जानेवाली घटनाएँ विश्वसनीय नहीं लगतीं। एक तो इसलिए कि 'हृदय का फट जाना' एक मुहावरा मात्र है। इसका इस कहानी में प्रयोग किया जाना तो मुझे उचित लगता है लेकिन इसका यह काफ्काई इस्तेमाल कि उस औरत का हृदय सचमुच फट गया था, जिसके कारण तत्काल उसकी मृत्यु हो गई थी—यह सब मुझे अनुचित ही नहीं, अस्वाभाविक भी लगता है, और इसीलिए अविश्वसनीय भी। हो न हो, यह अन्त कहानी सुनानेवाली ब्राह्मणी ने इस कहानी पर थोप भर दिया है—शायद वासवदत्ता को ख़ुश करने के लिए, शायद उसे ख़बरदार कर देने के लिए, शायद अपने ही संस्कारों के दबाव के कारण, शायद उस औरत को उसके 'पाप' की सज़ा देने के विचार से, और शायद इन सभी बातों से एक साथ गुमराह होकर। जो भी हो, मुझे नहीं लगता कि जो पत्नी अपने पिता के घर से रात के समय निकल एक धर्मशाला की दीवार पर एक रस्से के सहारे चढ़ अपने उस जानवर प्रेमी से मिलने के लिए जा सकती है, वह अपने पापबोध से इतनी उत्पीड़ित हो जाएगी, इतनी आसानी से, कि उसका हृदय सचमुच फट जाए और उसकी जान सचमुच निकल जाए। मुझे तो इस कहानी की दबंग पत्नी में यह सम्भावना दिखाई देती है कि वह अपने प्रेम (जिसे आप चाहें तो पाप भी कह सकते हैं) पर अडिग रहेगी, आख़िरी दम तक।

इस सिलसिले में यहाँ मुझे उस बोधिसत्व की बीवी अनायास याद हो आई है जिसकी कहानी कथासरित्सागर से ही उधार लेकर मैं पहले लिख चुका हूँ। मुझे लगता है कि खोजने पर कथासरित्सागर में हमें बहुत सी ऐसी अदम्य अतृप्त पत्नियाँ मिल जाएँगी जिन्हें धनदौलत या दीनहीन भलमनसाई से न तृप्त किया जा सकता है न दमित। ऐसी पत्नियों को कहानी के अन्त में मार डालना मुझे कलात्मक और नैतिक दृष्टि से दोषपूर्ण लगता है।

दूसरा नुक्ता परोक्ष रूप से पहले के साथ जुड़ा हुआ है और वह यह कि इस कहानी की पत्नी का नाम हमें नहीं बताया गया। देखा जा सकता है कि कथासरित्सागर की कथाओं में नामों की भरमार है। अक्सर नाम रूप का संकेत भी देते दिखाई देते हैं, काम का भी। आम तौर पर किसी भी कहानी के किसी चरित्र को नाम न देने के पीछे नीति यह रहती है कि जिसका नाम नहीं, उसे भुला देने में आसानी रहती है, और जो नारी किसी भी कारणवश लीक से हटी

दिखाई दे, उसे भुला ही देना चाहिए। हो सकता है कि इस कहानी में भी यही नीति अपनाई गई हो। अगर ऐसा है तो यह इस पत्नी के साथ अन्याय है।

अब अगर सोचा जाए तो इस कहानी की बेनाम पत्नी के तथाकथित पाप के पक्ष में कई नुक्ते उठाए जा सकते हैं, जिनकी ओर संकेत तो किया गया है लेकिन जो पर्याप्त साहस के साथ उठाए नहीं गए। वैसे मैंने देखा है कि कथासरित्सागर की अनेक कहानियों की अनेक सम्भावनाओं को उन कहानियों के वाचक नकारते तो नज़र आते हैं लेकिन यह आभास भी बराबर मिलता रहता है कि वे उन्हें पूरी तरह से मिटा नहीं पाए।

नुक्ते और भी निकाले जा सकते हैं लेकिन मैं समझता हूँ, कुछ नुक्ते पेशावर नुक्ताचीनों के लिए भी छोड़ देने चाहिए, सो मैं उन्हें छोड़ रहा हूँ।

उदयन की बीवियों के अन्देशे

पुराने ज़माने की बात और एक दिन का ज़िक्र है कि सहस्रानीक और मृगवती के सुपुत्र उदयन की दोनों बीवियाँ–वासवदत्ता और पद्मावती–बहुत ही उदास हो गईं, क्योंकि उनका घुमक्कड़ पति अपने उस रथ पर सवार हो शिकार को निकल गया था (या शिकार का बहाना बनाकर कहीं और) जिसे सारथि की ज़रूरत पड़ती थी न घोड़ों की, जो अपनी ही किसी पोशीदा शक्ति से अपनी ही शर्तों पर चलता था, और जिस पर उदयन के सिवा और कोई व्यक्ति उदयन के अनुरोध के बावजूद सवार होने के लिए राज़ी नहीं होता था। उदयन की बीवियों की उदासी का मूल कारण तो यही था कि अब उन्हें न जाने कितने दिन और कितनी रातें उदयन के बग़ैर गुज़ारनी पड़ेंगी लेकिन उस उदासी में अनेक अन्देशे भी घुलेमिले हुए थे, और उन अन्देशों का मूल कारण वह विचित्र रथ था जिसे सारथि की ज़रूरत पड़ती थी न घोड़ों की और जो अपनी ही किसी पोशीदा शक्ति से अपनी ही शर्तों पर चला करता था। जब कभी उदयन उस रथ पर सवार हो कहीं जाता तो उसकी बीवियों की उदासी में कई अन्देशे घुलमिल जाते। सबसे बड़ा अन्देशा तो उन्हें यही होता कि वह विचित्र रथ पता नहीं उनके पति को किन किन वर्जित इलाकों में ले जाएगा, उससे कैसे कैसे वर्जित काम करवाएगा, उसे किन किन वर्जनाओं का आनन्दानुभव करवाएगा। वह जब इस सबसे बड़े अन्देशे के बारे में सोचती तो सिर न उठा पाती। सबसे छोटा अन्देशा उन्हें यही होता कि वह विचित्र रथ वैसे ही किसी दूसरे विचित्र रथ से टकरा न जाए। वह जब इस सबसे छोटे अन्देशे के बारे में सोचती तो फौरन सिर उठाकर मुस्कुराना शुरू कर देती क्योंकि उन्हें ख़याल आ जाता कि वैसा विचित्र रथ उदयन के अलावा और किसी के पास हो ही नहीं सकता। इन दो अन्देशों के अलावा और कई छोटे बड़े अन्देशे भी उन दोनों को थे, लेकिन उनका वर्णन हम यहाँ नहीं करेंगे, कि उनके बारे में कमोबेश सही अनुमान आसानी से लगाए जा सकते हैं।

आम तौर पर उदयन की दोनों बीवियाँ एक साथ उदास नहीं होती थीं।

जब वासवदत्ता उदास होती, पद्मावती अपनी चहकमहक से उसकी उदासी दूर कर देती, और जब पद्मावती उदास होती तो वासवदत्ता अपने स्वप्नों के सुनहरे क़िस्से सुना सुनाकर उसका मन बहला देती। कहनेवाले कहते, उदयन ने दो शादियाँ की ही इसीलिए थीं कि ताकि उसकी बीवियाँ एक दूसरी की उदासी को दूर करती रहें और वह निश्चिन्त हो शिकार करता रहे। कहनेवाले तो और भी बहुत कुछ कहते लेकिन हम इतना ही कहेंगे कि उदयन की दोनों बीवियाँ उदयन से प्यार तो बहुत करती थीं लेकिन उन्हें उस पर पूरा पूरा भरोसा हरगिज़ नहीं था। वे जानती थीं कि उसे हर प्रकार के शिकार का शौक़ था, इसलिए जब कभी वह यह कहकर कहीं जाता कि वह शिकार करने जा रहा है तो उनमें से एक ज़रूर उदास हो जाती, सोचती, पता नहीं पतिदेव किस शिकार पर गए हैं, शिकार करने गए हैं या होने!

जिस दिन का हम ज़िक्र कर रहे हैं उस दिन उन दोनों के दिल में कोई ऐसी बात आ गई होगी कि दोनों एक साथ बहुत ही उदास हो गईं और जैसा कि हम कह चुके हैं उस उदासी में अनेक अन्देशे भी घुलेमिले हुए थे जिनका मूल कारण वह विचित्र रथ था। घंटों गुमसुम बैठे रहने के बाद जब वे दोनों आख़िर अपनी उदासी से ऊब गईं तो वासवदत्ता बोली, "यह मुई उदासी तो हमारा रंगरूप बिगाड़कर रख देगी और फिर उदयन को क़ाबू में रखना और मुश्किल हो जाएगा इसलिए क्यों न हम उस वाचाल वसन्तक को बुला लें और कहें कि हमें कोई ऐसी कहानी सुनाए जो उदयन के रथ से भी ज़्यादा विचित्र हो।" सो उन्होंने उदयन के मन्त्री वसन्तक को बुलवा भेजा। वसन्तक तो ऐसे अवसरों की ताक में ही बैठा रहता था क्योंकि उसे दूसरों की उदास बीवियों को बेसिर पैर की कहानियाँ सुनाने की बीमारी थी, और, फिर उदयन ने उसे हिदायत दे रखी थी कि वह वासवदत्ता और पद्मावती के मनोरंजन के लिए हमेशा कुछ प्रेम कहानियाँ अपने पास तैयार रखे। सो उसने आते ही यह कहानी शुरू कर दी।

पाटलिपुत्र नाम की एक पावन नगरी में एक सौदागर रहता था जिसका नाम था धर्मगुप्त। उसके काम के बारे में कुछ न कहना ही ठीक रहेगा क्योंकि उसका काम उसके नाम के अनुकूल नहीं था। तो हुआ यह कि उसकी पत्नी चन्द्रप्रभा गर्भवती हो गई। अब पत्नियाँ, वह चाहे सौदागरों की हों या गदागरों की, यदाकदा बल्कि अक्सर गर्भवती होती ही रहती हैं, इसलिए पूछा जा सकता है कि मैं इस छोटी सी बात का बतंगड़ क्यों बना रहा हूँ। जवाब दिया जा सकता है कि यह बात इतनी छोटी नहीं जितनी नज़र आती है और मैं इसका बतंगड़ नहीं बना रहा, इसमें से एक कहानी पैदा करने का प्रयास कर रहा हूँ। हाँ, तो चन्द्रप्रभा

ने गर्भवती होने के दस महीने बाद एक बच्ची को जन्म दिया जिसे नाम दिया गया, सोमप्रभा। पैदा होते ही उस बच्ची सोमप्रभा ने प्रसवकक्ष को इस तरह आलोकित कर दिया कि उसकी माँ चन्द्रप्रभा की आँखें चुँधिया गईं और वह चिन्तित हो उठी—यह बच्ची इतने तेज को सँभालेगी कैसे ! और फिर उसी क्षण जब उसने उस बच्ची को बड़ों की तरह बोलते सुना और उठते बैठते देखा तो वह अवाक् रह गई, मूर्छित होते होते बची। उसकी दाइयाँ पहले ही दहशत खाए खड़ी थीं। जब धर्मगुप्त ने दाइयों की हालत देखीं तो वह सहमा सहमा सा अपनी पत्नी के पलंग के पास जा खड़ा हुआ। चन्द्रप्रभा साँस रोके लेटी हुई थी और नवजात सोमप्रभा उसे यूँ पुचकार रही थी जैसे उसकी बेटी न हो, माँ हो। धर्मगुप्त चकित तो बहुत हुआ लेकिन अनुभवी आदमी था, समझ गया कि कुछ असाधारण घट गया है, हो न हो उसके घर किसी बच्ची ने नहीं, किसी अप्सरा या देवी ने जन्म ले लिया है। उसे खुश होना चाहिए था, और वह कुछ खुश हुआ भी, लेकिन वह जानता था कि अगर वह बच्ची सचमुच की अप्सरा या देवी है तो उनसे सँभाली नहीं जाएगी, इसलिए वह हाथ जोड़ और शीश झुकाकर खड़ा हो गया। बहुत ही विनम्र आवाज़ में बोला, "हे देवी, सच सच बता दे, तू है कौन और मेरे घर में क्या करने अवतरित हुई है ?"

बच्ची सोमप्रभा बोली, "मेरा विवाह किसी से मत होने दीजिए, मैं और किसी भी काम के लिए अवतरित क्यों न हुई होऊँ, विवाह के लिए नहीं हुई, और मैं आपको यह भी बताए देती हूँ कि जब तक मैं इस घर में रहूँगी, यह घर फलता फूलता रहेगा, किसी भी चीज़ की आपको कमी नहीं होगी, इससे अधिक जानकर आप क्या करेंगे ?"

धर्मगुप्त का सौदागर यह बात सुन खुश हो गया, उसका पिता ख़ामोश और चिन्तित लेकिन सौदागर उसके पिता से अधिक पुष्ट था, इसलिए धर्मगुप्त ने सोचा, 'ठीक है, इस बेटी का विवाह हम किसी से नहीं करेंगे, वैसे भी इसके योग्य वर हमें मिलेगा कहाँ !' हो सकता है उसके मन में यह ख़्याल भी आया हो कि विवाह का खर्च भी बच जाएगा, दहेज की चिन्ता भी नहीं करनी पड़ेगी। हो सकता है उसके मन में और भी कई ख़्याल आए हों, लेकिन इतना ज़रूर है कि उस छोटी सी बच्ची के मुँह से इतनी बड़ी बात सुनकर वह डर भी बहुत गया था। एक ही घटना की हमारे मन में अनेक और परस्परविरोधी प्रतिक्रियाएँ होती हैं, धर्मगुप्त को भी ऐसा ही अनुभव हो रहा था। वह समझ नहीं पा रहा था कि वह अपनी मिलीजुली और उलझी हुई उत्तेजना से निबटे कैसे। गम्भीर सोच विचार के बाद उसने बच्ची सोमप्रभा को अपनी हवेली के एक गुप्त कोने

में छिपा दिया और घोषणा कर दी कि उसकी बेटी पैदा होते ही मर गई थी। दाइयों का मुँह उसने उन्हें कुछ दे दिलाकर बन्द कर दिया होगा।

अब हुआ यह कि सोमप्रभा समय पाकर बड़ी हो गई। वैसे तो वह पैदा ही बड़ी हुई थी लेकिन अब बड़ी दिखने भी लगी। उसकी देह तो मानवीय ही थी, रूप दैवी था। यह अलग बात है कि वह लोगों को दिखाई कम ही देती थी, क्योंकि आम तौर पर वह सारा दिन हवेली के उस गुप्त कोने में ही गुज़ार देती। एक दिन क्या हुआ कि वह छत पर जा खड़ी हुई। शहर में वसन्तोत्सव मनाया जा रहा था। उसने सोचा होगा सब उस उत्सव में मग्न होंगे, उसे कोई नहीं देखेगा। लेकिन हुआ यह कि एक अन्य सौदागर के बेटे गुहचन्द्र ने उसे देख लिया और देखते ही वह उस पर फ़िदा हो गया। कहना न होगा कि उस ज़माने में भी नौजवानों को फ़िदा होने में ज़्यादा देर नहीं लगती थी। बेचारा बेहोश होते होते बचा। शाम को अपने घर लौटा तो मुँह सिर लपेटकर अपने बिस्तर में पड़ रहा। और जब उसके माता पिता ने उससे उसकी दुर्दशा का कारण बार बार पूछा तो उसने अपने एक मित्र से कहा कि वह उन्हें सब कुछ बता दे।

गुहचन्द्र के पिता गुहसेन अपने बेटे से बहुत प्यार करते थे। उनसे उसका विषाद देखा न गया। वह दौड़े दौड़े धर्मगुप्त के घर पहुँचे और बोले, "मेरे बेटे की जान ख़तरे में है, उसे आप ही बचा सकते हैं, मुझ पर दया कीजिए और उस सुन्दरी का विवाह मेरे सुपुत्र से कर दीजिए, जो वसन्तोत्सव के दिन आपकी छत पर खड़ी थी।"

धर्मगुप्त काइयाँ आदमी था, सब समझ गया और गम्भीर मुद्रा बनाकर बोला, "गुहसेन भाई, वह सुन्दरी तो पगली है, इसलिए छत पर खड़ी रहती है, उसका विवाह तो मैं किसी से नहीं करूँगा।"

गुहसेन समझ गए कि धर्मगुप्त उन्हें टाल रहा था। सो वह निराशा की पोटली मन में बाँधे अपने घर लौट गए और सोचने लगे कि अगर वह उसी तरह घर बैठे रहे तो उनका बेटा उस छतवाली बाला के विछोह में मर जाएगा या पागल हो जाएगा। तब उन्हें याद आया कि राजा के लिए उन्होंने कई काम किए थे, कई संकटों में उनकी आर्थिक सहायता की थी, क्यों न जाकर राजा से याचना करें, सम्भव है राजा धर्मगुप्त पर दबाव डालने पर राज़ी हो जाएँ। तब उन्होंने एक बहुत ही दुर्लभ सा हीरा अपनी तिजोरी में से निकाला और उसे लेकर राजा के दरबार में जा पहुँचे। हीरे का उपहार देने के बाद उन्होंने राजा को अपनी विपदा सुना डाली। राजा हीरे की चमकदमक से भी प्रभावित हुआ, सौदागर की विपदा से भी। उसने उसी वक़्त कोतवाल को बुलवाया और आदेश दिया, "गुहसेन को साथ ले

जाओ और जैसे भी हो इनका काम करवा दो।"

कोतवाल ने गुहसेन को तो साथ लिया ही, अपने बहुत से सिपाहियों को भी साथ ले लिया और धर्मगुप्त की हवेली को चारों तरफ़ से घेर लिया। धर्मगुप्त ने जब यह देखा तो उसका ख़ून ख़ुश्क हो गया। उसने सोचा–'अब तो मेरा सब कुछ तबाह होकर रहेगा, सोमप्रभा को तो मैं विवाह के लिए कहूँगा नहीं, और राजा के सिपाही मेरी हवेली में आग लगा देंगे।' वह बेचारा सिर पकड़कर बैठ गया।

सोमप्रभा ने जब पिता को रोते देखा तो उसे भी रोना आ गया। उसने धर्मगुप्त से कहा, "पिताजी, घबराइए नहीं, विवाह का प्रस्ताव स्वीकार कर लीजिए, लेकिन अपनी स्वीकृति के साथ एक शर्त ज़रूर जोड़ दीजिए कि मैं अपने पति से सम्भोग नहीं करूँगी, और अगर उसने ज़ोर ज़बरदस्ती की तो मैं उसे भस्म कर दूँगी।"

धर्मगुप्त अपनी विलक्षण बेटी की बात सुन मारे शर्म के लाल पीले हो गए, सोचने लगे, अपनी बेटी के मुँह से इस तरह की बात भी सुननी पड़ेगी, मैंने कभी स्वप्न में भी नहीं सोचा था। लेकिन बेटी की शर्त उन्होंने गुहसेन को सुना दी। गुहसेन ने शर्त को मंजूर कर लिया, और मन ही मन उन्हें उस पर हँसी भी आई। वे आश्वस्त थे कि विवाह के बाद दुनिया की कोई ताक़त उनके लाड़ले को उसके अधिकार से वंचित नहीं रख सकेगी। ज़ाहिर है कि पत्नी को भोगना वह पति का अधिकार मानते थे।

तो हुआ यह कि विवाह हो गया, बहुत धूमधाम से तो नहीं लेकिन हो गया। बहू ससुराल पहुँच गई। गुहसेन ने अपने बेटे गुहचन्द्र से कहा, "बेटा, अब उस बेहूदा शर्त को भूलकर अपनी सुहागरात का आनन्द लो कि अपनी पत्नी को भोगने का तुम्हें पूरा पूरा अधिकार है।" सोमप्रभा वहीं कहीं छिपी खड़ी या बैठी होगी, उसने ससुर की यह बात सुन ली, और सुनते ही वह सामने आ गई। उसने एक उँगली गुहसेन की तरफ़ ऐसे उठाई जैसे उसे दाग़ रही हो। उस उँगली को देखते ही गुहसेन के प्राण निकल गए और गुहचन्द्र को विश्वास हो गया कि उसकी बीवी ज़रूर कोई विनाशकारी देवी होगी। गुहसेन के घर कुहराम तो मच गया लेकिन विवाह तो हो ही चुका था, उसे तो तोड़ना असम्भव था, सो गुहसेन के दाहसंस्कार के बाद सोमप्रभा ससुराल की हवेली की मालकिन बन रहने लगी। अब सारे लोग उसी के इशारों पर नाचते, सारे काम उसी के आदेश पर होते।

अजीब बात है कि अपने पिता को अपनी आँखों के सामने समाप्त होते

देख लेने के बाद भी गुहचन्द्र के मन से सोमप्रभा की प्रतिमा हटी नहीं, बल्कि हुआ यह कि सोमप्रभा को लेकर उसकी दीवानगी दिन ब दिन बढ़ती ही गई, मगर अब उस ख़तरनाक पत्नी की तरफ़ आँख उठाकर देखने की भी उसकी हिम्मत न होती। बेचारा किस्मत का मारा जबरन ब्रह्मचर्य का पालन कर रहा था और सोच रहा था—'यह सूखा तो मुझे सुखाकर रख देगा।' कभी कभी उसे महसूस होता—जैसे उसे तलवार की धार पर लगातार चलते रहने की सज़ा दे दी गई हो। वह तरह तरह के व्रत रखता, तरह तरह के ब्राह्मणों को भोजन खिलाता, तरह तरह की मन्नतें मानता लेकिन सोमप्रभा पर कोई प्रभाव पड़ता दिखाई न देता। वह सब कुछ तटस्थ भाव से देखती रहती, ब्राह्मणों को दान वग़ैरह देना भी न भूलती, लेकिन अपनी शर्त पर अडिग दिखाई देती।

आख़िर एक दिन क्या हुआ कि एक बूढ़ा लेकिन बहुत ही तेजस्वी ब्राह्मण भोजन के लिए हवेली में आया। सोमप्रभा का सौन्दर्य देख वह इतना विस्मित हुआ कि गुहचन्द्र से बोला, "बेटा, तुम्हारी पत्नी तो हमें कोई अप्सरा नज़र आती है, इसके साथ तुम्हारा विवाह कैसे हो गया ?" गुहचन्द्र बेचारे को यूँ महसूस हुआ जैसे किसी ने अनजाने में उसके घाव को खरोंच डाला हो। सजल नेत्रों से और आर्द्र आवाज़ में उसने ब्राह्मण को अपनी व्यथा कथा कह सुनाई। ब्राह्मण को उस पर बड़ा तरस आया। वह बोला, "बेटा, तू चिन्ता न कर, सब ठीक हो जाएगा !" फिर ब्राह्मण ने उसे एक मन्त्र दिया और कहा, "इसके जाप से अग्निदेवता तुमसे प्रसन्न हो जाएँगे और तुम्हारी सारी मनोकामनाएँ पूरी कर देंगे।" यह कहकर वह तो चले गए, गुहचन्द्र ने एक गुप्त स्थान पर बैठ उस मन्त्र का जाप शुरू कर दिया। कुछ देर बाद अग्नि में से एक ब्राह्मण प्रकट हुआ। वैसे ब्राह्मण के भेष में वह स्वयं अग्निदेवता ही थे। गुहचन्द्र ने उनका चरण स्पर्श किया तो वह बोले, "आज हम भोजन भी यहीं करेंगे और कुछ विश्राम भी, और फिर आधी रात के बाद हम तुम्हें दिखाएँगे कि तुम्हारी पत्नी असल में है कौन ?"

गुहचन्द्र ब्राह्मण को अपनी हवेली में ले गया। भोजन के बाद ब्राह्मण गुहचन्द्र के कक्ष में ही लेट गए। आधी रात हुई तो उन्होंने गुहचन्द्र को जगाया। उधर सोमप्रभा सबको सोया हुआ जान चुपके से बाहर खिसक जाने के लिए तैयार हो रही थी, इधर ब्राह्मण, जो वास्तव में अग्निदेवता ही थे, ने अपने आपको और गुहचन्द्र को दो मधुमक्खियों का रूप दे डाला था। सोमप्रभा जैसे ही हवेली से बाहर निकली, दोनों मधुमक्खियाँ उसके पीछे पीछे हो लीं। उसे उनकी धीमी धीमी आवाज़ सुनाई तो देती रही लेकिन यह सन्देह न हुआ कि उसका पीछा किया जा रहा था।

जब वे तीनों शहर से दूर निकल गए तो गुहचन्द्र को एक विशाल न्यागरोध वृक्ष दिखाई दिया। वृक्ष के नीचे से उठे आ रहे संगीत ने, वीणा के मधुर स्वरों ने, और बाँसुरी की भीनी धुनों ने उसे मस्त कर दिया, इतना कि कुछ देर के लिए वह सब कुछ भूल गया। फिर उसने अपनी पत्नी जैसी ही एक जानलेवा सुन्दरी को वृक्ष के तने के पास एक ऊँचे तख़्त पर बैठे देखा। कुछ सेविकाएँ उसके सिर पर सफ़ेद चौरियाँ झुला रही थीं। गुहचन्द्र का मन हुआ कि वह भी उसके सिर पर कोई चीज़ झुलाना शुरू कर दे। एक क्षण के लिए वह अपनी पत्नी को भूल उस दूसरी अप्सरा में ही विलीन हो रहा। फिर उसे ख़्याल आया, पहले एक को तो पा लूँ, फिर दूसरी की सोचूँगा। कहना न होगा कि गुहचन्द्र दिलफेंक क़िस्म का प्रेमी था, कुछ कुछ हमारे राजाजी की ही तरह। तभी उसने देखा कि सोमप्रभा भी उसी तख़्त पर जा बैठी थी। अब उन दोनों को निहारते हुए उसे लगा जैसे तीन चाँद धरती पर उतर आए हों। मैं उन अप्सराओं की सुन्दरता के प्रभाव को और प्रखर कर सकता हूँ लेकिन डर रहा हूँ कि आप चिन्ता में पड़ जाएँगी, कुछ ईर्ष्या के कारण, कुछ इस अन्देशे के कारण कि अगर राजा उदयन को कभी ऐसी अप्सराओं का दीदार हो गया तो आपका क्या होगा। इसलिए मैं इतना ही कहूँगा कि गुहचन्द्र को अपनी आँखों पर विश्वास नहीं हो रहा था। कभी वह सोचता यह सब किसी मायालोक में हो रहा है, कभी सोचता किसी स्वप्नलोक में, लेकिन फिर यह सोचकर स्तब्ध रह जाता कि मायालोक और स्वप्नलोक एक ही तो हैं।

इस बीच उन दोनों अप्सराओं ने अमृत भी पी लिया था, भोजन भी कर लिया था, और शायद और कुछ भी कर लिया हो जो गुहचन्द्र को दिखाई न दिया हो। वे तृप्त दिखाई दे रही थीं। अब सोमप्रभा ने दूसरी से कहा, "बहना, आज हमारे घर में एक देवतास्वरूप ब्राह्मण ठहरा हुआ है, इसलिए आज मैं और नहीं रुक सकती।"

गुहचन्द्र और ब्राह्मण, जो अभी तक मधुमक्खियों के आकार में ही थे, तेज़ उड़ान भर सोमप्रभा से पहले ही घर पहुँच गए। रास्ते में ब्राह्मण ने, जो असल में अग्निदेवता था, गुहचन्द्र को बता दिया था कि दूसरी अप्सरा उसकी पत्नी की बहन थी। घर पहुँचकर उन्होंने उससे कहा, "अब तुम ख़ुद ही सोच लो कि कोई अप्सरा क्यों किसी मामूली मर्द के साथ सम्भोग करने को राज़ी होगी, लेकिन तुम चिन्ता मत करो, मैं हूँ ना; मैं तुम्हें एक मन्त्र दूँगा जिसे तुम किसी तरह सोमप्रभा के शयनकक्ष के दरवाज़े पर अंकित कर देना; साथ ही मैं तुम्हें एक तरक़ीब भी बता दूँगा, जिस पर अमल करोगे तो मन्त्र का प्रभाव बढ़ जाएगा—आग तो जलेगी ही लेकिन अगर उसे हवा मिल जाए तो वह भड़क उठती

है, इसी तरह मेरे मन्त्र को समुचित तरकीब की सहायता से और प्रबल बनाया जा सकता है।''

अब हुआ यह कि गुहचन्द्र ने वह मन्त्र सोमप्रभा के शयनकक्ष के दरवाज़े पर अंकित कर दिया। फिर शाम होते ही ब्राह्मण की बताई हुई तरकीब के अनुसार उसने अपने सुन्दरतम वस्त्र निकाले और उन्हें पहनकर शहर की सुन्दरतम गणिका की बग़ल में जा खड़ा हुआ। कुछ देर खड़ा रहने के बाद उसने उस गणिका को अपनी बग़ल में ले लिया और टहलक़दमी शुरू कर दी। जब उसकी पत्नी सोमप्रभा ने यह दृश्य देखा तो वह दहक उठी। ज़ाहिर है कि मन्त्र ने अपना प्रभाव डालना शुरू कर दिया था और तरकीब ने उसे हवा देना, सो सोमप्रभा ने पति को बुलाकर पूछा, ''वह बेहया है कौन और तुम उसके साथ टहलक़दमी क्यों कर रहे हो ?''

गुहचन्द्र ने कहा, ''वह इस शहर की मशहूर गणिका है और एक अरसे से मुझ पर फ़िदा है, लेकिन मैं तुम्हारी ख़ातिर उसे अब तक दुत्कारता रहा, लेकिन आख़िर मर्द हूँ, मेरी भी कुछ ख़्वाहिशें हैं, ज़रूरतें हैं, जिन्हें तुम पूरा नहीं कर रहीं, इसलिए मैंने फैसला कर लिया है कि आज की रात मैं उस गणिका के साथ ही गुजारूँगा, कि अकेला सो सोकर तो मैं सूख ही गया हूँ।''

यह सुनते ही सोमप्रभा के माथे पर सैकड़ों त्योरियाँ उभर आईं और वह बोली, ''तुम कहीं नहीं जाओगे, किसी दूसरी के साथ कहीं कोई रात नहीं बिताओगे, तुम्हारी जगह मेरे बिस्तर में है, मेरे बदन में है, मैं तुम्हारी पत्नी हूँ, मैं तुम्हें गणिका बनकर दिखाऊँगी, मैं...''

सोमप्रभा बोलती चली गई, गुहचन्द्र फूलता चला गया। वह भीतर से तो गद्गद हुआ ज़ा रहा था, हैरान हुआ जा रहा था कि क्या यही वह सोमप्रभा है जिसने मेरे पिता की जान सिर्फ़ इसलिए ले ली थी कि उन्होंने मुझे सुहागरात मनाने के लिए कहा था, लेकिन बाहर से वह अभी भी उदासीनता का नाटक कर रहा था। आखिर जब सोमप्रभा कुछ सँभली तो वह बोला, ''मुझे यक़ीन नहीं आता कि यह सब तुम कह रही हो, तुम जिसने मुझे सुहागरात के आनन्द से भी वंचित रखा, तुम जिसने मेरे पिता की जान सिर्फ़ इसलिए ले ली कि वह मुझे प्रोत्साहित कर रहे थे कि मैं अपनी सुहागरात को ख़ाली न जाने दूँ, तुम जिसने अब तक मुझे स्पर्श सुख तो एक तरफ, नयन सुख तक नहीं दिया, मुझे यक़ीन नहीं आता कि...''

गुहचन्द्र यह सब कह तो गया लेकिन कहते समय उसके प्राण खुश्क हुए जा रहे थे यह सोच सोचकर कि सोमप्रभा अपनी वह विनाशकारी उँगली उठाकर उसे वहीं ढेर कर देगी। लेकिन सोमप्रभा अग्निदेवता के दिए हुए मन्त्र से प्रभावित

तो थी ही, ईर्ष्या की अग्नि में भी जल रही थी। उँगली उठाने के बजाय उसने गुहचन्द्र को अपने आलिंगन में कस लिया और कहा, "बीती बेवकूफ़ियों को भूल जाओ और भावी रातों की कल्पना करो।"

गुहचन्द्र कुछ और अकड़ गया और बोला, "मुझे यक़ीन नहीं आता कि..."

अबकी बार सोमप्रभा ने उसका मुँह अपने मुँह से बन्द कर दिया।

कहना न होगा कि सोमप्रभा कामवासना के अतिरेक से पागल हुई जा रही थी और महसूस कर रही थी कि अगर गुहचन्द्र ने उसी क्षण उसे तृप्त नहीं किया तो वह अतृप्ति की आग में जलकर राख हो जाएगी।

आख़िर हुआ यह कि गुहचन्द्र उस गणिका को भूल अपनी मदनविह्वला पत्नी के पीछे पीछे हो लिया। शयनकक्ष में पहुँचते ही सोमप्रभा ने जो जलवे दिखाए, जो नक्शे बनाए, जो मज़े दिए और लिए, उनका बयान मैं नहीं करूँगा, ताकि उनकी कल्पना आप दोनों रानियाँ स्वयं कर सकें–सच तो यह है कि मैं राजा उदयन से भी डरता हूँ, आप दोनों से भी, और अपने आपसे भी। नहीं, उन दृश्यों के विस्तार में मैं नहीं जाऊँगा। संक्षेप में यही कि वह रात उन दोनों ने एक दूसरे के शरीर के सम्पूर्ण शोध और बोध में ही बिताई, बेकार बातों में नहीं।

और उस रात के बाद सोमप्रभा अपनी अलौकिकता को भूल अपने उस नश्वर पति के संग एक साधारण संगिनी की तरह रहने लगी।

शायद आप पूछना चाहती हों कि सोमप्रभा के कोई सन्तान हुई या नहीं, हुई तो उनमें कोई सुपुत्री भी थी या नहीं, अगर थी तो उसमें भी अलौकिकता का कोई विकार था या नहीं। मैं इस विषय के बारे में कुछ नहीं जानता। शायद आप यह पूछना चाहती हैं कि इस कहानी में यह क्यों नहीं साफ़ किया गया कि सोमप्रभा चन्द्रप्रभा के गर्भ में आ कहाँ से गई और कैसे ? मैं इस प्रश्न का उत्तर देकर आप दोनों रानियों के मन में कोई कुबीज नहीं बोना चाहता। इतना ही कह देना काफ़ी है कि कहानियों में सब कुछ सम्भव तो होता है, साफ़ नहीं।

इस कहानी से निष्कर्ष यही निकलता है कि अप्सराएँ भी कभी कभी भले पुरुषों के बाहुपाश में आ ही जाती हैं–पर्याप्त मन्त्रों और तरकीबों के प्रताप से, उन भले पुरुषों को पर्याप्त यातनाएँ दे देने के बाद।

वसन्तक ने वासवदत्ता और पद्मावती को उसी बैठक में शायद कुछ और कहानियाँ भी सुनाई होंगी–उसे दूसरों की उदास बीवियों को प्रेम कहानियाँ सुनाने की बीमारी जो थी–लेकिन हमारा अनुमान है कि उदयन की बीवियों ने दूसरी

कहानियों को ध्यान से नहीं सुना होगा क्योंकि उन्हें कई अन्देशों ने क़चोटना शुरू कर दिया होगा–'अगर हमारा घुमक्कड़ उदयन भी शिकार करता करता किसी शाम किसी वर्जित क्षेत्र में जा भटका और किसी वर्जित अप्सरा का शिकार हो गया या उसने किसी वर्जित अप्सरा का शिकार कर लिया तो हम क्या करेंगी ? क्या वह वर्जिता हमें स्वीकार कर लेगी ? क्या हम उसे स्वीकार कर लेंगी ? क्या हमारा उदयन उस वर्जिता के बावजूद हमारा बना रहेगा ? या क्या हमें भी किसी मन्त्र और तरकीब का सहारा लेना पड़ेगा ?

नोट

इतना तो ज़ाहिर हो ही गया होगा कि कथासरित्सागर में सुनाई गई इस कथा में हमने कुछ शरारती परिवर्तन कर दिए हैं–कथाकारों के ईश्वर हमारी यह ख़ता मुआफ़ करें।

बोधिसत्त्व की बीवी

कहते हैं, किसी गुज़रे ज़माने में एक शान्त से शहर में एक समृद्ध सौदागर रहा करता था। उसके दो बेटे थे। बड़ा बेटा बहुत नेक, शान्त और परोपकारी था—इतना कि लोग कहते फिरते, यह तो बोधिसत्त्व है, पता नहीं उस पापी सौदागर के घर पैदा कैसे हो गया ! छोटा बेटा भी ख़ास बुरा तो नहीं था लेकिन अपने बड़े भाई से भिन्न था—इतना कि लोग कहते फिरते, यह उस बोधिसत्त्व का भाई हो ही नहीं सकता। असल में छोटा अशान्त और स्वार्थी क़िस्म का नौजवान था। लोग हैरान होते कि दोनों को एक ही माँ ने दूध पिलाया, एक ही बाप ने डाँटा पीटा लेकिन कुदरत का खेल देखो कि एक इतना शान्त, दूसरा इतना अशान्त, एक को हर समय दूसरों का भला करने की धुन, दूसरे को अपना उल्लू सीधा करने की। लोगों का तो ख़ैर काम ही दूसरों के बारे में तरह तरह की बातें बनाना, तरह तरह के अनुमान लगाना और कुदरत के खेल पर हैरान होना, या हैरान होने का नाटक करना है, इसलिए हम लोगों की बातों के भँवर में न पड़ें और अपनी कहानी को आगे बढ़ाएँ।

तो हुआ यह कि सौदागर की बीवी कुछ दिन बीमार रहकर परलोक सिधार गई और सौदागर कहीं से दूसरी बीवी ब्याहकर ले आया। वह उसकी पहली बीवी से काफ़ी छोटी थी—उम्र में, क़द में नहीं—और ज़्यादा आकर्षक थी—सूरत में, स्वभाव में नहीं। लोग एक दूसरे से कहते फिरते, मर्द का कोई भरोसा नहीं, सौदागर मर्द का तो ख़ास तौर पर, अगर उस बेचारी के बजाय यह हरामख़ोर मर गया होता तो वह बेचारी इसके साथ सती हो गई होती, और अगर सती न हुई होती तो भी इतनी जल्दी किसी दूसरे मर्द को, अपने मृत मर्द से काफ़ी कम उम्र के दूसरे मर्द को, तो कभी भी कहीं से ब्याहकर न ले आती। लोग और भी बहुत कुछ कहते फिरते, एक दूसरे से भी और अपने आपसे भी, लेकिन हमें अपनी कहानी को आगे बढ़ाना है, लोगों की बातों को नहीं।

तो हुआ यह कि दूसरी बीवी के आते ही सौदागर ने दोनों बेटों से कहा, "अब तुम दोनों फूटो यहाँ से, मैं अब तुम्हारा बोझ क्यों उठाऊँ, मैं अपनी नई

बीवी के इशारों पर तिगनी का नाच नाचना चाहता हूँ, उसे ऐश कराना चाहता हूँ, ख़ुद ऐश करना चाहता हूँ, और दो प्यारे प्यारे बेटे और पैदा करना चाहता हूँ, अब तुम दोनों फूटो यहाँ से। अब ज़रूरी नहीं कि उस सौदागर ने हू ब हू यही कहा हो लेकिन इतना तै है कि उसकी बात का भाव लगभग यही था। कहना न होगा कि उस ज़माने के बाप अपने बेटों से डरते नहीं थे।

बाप की बात सुन छोटा तो छटपटाया लेकिन बड़ा शान्त रहा। छोटे ने तो बाप से कुछ जिरह भी की, लोकलाज और मर्यादा की दुहाई भी दी, लेकिन बड़े ने मुँह तक नहीं खोला और न ही अपनी सूरत पर शिकायत का कोई साया उतरने दिया। छोटे ने जब देखा कि उसकी किसी भी दलील से उसके बाप का दिल पिघल नहीं रहा तो वह पाँव पटकता हुआ वहाँ से चल दिया। बाद में उसका किसी को कुछ पता ही नहीं चला, इसीलिए वह अब इस कहानी में नहीं लौटेगा। उधर बड़े ने बाप के चरण छुए, विमाता को प्रणाम किया, और अपनी बीवी से कहा, "चलो, हम जंगल का रुख़ करें।"

क्षमा करें, हम पहले यह बताना भूल ही गए कि बड़े की शादी हो चुकी थी। उसकी बीवी के बारे में हम नहीं, हमारी कहानी बताएगी।

पूछा जा सकता है कि बड़े बेटे ने जंगल का रुख़ क्यों किया, किसी दूसरे शहर का क्यों नहीं ? जवाब दिया जा सकता है कि उस ज़माने में जंगल शहरों की अपेक्षा अधिक लोकप्रिय हुआ करते थे, और फिर बोधिसत्त्व क़िस्म के लोगों को तो जंगल ही भाते थे, शहर नहीं। जवाब और भी कई दिए जा सकते हैं लेकिन हमारा काम जवाब देना नहीं, कहानी को आगे बढ़ाना है। हाँ, हम इतना ज़रूर बता देना चाहते हैं कि बड़े बेटे की बीवी ने, दबी ज़ुबान से ही सही, अपने पति के दिशाचयन का विरोध ज़रूर किया था, क्योंकि उसे जंगल में भटकने का चाव हरगिज़ नहीं था, और अगर उसकी चलती तो वह ज़रूर किसी चहल पहलदार शहर का ही रुख़ करती।

तो हुआ यह कि जंगल में भटकते भटकते वे दोनों आख़िर एक विशाल रेगिस्तान में जा पहुँचे जहाँ क़हर बरसाते सूरज से सिर छिपाने के लिए कोई पेड़ नहीं था, आग उगलती रेत से राहत पाने के लिए घास नहीं थी, प्यास बुझाने के लिए पानी की बूँद तक नहीं थी। सूरज की किरणें लाल लोहे की सलाख़ों जैसी महसूस होती थीं, खाने का सामान ख़त्म हो गया था, पानी की छागलें ख़ाली हो गई थीं। पूरे सात दिन वे दोनों उस रेगिस्तान में भूखे प्यासे भटकते रहे।

बड़ा बेटा अपने तन के टुकड़े खिला खिलाकर और अपने ख़ून के घूँट पिला पिलाकर अपनी बीवी की भूख और प्यास बुझाता रहा। मानना पड़ेगा कि उसके शहर के लोग यूँ ही उसे बोधिसत्त्व नहीं कहते थे। हैरान होना पड़ेगा कि पता नहीं वह बेचारा ख़ुद कैसे ज़िन्दा रहा–शायद अपनी सात्त्विकता के बल पर ही। आख़िर आठवें दिन वे दोनों गिरते पड़ते एक पहाड़ी चरागाह तक जा पहुँचे जहाँ चारों तरफ़ हरी हरी घास फैली हुई थी, निर्मल जल की धाराएँ बह रही थीं, फलदार पेड़ झूम रहे थे, और सारा वातावरण चुलबुली चहचहाटों से गूँज रहा था। बोधिसत्त्व ने अपनी बीवी को ख़ूब पानी पिलाया, ख़ूब फल खिलाया, और जब वह तरोताज़ा होकर एक पेड़ तले लेट कोई पहाड़ी धुन गुनगुनाने लगी तो वह नहाने के लिए नीचे बहते दरिया की तरफ़ उतर गया। उसकी बीवी को भी नहाने की ख़्वाहिश या ज़रूरत महसूस तो होनी चाहिए थी लेकिन हुई नहीं, क्यों नहीं हुई, हम नहीं जानते। हम इतना ज़रूर जानते हैं, कि जब बोधिसत्त्व दरिया की तरफ़ उतर रहा था तो उसकी बीवी सोच रही थी, काश कि इस बुद्धू को नहाने धोने का इतना वहम न होता ! इस बात से अगर कई नहीं तो कुछ अन्दाज़े तो लगाए ही जा सकते हैं–बोधिसत्त्व और उसकी बीवी की आपसी दूरियों के बारे में भी, और बीवी की अपनी प्राथमिकताओं के बारे में भी।

अब हुआ यह कि नहाते नहाते बड़े बेटे को हाथ पैर कटा एक आदमी दरिया की तेज़ धार में बहता चला जाता नज़र आ गया। उसे उस बेचारे अपाहिज पर इतना तरस आया कि वह अपनी थकावट को भूल गया, भूल गया कि उसकी जवान बीवी ऊपर पेड़ तले लेटी उसका इन्तज़ार कर रही थी, भूल गया कि उसे तैरने में कोई ख़ास महारत नहीं थी, भूल गया कि अपना बहुत सा ख़ून और मांस अपनी बीवी को पिला खिला देने के बाद वह बहुत कमज़ोर हो गया था–संक्षेप में यही कि सब कुछ भूलकर वह भला आदमी उस अपाहिज की जान बचाने में जुट गया। और आख़िर वह उसे बचाकर दरिया से बाहर ले आया। उसे दरिया के किनारे लिटाकर उसने उससे पूछा, "तुम्हारा यह बुरा हाल किसने किया ?" अपाहिज बोला, "मेरे दुश्मनों ने, मेरे हाथ पैर काटकर उन पापियों ने मुझे दरिया में फेंक दिया, लेकिन तुमने अपनी जान पर खेलकर मेरी जान बचा ली, मैं तुम्हारा एहसान कैसे चुका सकूँगा, कभी नहीं चुका पाऊँगा, तुम आदमी नहीं, बोधिसत्त्व हो !"

और फिर बोधिसत्त्व उसे अपनी पीठ पर बिठाकर ऊपर ले गया, वहाँ जहाँ उसकी बीवी लेटी हुई थी। बोधिसत्त्व की बीवी उन्हें आता देख उठकर बैठ गई। बोधिसत्त्व ने अपाहिज को अपनी पीठ से उतारकर ज़मीन पर लिटा दिया।

अपाहिज कृतज्ञ भाव से कभी बोधिसत्त्व को देखता, कभी उसकी बीवी को। जब जब उसकी नज़र बोधिसत्त्व की बीवी पर पड़ती तो उसे आभास होता जैसे उस मनमोहिनी के होंठों पर बहुत ही मद्धिम सी मुस्कुराहट कँपकँपा रही हो और वह ख़ुद कँपकँपा उठता। बोधिसत्त्व इस बीच कुछ जड़ीबूटियाँ चुन लाया था। उन्हें पीस पूसकर उसने मरहम तैयार कर ली थी। अब उसने अपाहिज के ज़ख़्मों पर उस जंगली मरहम का लेप लगाना शुरू कर दिया। उसकी बीवी सब कुछ यूँ देखती रही जैसे उसका पति उसके लिए कोई नया खिलौना तैयार कर रहा हो। हो सकता है उसकी मद्धिम मुस्कुराहट उसके इसी भाव में से फूट रही हो। जो हो सो हो, इतना ज़रूर कहा जा सकता है कि जब बोधिसत्त्व ने अपनी बीवी की ओढ़नी फाड़ फूड़कर बहुत सी पट्टियाँ बनाकर उन्हें अपाहिज के ज़ख़्मों पर लपेट दिया तो वह अपाहिज उसकी बीवी को एक सजे धजे भिखारी और नटखट मसख़रे सा नज़र आने लगा, एक साथ।

मरहम पट्टी के बाद बोधिसत्त्व ने अपाहिज को ख़ूब खिलाया पिलाया। उसकी बीवी सब देख रही थी और सोच रही थी कि हो न हो, यह बुद्धू इस अपाहिज को अपना मांस खिलाने और ख़ून पिलाने से भी बाज़ नहीं आएगा। इस ख़्याल के आते ही उसकी मुस्कुराहट का रंग कुछ गहरा हो गया, जिसे उसके पति ने तो क्या देखा होगा, अपाहिज ने ज़रूर देख लिया होगा, वरना वह उस समय इतना मुग्ध नज़र न आता।

उसके बाद लगातार कई दिनों तक बोधिसत्त्व उस अपाहिज की देखभाल करता रहा और उसकी बीवी उन दोनों के पास बैठी या लेटी सब कुछ देखती रही और बहुत कुछ सोचती रही। कभी कभी कोई पहाड़ी धुन उसके मुँह से फूट निकलती और अपाहिज के चारों ठूँठ अनायास यूँ हिलना हुमकना शुरू कर देते जैसे नाच रहे हों। कभी कभी बोधिसत्त्व की बीवी अपनी धुन को बीच में ही तोड़कर मन ही मन तड़पना शुरू कर देती, यह सोच सोचकर कि उसके पति को अपनी या उसकी कोई परवाह ही नहीं, कि वह सब कुछ भूलकर उस अजनबी अपाहिज की सेवा टहल में ही जा डूबा है, कि इतने दिनों की भटकन और जानमारी के बाद उन्हें फल और पानी नसीब हुए हैं, यह सुन्दर एकान्त नसीब हुआ है, और यह मूर्ख उसके साथ मौजमस्ती मारने के बजाय इस अपाहिज को यूँ सँवार और निखार रहा है जैसे वह अपाहिज न हो, किसी देवता की प्रतिमा हो। इधर वह यह सब सोच रही होती, उधर वह लुढ़का पड़ा अपाहिज उसे ऐसे देख रहा होता जैसे उसकी ख़ुफ़िया तड़प को भी देख रहा हो। और बोधिसत्त्व बेचारा उन दोनों के मनोविकारों से बेख़बर उन दोनों की ख़िदमत में ही मगन

रहता, और जब अवकाश मिलता तो कुछ ही दूरी पर फैले खड़े एक बूढ़े बरगद के नीचे किसी निर्लिप्त तपस्वी की तरह बैठा रहता। उसकी बीवी की निगाह जब कभी अपाहिज पर पड़ती वह ऐसे मुस्कुरा रहा होता जैसे अनाथ अपाहिज न हो, किसी पौराणिक कथा का नायक हो। बोधिसत्त्व की बीवी की निगाह अपाहिज की उस मुस्कुराहट से सुलग उठती। तब वह भूल जाती कि उसका पति, जिसे लोग बोधिसत्त्व कहते या मानते थे, कुछ ही दूरी पर खड़े फैले उस बूढ़े बरगद के नीचे आँखें मूँदे बैठा था। तब उसके मन में अनेक मस्तियाँ आती और उड़ जातीं और उसे वैसे ही महसूस होता जैसे किसी ऐसी नायिका को होता होगा जिसके हाथों में अनेक तोते आएँ और उड़ जाएँ।

अब हुआ यह कि बोधिसत्त्व अपनी बीवी और उस अपाहिज के साथ उस सुन्दर स्थान में बस सा गया। वह फल फूल तोड़कर लाता और उन्हें अपनी बीवी के सामने यूँ रख देता जैसे कोई पुजारी किसी देवी की मूर्ति के सामने। उसकी आँखें कभी उसकी बीवी की आँखों में न झाँकतीं, उसके हाथ कभी उसकी देह का स्पर्श न करते, उसके मन में कभी यह विचार न कसमसाता कि उसकी बीवी को उसकी आराधना और उन फल फूलों के अलावा किसी और भाव या चीज़ का चाव भी हो सकता है। उधर उसकी बीवी बराबर इस प्रतीक्षा में कसी रहती कि उसका पति, जिसे लोग बोधिसत्त्व कहते थे और जो एक समृद्ध सौदागर का बड़ा बेटा था, कभी तो अपना कवच उतारेगा, कभी तो उसे उन आँखों से देखेगा जिन आँखों से कोई प्रेमी अपनी प्रेयसी को देखता है। लेकिन बोधिसत्त्व को उसकी प्रतीक्षा की कोई ख़बर नहीं थी।

उधर अपाहिज इस बीच किसी अजीब फूल की तरह खिल उठा था। उसके हाथ पैर तो ख़ैर नहीं लौटे थे लेकिन उसके ठूँठ इतने हरे भरे हो गए थे कि वे साधारण हाथों और पैरों को भी मात से करते दिखाई देते थे। वह उनसे हर प्रकार का खेल खिलवा सकता था। उसके चेहरे पर रौनकें आ गई थीं, उसकी मुस्कुराहट में शरारत की चिंगारियाँ। अब बोधिसत्त्व की बीवी ने उसके साथ बतियाना शुरू कर दिया था, उसके क़िस्सों में रस लेना शुरू कर दिया था, उसके करतबों पर हँसना शुरू कर दिया था। अपाहिज उसे अपने उन दुश्मनों के बारे में बताता जिन्होंने उसके हाथ पैर काटकर उसे दरिया में फेंक दिया था, अपने दर्द की धुनें सुनाता, उसके परोपकारी पति के गुण गाता, और किसी न किसी तरीक़े से बोधिसत्त्व की बीवी को मन्त्रमुग्ध रखता। हर बार उसकी हर कहानी कोई ऐसी नई करवट ले लेती कि बोधिसत्त्व की बीवी चकित हो कहती, पहली बार तो तुमने यह बात नहीं बताई थी। अपाहिज ख़ुश हो जाता, यह सोचकर

कि वह सुन्दरी उसकी कहानियों को कितने ध्यान से सुनती है। फिर वह ऐसे मुस्कुराता जैसे उसे कोई अनुपम पुरस्कार मिल गया हो। अपने चारों ठूँठ उठाकर कहता, "मैं धन्य हूँ कि तुम जैसी रूपसी मुझ टूटे फूटे की टूटी फूटी बातों को इतने ध्यान से सुनती है।" बोधिसत्त्व की बीवी लजाकर कहती, "कुछ और सुनाओ।" अपाहिज को महसूस होता जैसे कोई रमणी उसे कोई नया राग अलापने के लिए उकसा रही हो।

अपने क़िस्से कहानियों के अलावा अपाहिज अपने करतबों से भी बोधिसत्त्व की बीवी को ख़ूब रिझाता। बोधिसत्त्व के साथ रहते रहते वह बेचारी हँसना तो भूल ही गई थी। (हमें शुरू में ही कह देना चाहिए था कि बोधिसत्त्व को कभी किसी ने किसी बात या हरकत पर हँसते नहीं देखा था)। अपाहिज अब कभी अपने रुंडमुंड पैरों की लड़खड़ाती चाल से बोधिसत्त्व की बीवी को लोटपोट कर देता, कभी अपने रुंडमुंड हाथों की ख़ामोश तालियों से, और कभी अपने कुशल मुँह में से फूटती हुई तालियों की सी आवाज़ों से। वह हँसती भी, हैरान भी होती। पूछती, "यह सब तुम कर कैसे लेते हो ?" अपाहिज अपने चारों ठूँठ आकाश की ओर उठा एक शरारती भक्त की सी आवाज़ में कहता, "ऊपरवाले की अपार अनुकम्पा से," और वह खिलखिला उठती, और उसके दाहिने हाथ के ठूँठ को अपने दोनों हाथों में लेकर ऐसे दबाती कि अपाहिज का पूरा जिस्म कँपकँपा जाता, बोधिसत्त्व की बीवी की मुस्कुराहटों की तरह।

और अब बोधिसत्त्व की बीवी ने अपने पति के बारे में सोचना इतना कम कर दिया था और अपाहिज के बारे में सोचना इतना ज़्यादा कि अगर कोई उसके मनमन्दिर में झाँक सकता तो उसे वहाँ अपाहिज ही स्थापित दिखाई देता, बोधिसत्त्व नहीं। कहा जा सकता है कि बोधिसत्त्व तो वहाँ कभी भी स्थापित नहीं था। लेकिन यह शायद नहीं कहा जा सकता कि उस अपाहिज की वहाँ स्थापना अनिवार्य थी।

और आख़िर हुआ यह कि एक दिन जब बोधिसत्त्व फल फूल तोड़ने गया हुआ था तो वह घटना घट ही गई जिसकी आशंका शायद हम सबके मन में अपाहिज के आगमन के साथ ही उठ खड़ी हुई थी। उस घटना का विस्तार यहाँ नहीं दिया जाएगा। इतना कह देना ही काफ़ी होगा कि बोधिसत्त्व की बीवी ने वैसे परमानन्द का अनुभव उससे पहले एक बार भी नहीं किया था, अपाहिज के बारे में हम पूरे भरोसे से कुछ कह नहीं सकते। इस बात से बोधिसत्त्व की बेपरवाही या शायद वैराग्य का अनुमान भी लगाया जा सकता है और उसकी बीवी की असीम अतृप्ति का भी। अपाहिज और बोधिसत्त्व की बीवी के उस

समागम के बाद उनका आपसी संकोच न सिर्फ़ समाप्त हो गया बल्कि उसका स्थान एक उन्मुक्त स्वच्छन्दता ने ले लिया था। अब बोधिसत्त्व तो अपनी परोपकारिता और तपस्या वग़ैरह में डूबा रहता, उसकी बीवी और अपाहिज एक दूसरे में। उस स्थान में रहनेवाले साँप और परिन्दे भी इस स्थिति से स्तम्भित थे लेकिन बोधिसत्त्व को इसकी ख़बर तक नहीं थी।

यह सिलसिला सात दिनों तक चला। आठवें दिन बोधिसत्त्व की बीवी के मन में अनायास एक ऐसा ख़्याल आ गया कि उसका ख़ून सफ़ेद हो गया, और उसने अपाहिज के साथ मिलकर अपने बोधिसत्त्वस्वरूप पति को मार डालने के लिए प्रपंच रच डाला। अँधेरा होते ही उसने ऐसे कराहना शुरू कर दिया जैसे कुछ औरतें प्रसव पीड़ा के दौरान भी नहीं कराहतीं। उसके पति को उस पर वैसा ही तरस आया जैसा कि उसे उस अपाहिज को दरिया में बहते डूबते देखकर आया था। उसने पूछा, "यह अचानक हो क्या गया, कभी पहले भी ऐसा दर्द हुआ है ?" उसकी बीवी उन बनावटी कराहों के बीच बड़ी मुश्किल से बोली, "हाँ, एक बार हुआ था और तब मेरे पिता एक जड़ीबूटी ढूँढ़ लाए थे जिसने मुझे तत्काल ठीक कर दिया था, वह जड़ीबूटी दरिया के पार उस घाटी में ही मिलती है, और कहीं नहीं।" क़ायदे से बोधिसत्त्व को उसी क्षण उस जड़ीबूटी की तलाश में निकल पड़ना चाहिए था, लेकिन उसको उस दिन पता नहीं क्या हुआ कि उसने जिरह शुरू कर दी। उसने पूछा, "तुम्हारे पिता को उस जड़ीबूटी के बारे में बताया किसने ?" उसकी बीवी फिर बनावटी कराहों के बीचोबीच बोली, "मैंने।" बोधिसत्त्व ने पूछा, "लेकिन तुम्हें किसने बताया था ?" अब उसकी बीवी भी हैरान हुई और अपाहिज भी कि बोधिसत्त्व महाराज आज इतने सवाल क्यों पूछे जा रहे हैं, कहीं उन्हें कोई सन्देह तो नहीं हो गया ? लेकिन बोधिसत्त्व को कोई सन्देह नहीं हुआ था। वह बेचारा तो अपनी बीवी का ख़्याल बदलने के लिए ही बोले जा रहा था। उसकी बीवी ने कहा, "मुझे मेरे एक स्वप्न में देवताओं ने उस जड़ीबूटी के बारे में बताया था और उस स्थान के बारे में भी जहाँ वह पाई जाती है।"

बोधिसत्त्व आश्वस्त हो गया कि उसकी बीवी का दर्द ज़रूर कुछ कम हो गया होगा, इसीलिए वह अबकी बार कुछ आराम से बोली थी। सो उसने अपाहिज से कहा, "भाई, तुम पीछे इसका मन बहलाना, मैं अभी वह जड़ीबूटी लेकर आता हूँ।" अपाहिज बोला, "तुम चिन्ता मत करो, लेकिन उस जगह को मैं भी जानता हूँ, वहाँ तक पहुँचने का एक ही तरीक़ा है।" बोधिसत्त्व बोला, "मैं वह तरीक़ा जानता हूँ।" और फिर उसने घासफूस का बना हुआ एक मज़बूत सा रस्सा उठा

लिया, उसके एक सिरे को एक पेड़ के तने से बाँध दिया, और रस्से को पकड़ घाटी में उतरना शुरू कर दिया। वह थोड़ी ही दूर नीचे उतरा था कि उसकी बीवी उठी और उसने पेड़ के तने से बँधे हुए रस्से को खोलना शुरू कर दिया। जब वह रस्से को खोल रही थी तो उसका पति उसे देख रहा था और सोच रहा था शायद वह दर्द के बावजूद उठ खड़ी हुई थी और रस्से को और मज़बूती से बाँध रही थी। रस्सा खुलते ही वह रस्से समेत दरिया में जा गिरा और उसकी बीवी अपाहिज की हस्तहीन बाँहों में। देर तक वे दोनों एक दूसरे से लिपटे रहे क्योंकि वे निश्चिन्त थे कि बोधिसत्त्व बचेगा नहीं, क्योंकि एक तो वह गिरा ही इतनी ऊँचाई से था कि गिरते ही उसकी जान निकल गई होगी, लेकिन अगर न निकली होगी तो दरिया की तेज़ धार उसका काम तमाम कर देगी।

लेकिन हुआ यह कि दरिया की तेज़ धार ने उसे एक शहर के नज़दीक तट पर पटक दिया, ऐसे कि न तो उसकी जान निकली और न ही उसे कोई चोट आई। पिछले जन्म में कमाए हुए पुण्यों का ही प्रताप रहा होगा। ख़ैर, तो वह तट से उठकर पास ही खड़े पीपल के एक पेड़ तले जा लेटा। कुछ देर चुपचाप लेटा लेटा वह अपनी बीवी की बुराई के बारे में सोचता और हैरान होता रहा। अजीब बात है कि उसके मन में उस अपाहिज के बारे में कोई शक पैदा हुआ न आक्रोश। सच तो यह है कि अपनी बीवी के प्रति भी उस वक्त उसके मन में वैसा हिंसक आक्रोश नहीं था जैसा कि होना चाहिए था या किसी अन्य आदमी के मन में होता। मानना पड़ेगा कि लोगों ने यूँ ही उसे बोधिसत्त्व का ख़िताब नहीं दे रखा था। क़ायदे से उसके मन में कई प्रश्न और सन्देह एक साथ उठ खड़े होने चाहिए थे : उसकी बीवी के कुकृत्य का मूल कारण क्या था ? वह अपाहिज उसका कोई पुराना प्रेमी तो नहीं था ? अपाहिज ने ज़रूर उस बेचारी पर कोई जादू कर दिया होगा। कहीं ऐसा तो नहीं कि मुझसे ही अनजाने में कोई ऐसी भूल हो गई हो जिसके कारण उसने मेरी जान लेने की ठान ली हो ? अब वे दोनों करेंगे क्या, रहेंगे कहाँ ? हो सकता है मेरी बीवी को उससे प्रेम हो गया हो ! हो सकता है उसे अपाहिज ही अच्छे लगते हों ! ज़रूर मुझमें कोई ऐसी कमी होगी जो उस अपाहिज में नहीं होगी। क़ायदे से तो उसके मन में बदले की भावना का उबाल भी आना चाहिए था। लेकिन सभी कुछ क़ायदे से कहाँ होता है ! और फिर बोधिसत्त्व क़िस्म के लोग क़ायदों के पाबन्द नहीं होते। तो हुआ यही कि कुछ देर के बाद और सब कुछ भूलकर बोधिसत्त्व फिर अपने ही भीतर जा डूबा जहाँ नेकी और भलाई के सिवा कुछ था ही नहीं।

संयोग की बात सुनिए कि उस शहर के राजा का देहान्त उसी दिन हुआ

था और रिवाज के मुताबिक एक पवित्र हाथी को शहर में छोड़ दिया गया था, और लोग इन्तज़ार कर रहे थे कि हाथी किसी आदमी को उठाकर अपनी पीठ पर बिठा दे और वे उस आदमी को राजसिंहासन पर। वह हाथी काफ़ी देर से शहर में घूम रहा था लेकिन किसी भी आदमी के लिए उसकी सूँड में कोई सिहरन पैदा नहीं हुई थी। लोग चिन्तित हो रहे थे, तरह तरह के क़यास लगा रहे थे, तरह तरह के विकल्प सोच रहे थे, एक दूसरे से पूछ रहे थे, हाथी को कुछ हो तो नहीं गया ! ख़ैर, लोगों का तो काम ही यह सब करना सोचना है, हमें उनसे क्या मतलब, हमें तो अपनी कहानी को आगे बढ़ाना है।

तो हुआ यह कि वह हाथी घूमता फिरता उस जगह जा पहुँचा जहाँ बोधिसत्त्व लेटा हुआ था। उसे सूँघते ही उसने एक सूँडनाद सा बजाया और उसे उठाकर अपनी पीठ पर बिठा लिया। ज़रूर उसने बोधिसत्त्व के चेहरे पर कोई ऐसी आभा देख ली होगी या उसकी सुगन्ध में कुछ ऐसा सूँघ लिया होगा जिसके आधार पर उसने फ़ैसला कर लिया था कि उसे उस शहर के लिए एक सुयोग्य राजा मिल गया है। होने को तो यह भी हो सकता है कि हाथी थक गया हो और उसने कुछ भी सोचे समझे या सूँघे बग़ैर बोधिसत्त्व को उठाकर अपनी पीठ पर बिठा लिया हो।

तो इस तरह सौदागर का बड़ा बेटा जिसे लोग बोधिसत्त्व मानते थे और जिसकी बीवी ने उसकी जान लेने का असफल प्रयास किया था, उस शहर का राजा बन गया। राजपाट सँभाल लेने के बाद उसने संकल्प लिया कि वह औरतों से दूर रहकर ही अपने नए धर्म का पालन करेगा, यानि कि उस शहर पर राज करेगा। उसने किसी को अपनी बीवी और उस अपाहिज के बारे में नहीं बताया। बताने की बात ही उसके मन में नहीं उठी। उसकी प्रजा उसकी प्रशंसा करते न थकती, क्योंकि अहिंसा, करुणा और उदारता जैसे गुण ही उसके हर क़दम और काम के प्रेरक थे।

उसकी बीवी और अपाहिज उधर यह मान बैठे थे कि वह दरिया में डूब मरा था, इसलिए उस पहाड़ी चरागाह में चैन से एक दूसरे में रमे हुए थे। अगर वे दोनों वहीं रहकर अपना जीवन बिता देते तो यह कहानी आगे न बढ़ पाती। लेकिन हुआ यह कि कुछ ही दिनों के चैन के बाद बोधिसत्त्व की बीवी बेचैन हो गई। उसका मन उस चरागाह से उचाट हो गया। वह शहर के शोर और आबादी की चहलपहल के लिए तड़पने लगी। अपाहिज ने उसे समझाया, "यहाँ हमें खाने पीने की कोई कमी नहीं, हम आबादी में चले जाएँगे तो हमें भीख माँगनी पड़ेगी, मैं अपाहिज हूँ इसलिए कोई काम कर नहीं सकूँगा, तुम स्वस्थ

और सुन्दर हो, इसलिए मैं तुम्हें कोई काम करने नहीं दूँगा क्योंकि एक अपाहिज की स्वस्थ और सुन्दर बीवी को सब लोग बुरी नज़र से ही देखते हैं। मेरी मानो और यह जगह छोड़ने की ज़िद छोड़ दो।"

बोधिसत्त्व की बीवी की ज़िद अपाहिज की बातें सुन और मज़बूत हो गई। उसने अपने अपाहिज प्रेमी की एक न मानी, उसे आश्वासन दिया कि वह कोई काम नहीं करेगी, किसी की बुरी नज़र का उस पर कोई असर नहीं होगा, वह हमेशा उसे अपनी पीठ पर बिठाकर नगर नगर और गाँव गाँव घूमेगी, और तरह तरह की बातों और कहानियों से लोगों का मन मोह लेगी और लोग उन्हें जी खोलकर भिक्षा दिया करेंगे। और इस तरह बोधिसत्त्व की बीवी ने मज़े से अपने अपाहिज प्रेमी को अपनी पीठ पर बिठाकर जहाँ तहाँ भ्रमण करना शुरू कर दिया। लोग उन्हें देखते तो देखते रह जाते। एक स्वस्थ सुन्दरी की पीठ से चिपका हुआ अपाहिज उन्हें एक आकर्षक अजूबे सा लगता। आदमी उससे ईर्ष्या करते और उसकी औरत को ललचाई हुई नज़रों से देखते। औरतों को अपाहिज पर दया आती और उसकी औरत पर गुस्सा। फिर वे सोचतीं—'अपाहिज में ज़रूर कोई असाधारण शक्ति होगी कि वह औरत उससे इतना प्रेम करती है।' बच्चे अपाहिज पर हँसते ज़रूर लेकिन उसे तंग नहीं करते। कुल मिलाकर अपाहिज और बोधिसत्त्व की बीवी की जोड़ी लोगों को अजीब तो लगती लेकिन बुरी नहीं। लोग मुट्ठियाँ भरकर उन्हें भिक्षा देते, बोधिसत्त्व की बीवी और अपाहिज मुँह बना बनाकर उन्हें दुआएँ। कभी कभी बोधिसत्त्व की बीवी अचानक कोई पहाड़ी धुन छेड़ देती और सब सुननेवाले सोचते, भिखारियों के गले इतने सुरीले क्यों होते हैं ! कभी कभी अपाहिज पीठ पर बैठा बैठा अपने ठूँठों के करतबों से लोगों को लोटपोट कर देता। वह हैरान होते कि उसने वे करतब सीखे कहाँ से। बोधिसत्त्व की बीवी को कभी बोधिसत्त्व के बारे में कोई ऐसा वैसा ख़्याल आता न ऐसा वैसा स्वप्न दिखाई देता। वह सोचती—'वह भला आदमी दुनिया से ही नहीं, मेरे दिल से भी हमेशा हमेशा के लिए चल बसा है।' अपाहिज को कभी कभी अपराधबोध का एहसास होता तो वह उसे यह सोचकर कुचल देता कि यह सब कर्मों की करामात है, और फिर यह सोच सरूर में आ जाता, मुझे भी तो अपने कर्मों का ही फल मिल रहा है कि यह सुन्दरी मुझे अपनी पीठ पर बिठा सारी दुनिया की सैर करा रही है।

और अब हुआ यह कि घूमते घामते वे दोनों आख़िर उस शहर में जा पहुँचे जहाँ बोधिसत्त्व उन दोनों से बेख़बर राज कर रहा था। वहाँ पहुँचते ही उन्होंने अपनी अदाकारी वग़ैरह से सब लोगों को मुग्ध कर दिया। बोधिसत्त्व एक भला

राजा तो था, लोग उसकी भलाइयों के कारण ख़ुश भी बहुत थे, लेकिन कभी कभी उन्हें मनोरंजन की कमी ज़रूर खलती थी। उनकी ख़्वाहिश होती कि कभी उनके शहर में भी कोई हंगामा हो, कोई ऐसा हादसा हो जिस पर वे हैरान हो सकें, कोई ऐसा तमाशा हो जिस पर वे हँस सकें, कोई ऐसी घटना हो जिस पर वे आपस में बहस कर सकें, कोई ऐसी स्थिति पैदा हो जाए जिससे उनके जीवन की एकरसता टूटे। कहना न होगा कि निरन्तर चैन और सुख से भी लोग तंग आ जाते हैं और मन ही मन कामना करने लगते हैं कि कुछ नया हो, कुछ ऐसा हो जिससे रोज़ के जीवन की जड़ता टूट जाए—कुछ देर के लिए ही सही।

उस शहर में उन दोनों के आगमन से अनायास ऐसी स्थिति पैदा हो गई। एक नई लहर सी लोगों को महसूस हुई—उल्लास की लहर। सब लोगों के मनों में उस अजीबोग़रीब जोड़ी के बारे में तरह तरह के अनुमान उठने लगे। उनके इर्द गिर्द हर वक़्त तमाशाइयों और प्रशंसकों की भीड़ लगी रहती। बोधिसत्त्व जब से उस शहर का राजा बना था, उस शहर में कभी चोरी चकारी यारी की कोई वारदात नहीं हुई थी, कभी कोई दंगा फसाद नहीं हुआ था, कभी किसी जगह कोई भीड़ भड़क्का जमा नहीं हुआ था, सब कुछ ऐसे होता जैसे कुछ हो ही न रहा हो, सब लोग इतने सौम्य नज़र आते जैसे कभी उन्हें किसी विकार ने विचलित ही न किया हो। और अब बोधिसत्त्व की बीवी उन्हें ऐसी ऐसी पहाड़ी धुनें सुना रही थी कि उनकी सोई हुई उलटी सीधी उमंगें अंगड़ाइयाँ लेने लगीं। और उधर वह अपाहिज अपने ठूँठों से ऐसे ऐसे आकार बनाता, ऐसी ऐसी हरकतें करवाता, कि कुछ लोग सोचते, काश कि हमारे पास भी ऐसे ठूँठ होते ! उन दोनों के आ जाने से मानो शहर में जान आ गई थी।

तो हुआ यह कि आख़िर यह ख़बर राजा के कानों तक जा पहुँची कि एक सुन्दर भिखारिन एक दिलचस्प अपाहिज को अपनी पीठ पर बिठाए शहर में घूम रही है और शहर के लोग उन पर फ़िदा हो गए हैं, इतने कि दिन भर उन दोनों की अदाकारियाँ देखते रहते हैं या उनके बारे में बातें करते रहते हैं। बोधिसत्त्व ने आदेश दिया कि उन दोनों को दरबार में पेश किया जाए और जब वे दोनों दरबार में पहुँचे तो राजा ने पहली ही नज़र में उन्हें पहचान लिया, हालाँकि उसकी बीवी इस बीच कुछ और बाँकी हो गई थी, अपाहिज इतना स्वस्थ हो गया था कि अपाहिज कम नज़र आता था, अजूबा अधिक। उधर बोधिसत्त्व की बीवी ने अपने पति को नहीं पहचाना क्योंकि बोधिसत्त्व इस बीच कुछ और भला और दुबला हो गया था।

राजा ने पूछा, "क्या तुम ही वह सुन्दर पतिव्रता भिखारिन हो जिस पर और

जिसके अपाहिज पर सारा शहर फ़िदा हो गया है ?" बोधिसत्त्व की बीवी ने जवाब दिया, "जी, महाराज !" यह सुन बोधिसत्त्व ऐसे हँसा जैसे उससे पहले एक बार भी शायद ही हँसा हो। असल में वैसी हिंसक हँसी उसके स्वभाव के प्रतिकूल थी। सच तो यह है कि किसी प्रकार की भी हँसी उसके स्वभाव के प्रतिकूल थी। दरबारी उसे हँसता देख दंग रह गए। उनमें से कुछ सहम भी गए क्योंकि उन्हें राजा का यह रूप कुछ डरावना सा लगा था। सहमनेवालों में अपाहिज भी था—उसने पता नहीं कैसे बोधिसत्त्व को पहचान लिया था।

उस अजीब हँसी के बन्द होते ही बोधिसत्त्व बोला, "मैंने तुम्हें अपना मांस खिलाया, अपना ख़ून पिलाया, तुम एक राक्षसी की तरह मेरा मांस खाती रही, मेरा ख़ून पीती रही, लेकिन तुम मेरी होकर न रह सकी, इस अपाहिज की हो गई और अपने मकर फ़रेब से तुमने मुझे दरिया में फेंक दिया, लेकिन मुझे यह तो बताओ कि इस अपाहिज में आख़िर तुमने कौन सी ख़ूबी देखी कि तुम इसे अपनी पीठ पर बिठा भीख माँगती फिरती हो और ख़ुश नज़र आती हो ?"

देखने की बात है कि बोधिसत्त्व ने अपाहिज को कोई दोष नहीं दिया। विचार करने की बात है कि बोधिसत्त्व के प्रश्न में अपाहिज के प्रति उसकी ईर्ष्या बोलती सुनाई देती है। क़ायदे से बोधिसत्त्व को ईर्ष्या द्वेष से ऊपर उठा हुआ होना चाहिए था।

बोधिसत्त्व की बीवी ने अपने पति के प्रश्न का कोई उत्तर नहीं दिया। वह एकटक उसे देखती रही और मुस्कुराती रही। मानो कह रही हो, यह बात तुम्हारी समझ में नहीं आएगी, क्योंकि इसका ताल्लुक़ कामुकता से है, और तुम ठहरे बोधिसत्त्व !

राजा के मन्त्रियों को उस औरत की गुस्ताख़ मुस्कुराहट पर इतना गुस्सा आ गया कि उन्होंने उसी वक़्त उसकी नाक भी कटवा दी, कान भी और फिर इन दोनों को नगर निकाला दे दिया।

हैरान होने की बात है कि राजा ने, जो बोधिसत्त्व भी था, अपने मन्त्रियों को न रोका और न ही कोई दंड दिया।

कहा जा सकता है कि इस तरह नियति का न्याय हो गया।

लेकिन कहा यह भी जा सकता है कि बोधिसत्त्व तो आख़िर बोधिसत्त्व न

रहा लेकिन उसकी बीवी आख़िर तक अपने प्रेम पथ पर चलती रही, अपने अपाहिज प्रेमी को अपनी पीठ पर बिठाए नगर नगर घूमती रही, भीख माँगती रही, पहाड़ी धुनें गाती रही, और नाक और कानों के बग़ैर भी बला की सुन्दरी नज़र आती रही।

नोट

हमें यह बताते हुए निराशा और हैरानी होती है कि कथासरित्सागर में गोमुख नामक जिस सूत्रधार के मुख से यह कथा कहलवाई गई है उसने अन्त में यह निष्कर्ष निकालना ज़रूरी समझा कि नारी के दिल में नफ़रत का बसेरा होता है, कि उसे समझ पाना आसान नहीं, कि वह हमेशा अपनी इन्द्रियों के अधीन होती है, कि नेक आदमी को हमेशा उसकी नेकी का फल मिल जाता है। हमें यह मानते हुए कोई संकोच महसूस नहीं हो रहा है कि हमने इस कथा के उपलब्ध पाठ में कुछ ऐसे परिवर्तन कर दिए हैं, कुछ ऐसे संकेत बिखेर दिए हैं कि गोमुख का निष्कर्ष अप्रासंगिक नज़र आने लगा है। ज़ाहिर है कि हमने कोई निष्कर्ष नहीं निकाला।

एक और बोधिसत्त्व

वत्सराज उदयन का सुपुत्र नरवाहनदत्त *कथासरित्सागर* पर एक घने गरजते बादल की भाँति मँडराता हुआ दिखाई देता है, हालाँकि अगर बेलाग हो उसे देखें तो उसमें कोई ख़ास गुण हमें शायद ही दिखाई दे। नहीं, यह बात सही नहीं, एक ख़ास गुण तो उसमें अवश्य है : सुन्दर नाम रूप वाली कुमारियों पर वह बार बार सहज ही विजय पा लेता है और फिर उनसे अक्सर विवाह भी रचा लेता है। इस गुण के बावजूद वह अपने आपमें बहुत रोचक चरित्र नहीं। इस गुण को उसका एक व्यसन भी कहा जा सकता है। उसके दूसरे व्यसनों में शिकार—दूसरी क़िस्म के शिकार—का ज़िक्र किया जा सकता है, और अपने एक गल्पबाज़ मन्त्री गोमुख से हर प्रकार की कहानियाँ सुनने की लत का।

गोमुख की सुनाई हुई एक कहानी से हम पहले कुछ छेड़छाड़ कर चुके हैं—उसमें हमने काफ़ी कुछ बदल दिया था, ख़ास तौर पर उसमें आई हुई बोधिसत्त्व की बीवी के चरित्र को, और गोमुख की दी हुई शिक्षा को, जिसे तो हमने अपने रूपान्तर से बिल्कुल ख़ारिज ही कर दिया था। अब यहाँ हम उसी गोमुख की सुनाई हुई एक और कहानी की ख़बर ले रहे हैं। संयोग से इस कहानी का नायक भी एक भला बोधिसत्त्व ही है। तो लीजिए, सुनिए वह कहानी, हमारे मुख से, गोमुख के मुख से नहीं।

एक ज़माने का ज़िक्र है कि एक प्रदेश में बोधिसत्त्व का अंशावतार एक भोलाभाला आदमी हुआ करता था, जिसे सुविधा के लिए हम बोधिसत्त्व का नाम दे रहे हैं। उसका मन संसार और सांसारिक सरगर्मियों में नहीं लगता था। उसने इधर उधर की अनेक सांसारिक और कामुक आलाइशों में रमने और रस लेने की बहुत कोशिश की लेकिन हर बार उसे महसूस हुआ मानो वह अपने स्वभाव के विपरीत जा रहा हो, कोई ऐसा कुकर्म कर रहा हो जो वह दरअसल करना भी न चाहता हो और जिसमें उसे कोई ख़ास मज़ा भी न आ रहा हो। अगर वह किसी और देशकाल में होता तो उसने किसी मनोचिकित्सक का या मनोविज्ञान की किसी पुस्तक का सहारा ले लिया होता, लेकिन उसने अपने देशकाल के अनुकूल

एक निर्जन वन में पनाह ले ली। उसके घरवालों ने उसका पीछा नहीं किया। उस ज़माने के घरवाले घर छोड़कर चले जानेवालों का पीछा नहीं किया करते थे, घर बैठे बैठे उनके त्याग की तारीफ़ ही किया करते थे। तो हमारे बोधिसत्त्व ने आबादी से दूर, आबादीवालों से अलग, उस वन में अपने लिए एक पर्णकुटिया बना ली और तप जप में मग्न रहने लगा। अब सारा समय तप जप में तो वह बिता नहीं सकता था, इसलिए जो समय बच जाता उसे वह वन में रहनेवाले अन्य प्राणियों की सेवा में बिताने में जुटा रहता। किसी पक्षी का पंख टूट जाता तो वह उसकी मरम्मत कर देता, किसी सिंह के पंजे में कोई पत्थर या काँटा चुभ जाता तो वह उसे निकाल देता, किसी साँप का पेट छिल जाता तो वह उस पर कोई लेप लगा देता, किसी चूहे की दुम कट जाती तो वह उसे जोड़ देता, किसी बन्दर को खुजली छिड़ जाती तो वह उसे सहला देता, किसी खरगोश के कान शिथिल पड़ जाते तो वह उन्हें किसी न किसी तरह से फिर खड़ा कर देता, अगर कोई मृग मुरझाने लगता तो वह उसे बहाल कर देता, और जब कभी वह किसी आहत जीव के लिए कुछ न कर सकता तो वह ख़ुद बेहाल हो जाता।

जंगल में रहते रहते उसने जड़ीबूटियों का ज्ञान तो हासिल कर ही लिया था, जानवरों की बोलियाँ भी सीख ली थीं। अपनी बोली को तो वह धीरे धीरे भूलता ही जा रहा था, उसी तरह जैसे अपने जिस्म की पुकार को, उसी तरह जैसे अपने अतीत के आकर्षण को, उसी तरह जैसे अपने त्यागे हुए घर की गन्ध को, उसी तरह जैसे अपने त्यागे हुए संसार की सुगन्ध को, उसी तरह जैसे अपने आपको।

अपने तप जप और ध्यानादि से उसने अनायास ही अनेक सिद्धियाँ भी प्राप्त कर ली थीं, जिनका प्रयोग वह किसी किसी ख़ास संकट में ही किया करता था, वैसे नहीं, क्योंकि वह जानता था कि ज्ञानी ध्यानी लोग अपनी सिद्धियों की नुमाइश नहीं करते। जंगल के जीव उससे उतना ही प्यार किया करते थे जितना वह उनसे। हाँ, कभी कभी उन्हें हैरानी ज़रूर होती कि एक इन्सान होकर भी वह जंगली हैवानों से नहीं डरता था और न ही उन्हें कोई नुक़सान पहुँचाता था। वे एक दूसरे से कहते फिरते—इसमें और हममें कोई ख़ास अन्तर नहीं, यह एक तरह से हमारा राजा भी है और हमारा सेवक भी, लेकिन पता नहीं क्यों यह अपनी जाति के लोगों को छोड़ छाड़कर हमारे बीच आ बसा, हम तो कभी इस वन को छोड़ अपनी मर्जी से इन्सानों की किसी नगरी में न जा बसें। ख़ैर, हमें क्या, हमारे लिए तो अच्छा ही है कि यह यहाँ आ गया, हमारी तो अब यही प्रार्थना है कि वह कभी यहाँ से न जाए, हमें यह बहुत अधिक प्रिय है।

उस वन में रहनेवाले कुछ पिशाचों को भी वह नेक बोधिसत्त्व उतना ही

प्रिय था जितना कि दूसरे प्राणियों को, क्योंकि उनकी सेवा भी वह उतनी ही लगन से किया करता था जितनी कि दूसरे प्राणियों की, और उसकी इस विलक्षणता पर दूसरे प्राणी उतने ही विस्मित होते थे जितने कि पिशाच।

तो हुआ यह कि एक शाम वह विचलित सा उस वन में इधर उधर देख रहा था कि कोई दुखी या हाजतमन्द प्राणी या पिशाच उसे नज़र आ जाए ताकि वह उसकी सेवा में जुट जाए। शाम को अक्सर वह इसी तरह अधीर हो जाया करता था, जिसका एक कारण शायद यह भी था कि शाम को वह अक्सर कुछ देर के लिए अपने त्यागे और बहुत हद तक भूले हुए घर और संसार के लिए अनायास उदास हो जाया करता था। तब उसकी कोशिश होती कि वह किसी न किसी तरह, कहीं न कहीं से, कोई न कोई ऐसा जीव ढूँढ़ निकाले जिसे उसकी सहायता की ज़रूरत हो, क्योंकि किसी की सहायता में डूब वह अपनी उदासी को भूल जाया करता था। उसे मन ही मन अपनी उदासी पर शर्म आती थी, महसूस होता था जैसे अभी भी वह माया के मोह से मुक्त न हुआ। वैसे यह भी कहा जा सकता है कि जिस तरह बुरे लोग इस ताक में रहते हैं कि उन्हें बुराई करने का कोई नया अवसर मिले, उसी तरह भले आदमी इस ताक में रहते हैं कि उन्हें अच्छाई करने का कोई नया अवसर मिले। लेकिन कहा यह भी जाना चाहिए कि अधिकतर लोग एक साथ बुरे भी होते हैं, भले भी, और वे किसी ताक में नहीं रहते, वे बेचारे जो बुरा भला उनसे बन पड़ता है, चुपचाप करते रहते हैं। मानना होगा कि वह बोधिसत्त्व ऐसे साधारण लोगों में से नहीं था, हालाँकि जैसे ऊपर कहा गया, कभी कभी, किसी किसी शाम, वह भी उन साधारण लोगों के ज़ुमरे में आ ही जाता था जो छूटे हुए घर या संसार की किसी आवाज़ के लिए सहसा तड़प उठते हैं।

हमारा अनुमान है कि हमारा नेक नायक उस शाम ऐसी ही किसी आवाज़ के लिए तड़प रहा था जब उसके पाँव एक अन्धे गहरे कुएँ के किनारे ठिठक गए। कुओं की कशिश कुछ लोगों को बहुत होती है। हमारा बोधिसत्त्व भी उन्हीं लोगों में से था। वह उस कुएँ में झाँके बग़ैर नहीं रह सका। वह तो शायद देर तक उसमें झाँकता रहता, झाँकते झाँकते न जाने क्या क्या सोचता रहता—आदि और अन्त के बारे में, अँधेरे और उजाले के बारे में, पानी और प्रलय के बारे में—लेकिन कुछ ही क्षण बाद उसे एक स्त्री का आर्त्तनाद सुनाई दिया। किसी स्त्री की कोई सी भी आवाज़ सुने उसे एक ज़माना हो गया था, इसलिए उस कुएँ के भीतर से आती हुई आवाज़ मानो उसे अपने ही मन के कुएँ में से आती हुई महसूस हुई। वह उस कुएँ में गिर ही तो गया होता लेकिन उसके तपोबल

ने ही जैसे उसे बचा लिया। उस आवाज़ की गूँज इतनी ज़्यादा थी कि पहले तो उसे कुछ पता न चला कि वह स्त्री कह क्या रही थी। तब उसने अपने कानों पर अपने हाथों के परदे गिराकर ध्यान से सुना तो उसे सुनाई दिया कि वह स्त्री सहायता के लिए पुकार रही थी, कह रही थी कि उसके अलावा उस कुएँ में एक सिंह, एक साँप और एक नीलकंठ भी था। स्त्री बार बार चिल्लाए जा रही थी—महाराज, हम चारों को बचा लो, जैसे भी हो, हमें बचा लो !

कथासरित्सागर में तो कोई ऐसा संकेत नहीं जिसके आधार पर हम बोधिसत्त्व के मन के बारे में कोई अनुमान लगा सकें लेकिन हमारे अनुमान मन्दिर से हमें यह संकेत मिल रहा है कि उस स्त्री की याचना में हमारे बोधिसत्त्व को सिर्फ़ याचना ही नहीं सुनाई दी थी, कुछ और भी सुनाई दे गया था, जिसके लिए वह तैयार नहीं था, और जिसे सुन लेने के साथ ही वह कुछ क्षणों के लिए खो सा गया था, ऐसे जैसे उस औरत की आवाज़ उस कुएँ में से नहीं, किसी गुफ़ा में से आ रही हो, और उस बेचारे को उसी गुफ़ा की ओर खींच रही हो। शायद इसीलिए बोधिसत्त्व ने कुएँ में गिरे पड़े उन चारों को बचाने के लिए कोई प्रयास करने के बजाय उस स्त्री से यह पूछना शुरू कर दिया कि वे चारों कब गिरे, कैसे गिरे, गिरने से पहले कर क्या रहे थे, उन्हें वह कुआँ दिखाई क्यों नहीं दिया था।

जिरह करना उस बोधिसत्त्व के स्वभाव में नहीं था। उस घटना से पहले उसने कभी किसी पक्षी या पिशाच की सहायता करने से पहले उससे यह नहीं पूछा था कि उसे वह चोट कैसे या क्यों लगी थी। इसीलिए हमें लगता है कि बोधिसत्त्व उस कुएँ में झाँकते हुए अपने मन के कुएँ में भी झाँक रहा था, उस स्त्री की याचना में अपनी किसी कामना को भी सुन रहा था, उसके साथ जिरह के बहाने अपने आप से भी कोई ऐसी जिरह कर रहा था जैसी उसने उससे पहले कभी नहीं की थी।

स्त्री ने बोधिसत्त्व के सवालों के जवाब में चिल्लाकर कहा, "महाराज, हम कल शाम से इस कुएँ में गिरे पड़े हैं, अँधेरे में कुआँ हमें दिखाई नहीं दिया था, हमें बचा लो, महाराज !"

बोधिसत्त्व को स्त्री के उत्तर में कई दोष सुनाई दिए।

"तुम तीनों को तो अँधेरे में कुआँ दिखाई नहीं दिया होगा लेकिन नीलकंठ कैसे जा गिरा ?"

"बेचारा एक चिड़ीमार के जाल में जा फँसा था, वहीं से वह कुएँ में आ गिरा।"

यह सुनकर बोधिसत्त्व कुछ और चकरा गया और उसकी समझ में नहीं आया

कि वह स्त्री क्यों अपने जवाबों से उसे उलझाए जा रही थी। लेकिन अब उसे लगा कि अगर उसने उन लोगों को कुएँ में से निकालने के लिए कोई उपाय न किया तो उनकी जान पर बन जाएगी। शायद उसके मन में यह ख़्याल भी आया हो कि उन्हें बचा लेने के बाद वह उस स्त्री से साफ़ साफ़ पूछ लेगा कि असल मुआमला क्या है। हो सकता है उसके मन में यह ख़्याल भी आया हो कि अगर वे चारों नहीं तो वह स्त्री कम से कम ज़रूर उसका इम्तहान ले रही थी। जो भी हो, बोधिसत्त्व ने अपने सारे संशय स्थगित कर दिए और अपनी सिद्धियों के बल से उन चारों को एक ही झटके से ऊपर खींच लेना चाहा लेकिन उसने देखा कि उसकी सारी सिद्धियाँ विफल सिद्ध हो रही थीं।

यहाँ उन सिद्धियों का वर्णन करने की गुंजाइश है। कुछ परम्परा दोस्त पाठकों की अपेक्षा होगी कि हम उनका वर्णन अगर नहीं तो कुछ सार ही दे देवें, लेकिन *कथासरित्सागर* में सिर्फ़ इतना ही है कि 'तब उस महात्मा ने अपनी तपस्या के बल से उन्हें ऊपर लाना चाहा, किन्तु वह ऐसा न कर सका'। हम इस विषय में अपनी कल्पना का इस्तेमाल करने से झिझक रहे हैं क्योंकि हम जानते हैं कि कल्पना की उड़ान के लिए भी ज्ञान का सहारा ज़रूरी है, और हम इस क्षेत्र में घोर अज्ञानी हैं। इसलिए हम यह नहीं बता सकते कि बोधिसत्त्व ने किन किन मन्त्रों का उच्चारण किया, किन किन देवी देवताओं का आह्वान किया। इतना ही कह सकते हैं कि जब उसने देखा कि उसका तपोबल कुछ नहीं कर पा रहा तो भी हमारे बोधिसत्त्व ने हार नहीं मानी और वह बुद्धि बल के प्रयोग में जुट गया, जैसाकि आपको कुछ ही देर में मालूम हो जाएगा।

कथासरित्सागर में गोमुख के मुँह से सुनवाई गई इस कथा में इस मुक़ाम पर गोमुख ने (और शायद कथासरित्सागरकार ने भी) बोधिसत्त्व के मन में आए विचार या विकार को ये शब्द दिए हैं : 'यह स्त्री पापिनी है, अवश्य ही इससे बात करने से मेरी सिद्धि नष्ट हुई है, अतः दूसरी युक्ति करता हूँ।'

हमें लगता है कि यह विचार या विकार इस मुक़ाम तक चित्रित बोधिसत्त्व के अनुकूल नहीं। हमारा बोधिसत्त्व अपनी सिद्धियों की विफलता का दोष उस अबला स्त्री को नहीं दे सकता क्योंकि, जैसाकि हम ऊपर इशारा कर चुके हैं, उस अबला की पुकार ने उसकी सोई, या कहें कि उसकी खोई हुई कामना को जगा दिया था। इसलिए हम सोचते हैं कि इस मुक़ाम पर अगर उसके मन में कोई विचार या विकार आया होगा तो यह कि हो न हो उसके अपने मानसिक विचलन के कारण ही उसके तप जप का प्रताप क्षीण हो गया था। लेकिन इस विचार या विकार के बावजूद हमारा बोधिसत्त्व किसी आधुनिक नायक की तरह अपने

आपको कोसने के बजाय कुएँ में गिरे पड़े उन चार प्राणियों को निकालने के लिए किसी दूसरी तरकीब के बारे में सोचने लगा, क्योंकि उसके स्वभाव का मूल तत्त्व था, पीड़ित प्राणियों की सहायता करना, न कि उनके या अपने दोष निकालना।

तो हमारे बोधिसत्त्व ने नाना प्रकार की मज़बूत घासों का एक मज़बूत रस्सा बनाया और उसे कुएँ में फेंक एक एक करके उन चारों को ऊपर खींच लिया। हमारे अनुमानानुसार सबसे पहले उसने नीलकंठ को, फिर स्त्री को, फिर साँप को, और अन्त में सिंह को खींचा होगा। इस अनुमान का कोई ठोस आधार हमारे पास नहीं, अठोस कई हैं, वे हम बताएँगे नहीं, क्योंकि सब कुछ बता देने से कहानी कुन्द हो जाती है।

तो जब वे चारों जीव कुएँ से बाहर आ गए और बोधिसत्त्व के प्रति बार बार अपनी कृतज्ञता व्यक्त कर चुके तो बोधिसत्त्व ने बात बदलने और कहानी को आगे बढ़ाने के लिए उस सिंह और साँप और पक्षी को सम्बोधित करते हुए कहा, "तुम तीनों को मनुष्यों की तरह बोलते सुन मेरा यह पूछना ग़ैरबाजिब नहीं कि तुम लोग असल में हो कौन और तुम्हारी यह हालत हुई कैसे ? बुरा न लगे तो अपनी अपनी कहानी सुनाओ। शुरू सिंह साहब से करते हैं।"

सिंह की कहानी

हिमालय पर स्थित एक सुन्दर नगर वैदूर्यश्रुंग के राजा पद्मवेग का एक बेटा था जिसका नाम था वज्रवेग। राजाओं के बेटे अक्सर बिगड़ जाते हैं। वज्रवेग भी बिगड़ गया। राजा ने उसे सुधारने के लिए वे सारे जतन किए जो एक राजा बाप कर सकता है लेकिन बेटे ने सुधर के नहीं दिया। उसे अपने राजकुमार होने का घमंड तो था ही, अपने बल और रूप का घमंड भी बहुत था। वह किसी की कोई परवाह नहीं करता था, हर किसी पर किसी सिंह की तरह दहाड़ देता था, हर किसी को पकड़कर पीट देता था, परनारियों पर बुरी निगाह ही नहीं, बुरा हाथ डालता रहता था। उसके क्रूर व्यवहार से उस नगर की तितलियाँ तक परेशान थीं, कोयलें भी खुलकर कूक नहीं पाती थीं, जुगनू भी बुझे बुझे से रहते थे, हवाएँ भी रुक रुककर चलती थीं, पेड़ भी बहुत कम गुनगुनाते थे। उसका पिता उसे प्यार तो बहुत करता था लेकिन उससे दुखी भी बहुत रहता था। एक दिन आख़िर तंग आकर पिता ने उसको शाप दे दिया कि वह मर्त्यलोक में जा मरे। पिता का शाप सुन वज्रवेग व्यथित हो उठा और पिता को मनाने और नर्माने में जुट गया। उन दिनों के दस्तूर के मुताबिक़ पिता पद्मवेग ने अपने शाप की व्याख्या करते

हुए अपने पुत्र से कहा, "तू एक ब्राह्मण के घर जन्मेगा और वहाँ भी वैसी ही हरकतें करेगा जैसी यहाँ कर रहा है, और तंग आकर तुम्हारा वह ब्राह्मण पिता तुम्हें शाप देगा कि तू सिंह बनकर किसी कुएँ में जा गिरे, फिर कोई महात्मा तुझे उस कुएँ से निकालकर तुझसे तेरी कहानी सुनेगा, और फिर कुछ दिन बाद तू उस महात्मा को किसी संकट से निकालेगा, तब कहीं तू शापमुक्त हो पाएगा।" मैं वही अभागा सिंह हूँ।

उस सिंह की कहानी को और आगे बढ़ाने में हमें कोई तुक नज़र नहीं आती, इसलिए फिलहाल हम उसे यहीं तोड़ नीलकंठ की ओर बढ़ते हैं।

नीलकंठ की कहानी

हिमालय में ही एक विद्याधर राजा हुआ करता जिसका नाम था वज्रदंष्ट्र। एक के बाद एक पाँच कन्याओं के बाद बड़ी मुश्किल और मशक़्क़त से और महादेव की विशेष कृपा और सहायता से उसके घर एक बेटा पैदा हुआ। कायदे से उसे सात कन्याओं के बाद पैदा होना चाहिए था लेकिन क़ायदे में कोई चूक हो गई होगी। ज़ाहिर है कि वह लड़का बहुत लाड़ला था, लाड़ के कारण बहुत बिगड़ा हुआ भी था, और अपनी पाँचों बहनों को बहुत तंग किया करता था, ख़ास तौर पर अपनी बहन सोमप्रभा को। हाँ, उसका नाम था रजतदंष्ट्र। एक दिन क्या हुआ कि सोमप्रभा गौरी के सामने बैठी पिंजरक नाम का एक जादुई वाद्य बजा रही थी कि रजतदंष्ट्र दौड़ता हुआ आया और हठ करने लगा कि सोमप्रभा उसे अपना पिंजरक दे दे। जब उसने बाजा देने से इन्कार कर दिया तो वह लड़का बाजा छीनकर आकाश में उड़ ही तो गया। सोमप्रभा को आश्चर्य तो हुआ ही, गुस्सा भी बहुत आया। उधर उसका भाई एक पेड़ पर चढ़ा बैठा ग़लत सलत बाजा बजा रहा था, इधर वह नीचे खड़ी खीझ रही थी। आख़िर उससे रहा नहीं गया और उसने अपने भाई को शाप दे दिया, "तू मेरा पिंजरक छीनकर किसी पक्षी के समान पेड़ पर चढ़ा बैठा मुझे चिढ़ा रहा है, मैं तुझे शाप देती हूँ कि तू सचमुच का नीलकंठ बन जाए।"

तब उस शरारती लड़के ने बहन के आगे गिड़गिड़ाना शुरू कर दिया, "बहन, मुझसे भूल हो गई, मुझे मुआफ़ कर दो और अपना शाप वापस ले लो।"

सोमप्रभा ने शाप तो वापस नहीं लिया लेकिन उसे यह ज़रूर बता दिया कि वह एक कुएँ में गिर जाने के बाद किसी महात्मा द्वारा वहाँ से निकाल लिया

जाएगा, और फिर उसी महात्मा को किसी संकट से उबार लेने के कारण वह शापमुक्त हो सकेगा। मैं वही अभागा नीलकंठ हूँ।

उस नीलकंठ की कहानी को और आगे बढ़ाने में हमें कोई तुक नज़र नहीं आती, इसलिए फ़िलहाल हम उसे यहीं तोड़ साँप की ओर बढ़ते हैं।

साँप की कहानी

मैं पिछले जन्म में ऋषि कश्यप के आश्रम में एक मुनिकुमार हुआ करता था। वहाँ एक और मुनिकुमार मेरा मित्र हुआ करता था। उस आश्रम में और सब कुछ तो ठीक ही था—शुद्ध वातावरण, तपस्वी आचार्य, स्वस्थ भोजन, तनावहीन जीवन, शास्त्रीय संगीत, अनुशासन—लेकिन कभी कभी मैं वहाँ के स्वच्छ और गुरुगम्भीर माहौल से तंग आ जाता और मेरा मन बालसुलभ शरारतों के लिए मचल उठता था। एक दिन इसी तरह की एक मौज में मैं और मेरा वह मित्र एक सरोवर में नहा रहे थे कि मुझे उस सरोवर के किनारे पर तीन फनोंवाला एक सुन्दर साँप दिखाई दे गया। मुझे एक मज़ाक सूझा और मैंने उसे मन्त्रमुग्ध करके वहीं बाँध सा दिया। जब मेरा मित्र सरोवर से निकला तो वह उस साँप को देखते ही बेहोश सा हो गया। मेरी हँसी छूट गई। पूरी तरह बेहोश होने से पहले शायद मेरे मित्र ने मुझे हँसते देख लिया था। होश में आते ही वह मुझ पर बरसने लगा। मैंने उसे बहुतेरा समझाया कि मज़ाक़ की बात पर उसे इतना बिगड़ना नहीं चाहिए लेकिन उसका क्रोध था कि उसके क़ाबू में ही नहीं आ रहा था, आख़िर उसने मुझे शाप दे दिया, "जा, तू भी तीन फनोंवाला साँप बन जा।"

जब मैंने हाथ जोड़कर अनुनय विनय किया तो उसने बताया, "साँप बनकर तू एक कुएँ में गिर जाएगा और एक महात्मा तुझे उस कुएँ से निकालेगा, और फिर उसी महात्मा का उपकार करने पर तू शापमुक्त हो सकेगा।"

उस साँप की कहानी को और आगे बढ़ाने में हमें कोई तुक नज़र नहीं आती, इसलिए फ़िलहाल हम इसे यहीं तोड़ स्त्री की ओर बढ़ते हैं।

स्त्री की कहानी

अजीब बात है कि कथासरित्सागर में बोधिसत्त्व, सिंह, नीलकंठ और साँप से तो

साफ़ साफ़ कहता है कि वे उसे अपनी अपनी आत्मकथा सुनाएँ लेकिन उस स्त्री से कुछ नहीं कहता, साँप की कहानी ख़त्म होते ही वह अपने आप उसे अपनी आत्मकथा सुनाने लगती है। ऐसा क्यों ? इस सवाल का जबाव मेरे पास नहीं, किसी पाठक के पास हो तो वह मुझे बताने की कृपा करे।

'मेरा पति एक क्षत्रिय पुत्र है और राजा का सेवक है, यह बताना ज़रूरी नहीं कि किस राजा का। हाँ, यह बताना ज़रूरी है कि वह दिन रात उस राजा की सेवा में ही जुटा रहता है, मेरे लिए उसके पास एक पल भी नहीं बचता। अगर मैं शिकायत करूँ तो वह कहता है, "तुम्हारे लिए ही कमा और बचा रहा हूँ, अपने लिए नहीं।" उसे मेरा इशारा समझ नहीं आता, मुझे उसकी बात समझ नहीं आती। लेकिन मैं तो ऐसे बोल रही हूँ जैसे मैं अब भी उसके साथ हूँ, जबकि हक़ीक़त यह है कि मैं उसके साथ नहीं, यहाँ हूँ, तुम्हारे साथ, और कुछ ही देर पहले तक मैं कुएँ में थी, उन तीनों के साथ जो अपनी अपनी कहानी सुनाकर चले गए हैं। उनसे तो तुमने अनुरोध किया कि वे तुम्हें अपनी अपनी कहानी सुनाएँ, मुझसे तुमने एक बार भी नहीं कहा। पूछ सकती हूँ, क्यों ? सुर्ख़ क्यों हुए जा रहे हो, नहीं बताना चाहते तो मत बताओ, मैं ज़िद नहीं करूँगी। तुम मुझे नहीं जानते–मैं अब किसी भी बात पर ज़िद नहीं करती। यह झूठ है–एक ज़िद मैंने ज़रूर पकड़ी हुई है, और वह यह कि अपने पति की पकड़ में अब मैं कभी नहीं आऊँगी। तुम हैरान हो रहे हो कि यह सब मैं तुम्हें क्यों बता रही हूँ। तुम मेरी नीयत के बारे में सोच रहे हो और सुर्ख़ हुए जा रहे हो। मैं भी अपनी कहानी सुनाकर यहाँ से चली जाऊँगी, घबराओ नहीं। तुम बहुत नेक आदमी हो, मैं जान गई हूँ। नेक आदमी मुझ जैसी औरतों से घबराते भी हैं, उन्हें पा लेना भी चाहते हैं। ख़ैर, मैं तुम्हें किसी धर्मसंकट में डालना नहीं चाहती, मैं जानती हूँ, तुम त्यागी हो। मेरा पति भी त्यागी है। इसीलिए तो मैंने एक दूसरे पुरुष से प्रसंग कर लिया था, हालाँकि वह मेरे पति की अपेक्षा कम सुन्दर था, कम ताक़तवर था। लेकिन उसके पास मेरे लिए, मेरी बातों के लिए, समय था, जबकि जैसाकि मैंने तुम्हें बताया मेरे पति के पास मेरे लिए, मेरी बातों के लिए, एक पल तक नहीं बचता था। ख़ैर, तो मेरे उस परपुरुष प्रसंग का पता मेरे पति को चल गया। यह पता चलाने का समय न जाने उसे कैसे मिल गया। मैंने देखा है कि मेरे पति जैसे पुरुषों के पास अपनी पत्नियों के लिए तो समय नहीं होता लेकिन उन पर कड़ी निगरानी के लिए समय ज़रूर होता है। हो सकता है उसने इस काम के लिए कोई जासूस रखा हुआ हो। यह भी सम्भव है कि मेरी वह सहेली ही उसकी जासूस हो जिसे मैंने अपना हमराज़

समझा हुआ था। होने को तो यह भी हो सकता है कि मेरी वह सहेली मेरे पति की भी सहेली हो। जो भी हो, जब मेरे पति को मेरे जार का पता चला तो वह मुझे मार डालने पर तुल गया। यह सूचना मुझे मेरी उस सहेली ने ही दी। उस वक़्त तो उसकी बात सुनते ही मैं अन्धाधुन्ध वन की तरफ़ भाग निकली, अपनी जान बचाने के लिए, और मुझे यह ख़्याल ही नहीं आया कि मेरी सहेली शायद मेरे पति की प्रेमिका हो, लेकिन अब यह ख़्याल जा ही नहीं रहा। ख़ैर, तो तुम समझ गए होगे कि भागते भागते मैं इस कुएँ में जा गिरी थी जिसमें वे तीनों पहले से ही गिरे पड़े थे। महाराज, तुम हैरान हो रहे होगे कि मेरे पति ने मुझे शाप देकर बिल्ली या बकरी में क्यों नहीं बदल दिया ? मैं भी हैरान तो हो रही हूँ लेकिन मुझे पाप और पुण्य में तो विश्वास है, शाप और वरदान वग़ैरह में नहीं। यह अलग बात है कि मुझे नहीं लगता कि मैं असल में पापिनी या दुष्टा या कुलटा हूँ क्योंकि मेरे तथाकथित पाप का दोष मेरे पति पर उतना ही जाता है जितना मुझ पर। मैं जानती हूँ कि इस प्रकार की उल्टी सीधी बातें मेरे जैसी स्त्रियाँ अक्सर नहीं करतीं, *कथासरित्सागर* जैसे ग्रन्थों में तो बिल्कुल नहीं, आप जैसे महात्माओं के सामने तो बिल्कुल नहीं, लेकिन क्या करूँ, मैं अपने विद्रोही स्वभाव से मजबूर हूँ। मैं देख रही हूँ कि तुम मेरी ओर ऐसे देख रहे हो जैसे कोई लड़खड़ाता हुआ पुरुष ही किसी परनारी की ओर देखता है। महाराज, मैं तुम्हारा तप जप भंग करना नहीं चाहती, इसलिए चलती हूँ, हाँ, अगर कभी तुमको मेरी ज़रूरत पड़े और मेरी याद आए तो मैं हाज़िर हो जाऊँगी, तुमने मेरी फ़रियाद सुनी, मेरी जान बचा ली, मैं भी तुम्हारे लिए सब कुछ करने को तैयार हूँ।

कहना न होगा कि हमारा बोधिसत्त्व उस स्त्री की यह बात सुन और लड़खड़ा गया था। वह मुस्कुराती और मटकती हुई एक तरफ़ चल दी और बोधिसत्त्व बेचारा एकटक उसे देखता रह गया।

यह मान लेने में हमें कोई संकोच नहीं हो रहा कि स्त्री की आत्मकथा और उसकी आवाज़ को हमने बहुत बदल दिया है। ज़ाहिर है हम उसे दुष्टा या कुलटा नहीं समझते, हमें उसके साथ हमदर्दी है, बैर नहीं, इसलिए हम उसे समझने की कोशिश करना चाहते हैं, उसे दुत्कारना नहीं चाहते। और हमारा अनुमान है कि हमारा बोधिसत्त्व भी इस प्रयास में हमारे साथ है। इस अनुमान का एक आधार हमारी प्रज्ञा है, दूसरा वह व्यवहार जो बोधिसत्त्व हमारी कहानी के अन्त में करता है, शायद हमारे ही किसी गुप्त सुझाव पर।

बाकी की कहानी, जो हमारे इशारों पर नाचती है

आगे बढ़ने से पहले हम उस स्त्री को कोई सुन्दर सा नाम दे देना चाहते हैं। *कथासरित्सागर* सुन्दर नामों का भी सागर है, और हमने आँखें मूँदकर एक छोटी सी डुबकी लगाकर एक नाम निकाल लिया है—मदनमंजरी।

तो हुआ यह कि बोधिसत्त्व को अपनी कहानी और बात सुनाकर मदनमंजरी गोत्रवर्द्धन नामक राजा के नगर की तरफ़ चल दी। उसने उस राजा की रानी के बारे में सुन रखा होगा कि उसे उस जैसी सुन्दर और स्वतन्त्र सेविकाओं की ज़रूरत थी। वहाँ पहुँचते ही वह रानी के पास जा पहुँची। अपनी उन्मुक्त अदाओं वग़ैरह से उसने रानी पर ऐसा प्रभाव डाला कि रानी ने उसे अपनी सेविका बना लिया।

उधर उस वन में रह गया वह अकेला बोधिसत्त्व विक्षिप्त सा हो गया था। अब उस वन में उसका मन नहीं लग रहा था। रह रहकर उसे मदनमंजरी की याद सता रही थी। पहले तो उसने अपने इस विचलन का सारा दोष उस स्त्री को ही दिया जिसकी बातों ने उसे भरमा सा दिया था और जिसके शरीर का आलोक बार बार उसकी आँखों के सामने कौंधने सा लगा था। लेकिन फिर उसने सोचना शुरू कर दिया कि हो न हो, मदनमंजरी पूर्वजन्म में उसकी प्रेयसी रही होगी, वरना कोई कारण नहीं कि उस जैसा जोगी इतनी जल्दी अपनी जगह से हिल जाए और मदनमंजरी के लिए सिहरना शुरू कर दे।

अब *कथासरित्सागर* में गोमुख महोदय ने तो बोधिसत्त्व की बेज़ारी का कारण यह दिया है कि उस दुष्टा (जिसे हमने मदनमंजरी का मादक नाम दे डाला है) के साथ बात करने से न सिर्फ़ बोधिसत्त्व की सिद्धि नष्ट हो गई बल्कि उस वन में फल फूल फलने फूलने भी बन्द हो गए। हमें यक़ीन नहीं आता। इतना भी क्या कि बोधिसत्त्व को अपना पेट भरने के लिए फल फूल वग़ैरह भी उस वन में मिलने बन्द हो जाएँ। सो हमें तो यही लगता है कि मदनमंजरी के चले जाने के बाद बोधिसत्त्व का मन उस वन से उचाट हो गया होगा, उसी तरह जैसे पहले उसका मन संसार से उचाट हो गया था। बल्कि हम तो यहाँ तक कहने को आतुर हो रहे हैं कि मदनमंजरी को देख लेने के बाद बोधिसत्त्व ने सहसा संसार के लिए हुमकना शुरू कर दिया था। यह बात अलग है कि वह अपनी इस 'हुमकन' को स्वीकार नहीं करना चाहता था, न ही इस हक़ीकत को कि वह मदनमंजरी पर मोहित हो गया था।

तो हुआ यह कि बोधिसत्त्व ने सबसे पहले उस सिंह को याद किया। सिंह

तत्काल नमूदार हो गया और पूछने लगा कि बोधिसत्त्व को क्या चाहिए। जब बोधिसत्त्व ने उससे कहा कि उसे भूख मिटाने के लिए फल वग़ैरह नहीं मिल रहे तो सिंह को उसकी बात विचित्र और अविश्वसनीय तो लगी लेकिन उसने कहा कुछ नहीं। वह तो ख़ैर ऐसे ही किसी अवसर की प्रतीक्षा कर रहा था ताकि वह प्रत्युपकार कर शापमुक्त हो सके। सो वह दौड़ता दहाड़ता कुछ देर के लिए ग़ायब हो गया। जब लौटा तो ढेर सारा मृगमांस ले आया। अब हमें यह बात भी अजीब लगती है कि बोधिसत्त्व ने वह सारा मांस हड़प कर लिया। इसका अर्थ भी हमने यही निकाला है कि बोधिसत्त्व अब उसी संसार की ओर खिंच रहा था जिसे उसने वर्षों पहले त्याग दिया था। अब यह ज़रूरी नहीं कि यह खिंचाव सचेत रूप से उसे महसूस हो रहा हो, बल्कि सम्भावना इसी बात की है कि यह परिवर्तन उसकी अवचेतना में ही हो रहा था। ख़ैर !

वह सिंह तो अपना काम कर शापमुक्त हो गया लेकिन बोधिसत्त्व की तृष्णा ने फिर उसे तड़पाना शुरू कर दिया। अब उसने नीलकंठ को स्मरण किया। नीलकंठ तत्काल नमूदार हो गया और बोधिसत्त्व की बात सुन तुरन्त उड़ गया और कुछ ही देर बाद रत्नजड़ित आभूषणों की एक पिटारी लेकर लौटा। क़ायदे से बोधिसत्त्व को वह पिटारी लेने से इन्कार कर देना चाहिए था, कहना चाहिए था, मैं इतनी क़ीमती पिटारी लेकर क्या करूँगा, लेकिन उसने ऐसा कुछ नहीं किया, और न ही उसने यह पूछा कि उस पिटारी को वह नीलकंठ उठा कहाँ से लाया था। नीलकंठ तो पिटारी देकर शापमुक्त हो गया, बोधिसत्त्व पिटारी लेकर कुछ और मोहयुक्त हो उठा। उन आभूषणों को बेचने के फ़िराक में घूमता फिरता वह उसी नगर में जा पहुँचा जहाँ मदनमंजरी रानी की सेविका बनी अपना जीवन बिता रही थी। अब मनोविज्ञानी क़िस्म के लोग तो इसे मात्र संयोग नहीं मानेंगे कि बोधिसत्त्व गहने बेचने के लिए मदनमंजरी के नगर में जा पहुँचा था। लेकिन हमें लगता है कि यह संयोग ही था, ऐसा संयोग जो एक प्रकार का इम्तहान भी था, बोधिसत्त्व के बोध और सत्त्व का इम्तहान। ख़ैर !

अब हुआ यह कि बोधिसत्त्व ने उस नगर की एक बुढ़िया के घर में एक कोठरी किराए पर ले ली, उस पिटारी में से कुछ आभूषण निकाले, और उन्हें बेचने के लिए बाज़ार की तरफ़ चल दिया। बाज़ार में उसे सामने से मदनमंजरी आती हुई दिखाई दे गई। उसे देखते ही बोधिसत्त्व अपनी सुधबुध खो बैठा। जो आसक्ति अभी तक कई वर्जनाओं और कुंठाओं तले दबी पड़ी थी, सहसा उछलकर ऊपर आ गई, और बोधिसत्त्व के मुँह से निकल गया, मारे गए गुलफ़ाम, या इसी आशय का कोई और वाक्यांश। उधर मदनमंजरी उसे देखकर बहुत ख़ुश

हुई। उसने पहली ही नज़र में भाँप लिया कि महात्माजी की हालत ख़राब थी। वह तपाक से बोली—"आप अपना प्रिय वन छोड़ इस अप्रिय बाज़ार में कैसे ? मैं किसी काम आ सकूँ तो बताइए, मैं हर प्रकार की सेवा के लिए हाज़िर हूँ।"

बोधिसत्त्व बेचारा पहले तो काफ़ी देर तक एकदम अवाक् रहा। फिर हिचकिचाते हुए उसने अपना हाल कह सुनाया।

मदनमंजरी समझ गई कि संसार को छोड़ चुके महात्मा संसार की ओर लौट रहे हैं। इस पर वह मन ही मन काफ़ी दुखी हुई। वह नहीं चाहती थी कि बोधिसत्त्व महाराज भी मामूली इन्सानों की तरह रत्नों और आभूषणों के लालच में फँस अपनी विशिष्टता खो बैठें। वह उनकी ओर आकृष्ट तो उन्हें पहली बार देखकर ही हो गई थी लेकिन वह उनके पतन का कारण नहीं बनना चाहती थी इसीलिए वह उस वन में रुकी नहीं थी, हालाँकि उसे नगर की ओर भागने की कोई उतावली नहीं थी। अब उन्हें उस बाज़ार में देखकर और उनकी बात सुनकर वह समझ गई कि महात्माजी मोहमाया के जाल में फँसने जा रहे हैं। मन ही मन उसने इरादा बाँध लिया कि वह ऐसा नहीं होने देगी।

उनसे फिर मिलने की बात कहकर वह अपनी रानी के पास गई और बोली, "रानीजी, आपके आभूषण चुरानेवाले व्यक्ति को आज मैंने बाज़ार में पकड़ लिया और उसने साफ़ साफ़ मुझे बता दिया कि वे आभूषण उसने कहाँ छिपा रखे हैं।"

और फिर मदनमंजरी ने रानी को अपना बनाया हुआ क़िस्सा सुना दिया। उस क़िस्से में से नीलकंठ पक्षी की भूमिका उसने ग़ायब कर दी थी और यह भी नहीं बताया कि वह उस बोधिसत्त्व से पहले कब और कहाँ मिली थी।

रानी अपनी होशियार सेविका की सजगता पर बहुत ख़ुश हुई और उसने राजा को सारा क़िस्सा सुना दिया। राजा ने उस क़िस्से में कोई मीनमेख नहीं निकाली और अपने आदमियों को आदेश दिया कि वह उस बुढ़िया के घर से गहनों की वह पिटारी उठवा लाएँ और बाज़ार से उस बोधिसत्त्व को। बोधिसत्त्व बेचारा तो मदनमंजरी को देखते ही उस पिटारी और अपनी जेब में ठुँसे हुए गहनों को एकदम भूल गया था क्योंकि उसे उसी क्षण यह ज्ञान हो गया था कि उसकी तड़प सिर्फ़ उस स्त्री के लिए थी जो अपने उस पति को छोड़ आई थी जिसके पास उसके लिए एक पल भी नहीं बचता था, जो उसे कुलटा कहता था, और उसे मार डालना चाहता था—उसी स्त्री के लिए जिसने अपने पति को छोड़ किसी परपुरुष से प्रसंग कर लिया था। तो वह इस ज्ञान की कौंध से चुँधियाया हुआ सा बाज़ार में किसी खोए हुए परदेसी की तरह भटक ही रहा था कि राजा के

सैनिक उसे पकड़ ले गए।

कारागार में पड़ा बोधिसत्त्व कुछ देर तक तो चुपचाप तड़पता रहा लेकिन फिर उसे सहसा साँप का ख़्याल आ गया। उसने उसका स्मरण किया और साँप प्रकट हो गया। सारा समाचार सुन लेने के बाद साँप ने कहा, "मैं अभी जाकर राजा को अपनी लपेट में जकड़ लेता हूँ और जब तक तुम आकर आदेश नहीं दोगे, मैं उसे छोड़ूँगा नहीं, और छोड़ूँगा भी इस शर्त पर कि वह अपना आधा राजपाट तुम्हारे हवाले कर दे।"

यह शर्त सुनकर बोधिसत्त्व मुस्कुराया, क्योंकि उसने मन ही मन एक और शर्त तैयार कर रखी थी।

ख़ैर, तो साँप ने जाकर राजा को जकड़ लिया। सारे नगर में कोलाहल मच गया। मदनमंजरी को पता चला तो उसने रानी से कहा, "मेरा अनुमान है कि वह चोर राजा की जान बचा सकता है।"

रानी ने उससे यह पूछना ज़रूरी नहीं समझा कि उसके अनुमान का आख़िर आधार क्या था, क्योंकि वह जानती थी कि कभी कभी नौकरानियों के निराधार अनुमान भी सच्चे निकल आते हैं। तो रानी ने आदेश दिया कि कारागार में पड़े उस चोर बोधिसत्त्व को दरबार में लाया जाए। बोधिसत्त्व जब आया तो साँप ने राजा से कहा, "हे राजन, अगर यह भला आदमी कहेगा तो मैं आपको आज़ाद कर दूँगा।"

राजा बोला, "अगर यह भला आदमी मुझे तुम्हारी जकड़ से आज़ाद करवा देगा तो मैं अपना आधा राजपाट इसके हवाले कर दूँगा।"

मदनमंजरी दरबार में मौजूद थी, सब कुछ देख रही थी, सब कुछ सुन रही थी। बोधिसत्त्व सिर झुकाए खड़ा था। सब दरबारी हैरान थे कि वह राजा की बात सुन लेने के बाद भी ख़ामोश क्यों था। साँप भी अधीर हो रहा था, क्योंकि उसे शापमुक्त होने की उतावली थी। वह मदनमंजरी को घूर रहा था जैसे उसे उकसा रहा हो कि वही कुछ कहे या करे ताकि उस बोधिसत्त्व की तन्द्रा टूटे। तभी बोधिसत्त्व साँप के पास गया और उसके कान में कुछ कहकर अपनी जगह पर लौट आया।

साँप बोला, "हे राजन, मेरे मालिक की एक शर्त है।"

राजा बोला, "शर्त ? कैसी शर्त ? कह तो दिया कि हम अपना आधा राजपाट उसे दे देंगे। हाँ, अगर उसकी तसल्ली इससे भी नहीं हो रही तो हम उसे आभूषणों की वह पिटारी भी दे देने को तैयार हैं।"

साँप बोला, "महाराज, मेरे बोधिसत्त्व को न वे आभूषण चाहिए न आपका

आधा राजपाट।''

साँप की यह बात सुन सबके कान खड़े हो गए, मदनमंजरी के सबसे ऊँचे !

राजा बोला, ''तो इसे चाहिए क्या ? हमारी जान ?''

साँप बोला, ''महाराज, उसे आपकी नहीं, अपनी जान चाहिए।''

राजा बोला, ''हम समझे नहीं, नागदेव !''

साँप बोला, ''मैं अभी समझाता हूँ।''

और तब साँप ने राजा को और दरबार में उपस्थित सब लोगों को बता दिया कि बोधिसत्त्व की जान मदनमंजरी में अटकी हुई थी और वह राजा की जानबख़्शी के एवज़ मदनमंजरी को पा लेना चाहता था।

यह सुन राजा तुनककर बोला, ''यह मैं कैसे कर सकता हूँ ? मदनमंजरी एक स्वतन्त्र स्त्री है, कोई भेड़ बकरी तो नहीं कि मैं उसे उठाकर इस भले आदमी के हवाले कर दूँ !''

साँप बोला, ''महाराज, मेरा बोधिसत्त्व एक भला आदमी है, कोई भेड़िया तो नहीं, वह मदनमंजरी से कोई ज़बरदस्ती करना या करवाना नहीं चाहता, वह बस यही चाहता है कि मदनमंजरी से एक बार पूछ लिया जाए कि वह उसके साथ तपोवन में जा रहने के लिए तैयार है या नहीं ? अगर वह न कर देगी तो आपको तो मेरी जकड़ से रिहाई मिल जाएगी, बोधिसत्त्व अपनी मर्ज़ी से दोबारा कारागार में जा पड़ेगा।''

इससे पहले कि राजा या कोई और कुछ कहता, मदनमंजरी बोल पड़ी, ''महाराज, मैं बोधिसत्त्व के साथ उस तपोवन में ही नहीं, उसी तपोवन में स्थित उस कुएँ में रहने के लिए भी तैयार हूँ जिसमें से उसने एक दिन मुझे निकालकर मेरी जान बचा भी ली थी, ले भी ली थी।''

इस अजीब और अप्रत्याशित बात को सुनकर और सब लोग तो हैरान ही हुए, साँप की हँसी छूट गई और बोधिसत्त्व ने लपककर मदनमंजरी को अपनी बाँहों में कस लिया।

नोट

हमारी कहानी तो यहीं ख़त्म हो जाती है लेकिन हम यह शेख़ी मारने से बाज़ नहीं आएँगे कि जिस नायिका को कथासरित्सागर के गोमुख ने दुष्टा बताकर पेश किया, उसी को हमने एक साहसी और सच्ची प्रेमिका की भूमिका दे डाली।

मैं निश्चयदत्त और मेरी अनुरागपरा

कोई माने या न माने, मैं पिछली कई सदियों से इस प्रतीक्षा और तलाश में इधर उधर भटक रहा हूँ कि किसी दिन मुझे कोई ऐसा कथाकार मिल जाएगा जो मुझे मेरी कहानी मेरी ज़ुबानी कहने का अवसर देने पर राज़ी हो जाएगा और मैं उसमें से वे तमाम अप्रासंगिक तत्त्व ख़ारिज कर सकूँगा जिनकी बदौलत *कथासरित्सागर* में नरवाहनदत्त के नारी विरोधी मन्त्री गोमुख द्वारा सुनाई गई मेरी कहानी का केन्द्रीय बिन्दु यह बना दिया गया है कि 'स्त्रियाँ दुराचारिणी ही होती हैं और विश्वास के योग्य नहीं होतीं।'

इसलिए आज मैं बहुत ख़ुश हूँ कि हिन्दी कथा साहित्य के हाशिए पर चहलक़दमी करता हुआ एक ऐसा अनुकूल कथाकार मुझे मिल गया है। इससे पहले कि वह अपना इरादा बदल दे या कोई और किरदार उसे फाँस या फुसला ले जाए, मैं अपनी कहानी शुरू कर देना चाहता हूँ।

हाँ, तो यह उस प्राचीन काल की बात है जब मैं शिप्रा नदी के किनारे पर बसी उज्जयिनी नाम की एक विश्वविख्यात नगरी में निवास किया करता था। था तो मैं एक वैश्यपुत्र लेकिन मेरे स्वभाव और आचार व्यवहार में उन गुणों का नितान्त अभाव था जो अधिकतर वैश्यपुत्रों में आज तक ढूँढ़े और पाए जाते हैं। मेरा मन व्यापार में लगता था न परिवार में। धन कमाने में मुझे कोई दिलचस्पी नहीं थी लेकिन धन ख़र्च करने के लिए मैंने कई ऐसी आदतें पाल रखी थीं जो सब कमोबेश ऐसी थीं कि उन्हें 'ऐबों' का दर्जा भी दिया जा सकता है। सो उन सारे ऐबों की परवरिश के लिए ही मैंने एक बड़ा ऐब पाल रखा था—मैं जुआ खेलता था, जी लगाकर जुआ खेलता था, और अक्सर उस खेल में मेरी जीत ही होती थी, जिसका श्रेय आप मेरी क़िस्मत को भी दे सकते हैं और मेरी कारीगरी को भी। आम जुआरियों में और मुझमें अन्तर यह था कि मैं एक अनुशासित जुआरी था, जब देखता कि उस दिन के खुले ख़र्च के लिए काफ़ी पैसे मैंने जीत लिए हैं तो मैं खेलना बन्द कर देता था और ख़र्च करना शुरू। रोज़ की कमाई उसी या दूसरे रोज़ ख़र्च हो जाया करती थी—कुछ अपनी

शौकीनियों पर–मुझे खाने, पीने और पहनने का शौक़ हुआ करता था–और बाक़ी बची सब दीनों और अनाथों को दान देने में ! दूसरे दिन की चिन्ता मुझे नहीं सताती थी। दुनियादार लोग मेरी निन्दा किया करते थे, दीन और अनाथ प्रशंसा।

सुबह सवेरे मैं शिप्रा नदी में स्नान करता, फिर महाकालेश्वर की उपासना करता, फिर दान वग़ैरह देकर महाकाल के मन्दिर के पास ही एक श्मशान में चला जाता, अपने शरीर पर चन्दन का लेप लगाकर वहीं गड़े हुए एक खम्बे से काफ़ी देर तक अपनी पीठ रगड़ता रहता। उस रगड़ से पता नहीं क्यों मुझे अपार आनन्द मिलता। हर रोज़ की रगड़ से पत्थर का वह खम्बा इतना चिकना और मुलायम हो गया था कि कभी कभी मुझे उस पर आईने का गुमान होता। कभी कभी मैं उसे ऐसे निहारता जैसे कोई कलाकार अपनी किसी कलाकृति को निहार रहा हो।

एक दिन मैं उस खम्बे को देख देख ख़ुश हो ही रहा था कि एक चित्रकार अपने एक मूर्तिकार मित्र के साथ वहाँ आया। हो सकता है उन दोनों ने किसी से मेरे और उस चिकने खम्बे के बारे में कुछ सुना हो। उन दोनों ने मुझसे तो कोई बात नहीं की लेकिन काफ़ी देर तक बड़े ध्यान से वे उस खम्बे को निहारते रहे। फिर चित्रकार ने मेरे देखते ही देखते अपनी कूँची से उस पर पार्वती का एक रेखाचित्र बना दिया। फिर मूर्तिकार ने अपने औजार एक झोले में से निकाले और उस रेखाचित्र को एक मूर्ति का रूप दे दिया। इससे पहले कि मैं उनसे कुछ कहता या पूछता, वे दोनों झूमते झामते वहाँ से चल दिए। मैंने भी सोचा, कलाकार लोग हैं, अपनी ही किसी धुन में मस्त दिखते हैं, इनके रंग को भंग नहीं करना चाहिए। कुछ देर तो मैं वहीं खड़ा उस मूर्ति को सराहता रहा, फिर जुआ खेलने के लिए उस अड्डे की तरफ़ चल दिया जहाँ मेरे साथी मेरा इन्तज़ार कर रहे थे।

दूसरे दिन स्नानादि के बाद जब मैं अपने उस खम्बे के पास जा खड़ा हुआ तो वह मूर्ति मुझे और सुन्दर, और भव्य, दिखाई दी। मैंने अपने शरीर पर चन्दन का लेप लगाया और उस खम्बे की दूसरी तरफ़ अपनी पीठ रगड़ना आरम्भ कर दिया। मेरा ख़्याल था मेरी पीठ छिल जाएगी लेकिन मुझे वैसा ही आनन्द मिलने लगा जैसा कि रोज़ मिला करता था। सच कहूँ तो वैसा स्पर्श सुख मुझे उस खम्बे से उस रोज़ से पहले कभी शायद ही मिला हो। मैंने आँखें मूँदकर आनन्दविभोर होना शुरू कर दिया। सहसा मुझे महसूस हुआ जैसे दो कोमल हाथ मेरी पीठ को बार बार सहला रहे हों। मेरी हैरानी की हद नहीं रही। मैंने आँखें

तो नहीं खोलीं लेकिन मेरे हाथ अनायास मेरी पीठ की तरफ़ मुड़ गए, और फिर किसी के दो कोमल हाथ मेरे हाथों में आ गए। मैंने उन हाथों को मज़बूती से पकड़ लिया तो पीछे से एक मधुर आवाज़ आई, "मेरे हाथ क्यों पकड़ लिए ? मैंने कौन सा अपराध किया है ? तुम्हारी पीठ को सहलाया ही तो है ! मेरे हाथ छोड़ दो।"

वैसी मधुर आवाज़ मैंने पहले कभी नहीं सुनी थी। वैसा सुखद स्पर्श मैंने पहले कभी नहीं भोगा था। मेरी तो जान निकली जा रही थी। साथ ही यह प्रतीत हो रहा था जैसे यथार्थ स्वप्न में बदल गया हो। आँखें खोलने या मुड़कर देखने की हिम्मत भी नहीं हो रही थी, मन भी नहीं कर रहा था–मैं उस अलौकिक कैफ़ियत को अपनी किसी भूल से खो नहीं देना चाहता था। सो मैंने डरते डरते कहा, "जब तक तुम मेरे सामने आकर मुझे बताओगी नहीं कि तुम कौन हो, मैं तुम्हारा हाथ नहीं छोड़ूँगा।" तब आवाज़ आई, "मैं वचन देती हूँ कि मैं तुम्हारे सामने आकर सब कुछ बता दूँगी, तुम मेरे हाथ छोड़ दो।"

उस आवाज़ में ऐसा आश्वासन था कि मेरा डर उड़ गया और मैंने वे अजनबी हाथ छोड़ दिए। उसी क्षण मेरी आँखें भी खुल गईं और मैंने देखा कि एक स्वप्नसुन्दरी क़िस्म की विद्याधरी मेरे सामने खड़ी मुस्कुरा रही है।

"चमत्कृत होने की ज़रूरत नहीं। मेरा नाम अनुरागपरा है। मैं हिमालय पर स्थित पुष्करावती नामक एक नगरी के विद्याधर राजा विंध्यपर की कन्या हूँ। महाकालेश्वर की उपासना के लिए कभी कभी यहाँ आ जाती हूँ। आज पूजा के बाद इधर से गुज़र रही थी कि इस चन्दनचिकने खम्बे पर पार्वती की मूर्ति मुझे दिखाई दी, सो इस खम्बे में प्रवेश कर विश्राम करने का मन हुआ। मैं विश्राम कर ही रही थी कि तुम आ गए। जब तुमने खम्बे से अपनी पीठ रगड़ना शुरू किया तो मुझे शरारत सूझी और मैंने पीछे से तुम्हारी प्यारी पीठ को सहलाना शुरू कर दिया। बस, इतनी सी बात है और तुम बिगड़ रहे हो। अपनी शरारत के लिए क्षमा चाहती हूँ और जाने की आज्ञा।"

मुझे लगा कि जाने की बात भी उसकी शरारत का ही एक अंग था। मैंने जवाब में जो कहा वह आजकल के हीरो अक्सर रूमानी फ़िल्मों और कहानियों में कहते सुनाई देते हैं।

"जाने की आज्ञा तुम्हें कैसे मिल सकती है ? पहले मेरा दिल मुझे लौटाओ, फिर जाओ।"

इतना साहस न जाने मुझमें कहाँ से आ गया था। उससे पहले मेरा साबका उस जैसी किसी सुन्दरी से नहीं पड़ा था–और फिर वह तो आम कन्या भी नहीं

थी, एक विद्याधर राजा की सुपुत्री थी।

"दिल वापस लेने के लिए तो तुम्हें मेरी नगरी में आना होगा। बाक़ी की बातें वहीं होंगी, इतना जान लो कि मेरी नगरी तक पहुँचने का रास्ता आसान नहीं, बल्कि बहुत दुर्गम है, लेकिन अगर तुममें वहाँ पहुँचने की पर्याप्त उत्कंठा होगी तो कुछ भी मुश्किल नहीं होगा।"

यह कहकर वह तो उड़ गई, मैं कुछ देर तक वहीं खड़ा आकाश को घूरता रहा और उसकी नगरी पुष्करावती की कल्पना में खोया रहा, और सोचता रहा—'मुझे जिद करके उससे गन्धर्व विवाह कर लेना चाहिए था।'

वह दिन और रात तो मैंने जैसे तैसे उज्जयिनी में काटे, दूसरे दिन सुबह सवेरे हिमालय की ओर हो लिया। कुछ ही आगे जाकर मुझे तीन और यात्री मिल गए जो उसी तरफ़ जा रहे थे। उनके साथ अनेक नगरों और वनों और मुश्किलों को पार कर मैं एक ऐसे देश में जा पहुँचा जहाँ कुछ ताजिक लोगों ने हम चारों को पकड़कर एक ताजिक सरदार के हाथ ऊँचे दामों पर बेच दिया। उस सरदार ने हम चारों को गुलाम बनाकर अपने एक तुर्क मित्र के पास उपहार के तौर पर भेज दिया। जब ताजिक के नौकर हम चारों को लेकर उस तुर्क के पास पहुँचे तो उन्हें पता चला कि उस तुर्क का देहान्त हो चुका था। हमें उस तुर्क के पुत्र के हवाले कर दिया गया। उस तुर्कपुत्र की तर्क शक्ति ने उसे एक अजीब तरकीब सुझाई, जिसके अनुसार उसने हमें यह फ़ैसला सुनाया, "तुम चारों को मेरे पिता के लिए उपहारस्वरूप भेजा गया है, इसलिए मैं तुम्हें कल सुबह अपने पिता की क़ब्र में ज़िन्दा गड़वा दूँगा, तब तक के लिए तुम्हारी मुश्कें मज़बूती से बाँध दी जाएँगी।"

यह फ़ैसला सुनते ही मेरे तीनों सहयात्रियों ने रोना चिल्लाना शुरू कर दिया। मुझे उन पर बहुत गुस्सा आया। मैंने उन्हें समझाया कि प्रलाप करने से कुछ नहीं होगा और कहा कि हमें पूरे मन से जगदम्बा भगवती से प्रार्थना करनी चाहिए, वही इस संकट में हमारी सहायता कर सकेगी। उनसे इतना बोलकर मैंने आँखें बन्द कर लीं और भगवती पूजा शुरू कर दी। गई रात तक मैं पूजा करता रहा, फिर मुझे पता ही न चला मुझे कब नींद आ गई। यहाँ मैं यह सच बोल ही दूँ कि भगवती की स्तुति के साथ साथ अनायास ही मैं अनुरागपरा का स्मरण भी करता रहा। फिर देवी ने मेरे, और मेरे साथियों के, स्वप्न में प्रवेश कर कहा, "उठो और यहाँ से भाग जाओ, तुम्हारे बन्धन मैंने काट दिए।"

फिर क्या था ! हम सबकी नींद एक साथ खुल गई और हमने देखा कि हम बन्धनमुक्त थे। हम सबने एक दूसरे को अपने अपने स्वप्न की बात बताई

और वहाँ से भाग निकले। सुबह हुई तो मेरे तीनों सहयात्रियों ने मुझसे कहा, "भई, हम तो और आगे जाएँगे नहीं क्योंकि हमें डर है कि उत्तर दिशा में हमें और कष्ट होंगे, इसलिए हम तो दक्षिण की ओर मुड़ रहे हैं, तुम तुम्हारा जो जी चाहे करो।"

मेरा जी तो ख़ैर अनुरागपरा के लिए ही तड़प रहा था, इसलिए मैंने अपनी दिशा नहीं बदली। कुछ आगे जाने पर मुझे चार कापालिक मिल गए। उनके साथ मैंने जेहलम नदी को पार कर लिया। शाम के समय हम एक जंगल में घुसे ही थे कि कुछ लक्कड़हारों ने हमें रोककर कहा, "आगे मत जाओ, आगे कोई गाँव नहीं, सिर्फ़ एक शिवालय है, वहाँ एक यक्षिणी रहती है जिसका नाम है शृंगोत्पादिनी, और वह वहाँ ठहरनेवाले हर पथिक को पशु बना देती है और फिर उसको चट कर जाती है।"

मैं तो उनकी बात सुन कुछ सहम गया लेकिन वे चारों कापालिक हँसने लगे और मुझसे बोले, "हम तुम्हारे साथ हैं ना। वह यक्षिणी हमारा क्या बिगाड़ सकती है, हमने उस जैसी कई देखी हैं।"

सच कहूँ तो मुझे उनकी बात पर विश्वास तो नहीं हुआ लेकिन मेरी दिशा तो निश्चित ही थी, मुझे तो उसी ओर आगे बढ़ते जाना था—सारे ख़तरों के बावजूद, पूरी निष्ठा के साथ—इसलिए मैं भी उनके साथ उस शिवालय में ठहर गया। कापालिकों ने वहाँ एक बड़ा सा भस्म मंडप बनाया, उसमें आग जलाई, और वहीं बैठकर कोई जाप करने लगे। जब रात गहरा गई तो शृंगोत्पादिनी नमूदार हुई। वह नरकंकाल की वीणा बजा रही थी और पूरी बीभत्सता के साथ नाच रही थी। पास आकर उसने चारों कापालिकों के साथ बारी बारी आँख लड़ाकर नाचना शुरू कर दिया। उसकी आँखों में सम्मोहन था, उसके नाच में एक विलक्षण आकर्षण। फिर मैंने देखा कि एक कापालिक के माथे में से दो सींग फूट रहे थे। मेरे प्राण ख़ुश्क हो गए, लेकिन मेरे कान यक्षिणी के मन्त्रों पर लगे रहे। फिर मैंने देखा कि वह सींगोंवाला कापालिक नाचता हुआ आग में जा गिरा। उसके अधजले शरीर को ही उस यक्षिणी ने आग में से खींच मज़े ले लेकर खाना शुरू कर दिया।

उसे ख़त्म कर लेने के बाद उसने दूसरे, और उसके बाद तीसरे, और उसके बाद चौथे कापालिक को उसी तरह ख़त्म किया। जब वह चौथे को खा रही थी तो शायद मांस और रक्त के नशे में चूर उसने अपनी वह वीणा ज़मीन पर रख दी। मैं डर के बावजूद सब कुछ पूरे ध्यान के साथ सुन और देख रहा था। मैंने झपटकर उस वीणा को उठा लिया। अब तक मुझे उस यक्षिणी के मन्त्र कंठस्थ

हो चुके थे, उसका वीणा बजाने का तरीक़ा भी आ गया था, और उसके नाच का अन्दाज़ भी। मैंने उसी तरह वीणा बजाना, नाचना और मन्त्रोच्चारण शुरू कर दिया और अपनी आँखें उसके भयंकर चेहरे पर गड़ा दीं। अगर उस समय कोई मुझे देखता तो समझता, मैं शृंगोत्पादिनी की नक़ल उतार रहा था, लेकिन मैं पूरी गम्भीरता के साथ अपने प्रयास में जुटा हुआ था और मन ही मन इस बात पर कुछ ख़ुश भी हो रहा था कि मेरा हाफ़िज़ा बहुत तेज़ है। कुछ ही देर के बाद मैंने देखा कि यक्षिणी के सिर में से दो सींग फूटने शुरू हो गए थे। उसने भी उनका फूटना महसूस कर लिया होगा, क्योंकि उसी क्षण उसने हाथ जोड़ दिए और कहा, "मुझ पर दया करो, मेरी जान बख़्श दो, मैं सब जानती हूँ कि तुम कौन हो और कहाँ पहुँचना चाहते हो, अगर तुम मुझे छोड़े दोगे तो मैं तुम्हें अनुरागपरा के पास पहुँचा दूँगी।"

पहले तो मेरा मन हुआ कि उससे कहूँ कि वह उन चारों कापालिकों को फिर से ज़िन्दा कर दे, फिर ख़्याल आया कि वैसी शक्ति या सिद्धि उसमें होगी नहीं। और एक बात यह भी कि प्रेमी अक्सर स्वार्थी होते हैं और अपनी एक ही धुन के पक्के भी। मुझ पर तो अनुरागपरा का भूत बुरी तरह से सवार था ही, मैंने उसी क्षण मन्त्र वग़ैरह सब बन्द कर दिए और यक्षिणी के कन्धे पर चढ़ बैठा। रात भर वह मुझे अपने कन्धे पर बिठाए पुष्करावती नगरी की ओर उड़ती रही और दूसरी सुबह उसने कहा, "दिन में मैं उड़ नहीं सकती, इसलिए अब दिन भर तुम इस सुन्दर वन में विश्राम करो, अँधेरा होते ही मैं फिर आ जाऊँगी।"

उसके जाने के बाद मैं इधर उधर विचरने लगा। मुझे प्यास लगी थी लेकिन जो तालाब वहाँ नज़र आया वह मुझे विषैला जान पड़ा, इसलिए मैंने पानी नहीं पिया। घूमते घूमते मुझे दो चमकदार आँखें ज़मीन में से झाँकती हुई दिखाई दीं तो मैंने बैठकर उस जगह को खोदना शुरू कर दिया। कुछ ही देर बाद मुझे एक ज़िन्दा बन्दर का सिर दिखाई दिया। मैं हैरान हो ही रहा था कि बन्दर बोला, "मैं असल में बन्दर नहीं, आदमी हूँ, ब्राह्मण हूँ, बन्दर बना दिया गया हूँ, मुझे यहाँ से निकालो तो तुम्हें अपनी कहानी सुनाऊँगा।"

मैंने उस बेचारे को बाहर निकाला तो वह बोला, "कहानी सुनाने से पहले मैं तुम्हें भी जलपान करवाऊँगा, ख़ुद भी करूँगा।"

यह कहकर वह मुझे एक पहाड़ी नदी के किनारे ले गया। वहाँ कई फलदार पेड़ देख मेरा दिल ख़ुश हो गया—मेरा दिल तो दरअसल अनुरागपरा अपने साथ ले गई थी, उसकी जगह जो कामचलाऊ दिल छोड़ गई थी, वही ख़ुश हो गया

होगा। हम दोनों ने बहुत से फल खाए, बहुत सा पानी पिया, और फिर हम एक पेड़ तले बैठ गए, और उस बन्दर ने अपनी आपबीती मुझे सुनाई।

बन्दर उर्फ़ सोमस्वामी की आपबीती

मेरा असली नाम सोमस्वामी है और मैं वाराणसी के एक ब्राह्मण कुल में पैदा हुआ था, वहीं मैं जवान भी हुआ और वहीं मेरी जवानी ने मुझसे वह गुल खिलवा दिया जिसके परिणामस्वरूप मैं इसी जन्म में बन्दर बन गया। हुआ यह कि एक दिन मैं अपने शहर में मटरगश्ती कर रहा था कि एक झरोखे में से एक वैश्य स्त्री ने मुझे देख लिया और मुझे अपने वश में करने का निर्णय ले लिया। उसने ही बाद में मुझे यह बात बताई थी। उसका नाम था बंधुदत्ता, वह मथुरा के एक बड़े वैश्य से ब्याही हुई थी, और उन दिनों अपने मायके आई हुई थी। यह सब भी मुझे बाद में ही मालूम पड़ा।

मैं उन दिनों एकदम भोलाभाला तो नहीं था लेकिन यह नहीं जानता था कि कुछ स्त्रियाँ ब्याह के बाद जब मायके आती हैं तो किसी से कोई सिलसिला जोड़ लेने के लिए इधर उधर ताक झाँक करती रहती हैं। वह चंचला बंधुदत्ता भी ऐसी ही एक स्त्री रही होगी। जो भी हो, उसने जब अपनी एक सखी सुखशया को मेरे पास संगम का प्रस्ताव देकर भेजा तो मैं भौचक्का सा रह गया। सुखशया मुस्कुराई और बोली, "तुम्हें हैरान नहीं, ख़ुश होना चाहिए, तुम्हें एक अनुपम अवसर मिल रहा है, चलो मेरे साथ मेरे घर, वहीं तुम्हारा मिलाप बंधुदत्ता से हो जाएगा।"

मैं उसके साथ हो लिया, मुझे अपने घर में छोड़ वह उस कामान्ध बंधुदत्ता को वहाँ बुला लाई। मैं अनाड़ी, बंधुदत्ता बला की खिलाड़िन–हमारे बीच उस दिन जो हुआ, उसकी कल्पना तुम कर ही रहे होगे। उस दिन के बाद हम हर रोज़ वहीं मिलते और मिलकर ख़ूब मज़े लेते। मुझे नित नया अनुभव होता और मैं उस बंधुदत्ता की कामकुशलता पर विस्मित होता रहता और अपनी क़िस्मत पर ख़ुश। पाप और पुण्य जैसे जटिल प्रश्न मेरे मन में उन दिनों एक बार भी नहीं उठे। जिस सहज भाव से वह आते ही मुझ पर पिल पड़ती उससे मैं यही अनुमान लगाता कि वाराणसी में ही नहीं, देश भर में उसी तरह के खेल खेले जा रहे होंगे।

कुछ दिनों के बाद सुखशया ने मुझे बताया कि बंधुदत्ता का पति अपनी पत्नी को लिवाने के लिए मथुरा से वाराणसी आ रहा है लेकिन मुझे चिन्ता नहीं

होनी चाहिए क्योंकि वे दोनों सखियाँ मिलकर कोई ऐसा प्रबन्ध कर लेंगी कि मैं भी बंधुदत्ता के साथ मथुरा चला जाऊँगा। मैंने सोचा, मुझे नौकर बनाकर वह अपने साथ ले जाएगी, लेकिन जब मुझे पता चला कि सुखशया योगिनी थी और उसका प्रस्ताव था कि वह किसी मन्त्र से मुझे बन्दर बनाकर मथुरा भेज देगी, तो मैं संकोच में पड़ गया। फिर उसने मुझे समझाया, "तुम मूर्ख हो, इसमें संकोच की क्या बात है, तुम असल में तो आदमी ही रहोगे, बन्दर तो सिर्फ़ दिखावे के लिए ही बनोगे, दुनिया को धोखा देने के लिए, क्योंकि एक मन्त्र से अगर तुम्हें बन्दर बनाया जा सकता है तो दूसरे से आदमी भी तो बनाया जा सकता है, और वह मन्त्र बंधुदत्ता को सिखला दिया जाएगा, तुम चिन्ता न करो, तुम्हें तो एक योनि में दो योनियों का अनुभव मिलेगा, तुम बन्दर भी और बाँके सोमस्वामी भी, जब जैसा अवसर होगा वैसा मज़ा मिलेगा, बन्दर बनकर तुम बंधुदत्ता की गोद में बैठा करोगे, सोमस्वामी बनकर उसे अपनी गोद में बिठा लिया करोगे।"

सुखशया की बातें इतनी मनमोहिनी होती थीं कि अगर मैं उसकी सखी के चक्कर में न फँसा होता तो ज़रूर सुखशया की शैया पर जा पड़ा होता।

हाँ, तो हुआ यह कि सुखशया ने मुझे एक प्यारे और छोटे से बन्दर का रूप देकर मेरे गले में एक लाल डोरा सा बाँध दिया और कहा, "बंधुदत्ता जब चाहेगी, यह डोरा खोलकर और मेरे सिखाए हुए मन्त्र का जाप करके तुम्हें आदमी बना देगी और जब ज़रूरत होगी तुम्हें फिर बन्दर बना दिया करेगी।"

बंधुदत्ता का पति भी भोला बादशाह ही रहा होगा। उसे रत्ती सा शक भी नहीं हुआ और वह अपनी पत्नी के उस नक़ली बन्दर को साथ मथुरा ले जाने के लिए राज़ी हो गया। मुझे एक सेवक के कन्धे पर बिठा दिया गया। वहाँ से मैं आराम से बार बार बंधुदत्ता को आँख मारता तो वह मुस्कुराकर मुझे निहाल कर देती, उसका पति सोचता होगा, नटखट बन्दर मेरी नटखट बीवी का मन बहला रहा है, मेरा क्या जाता है, आख़िर बन्दर ही तो है, आँख मारता है तो मारे, और वह मुस्कुराती है तो मुस्कुराए। उसे क्या मालूम कि जब उसकी बेहया बीवी मेरे आँख मारने पर मुस्कुराती तो हम दोनों के बीच मथुरा पहुँचने के बाद के मिलन का कार्यक्रम तै हो रहा था। इस तरह हमारा सफ़र बहुत अच्छा कट रहा था और मुझे अपनी बन्दर भूमिका अच्छी लग रही थी, लेकिन जब हम एक जंगल में से गुज़र रहे थे तो बन्दरों के एक क़बीले ने मुझ पर हल्ला बोल दिया। जिस सेवक के कन्धे पर मैं बैठा था, उसे उन्होंने घेर लिया। उन बन्दरों ने सूँघ लिया होगा कि मैं एक बन्दर के भेस में एक परनारी कामी व्यभिचारी था, या

शायद वे वैसे ही मेरे ख़िलाफ़ हो गए थे। उनके हमले के सामने वह सेवक ठहर पाया न और सेवक, और उनको भगाकर इन बन्दरों ने मुझे नोचना शुरू कर दिया। उनसे नुचता हुआ मैं इधर उधर भाग रहा था और सोच रहा था, कहीं बंधुदत्ता के उस भोले और बुद्धू दिखनेवाले पति ने ही किसी मन्त्र वग़ैरह से उन जंगली बन्दरों को मेरे ख़िलाफ़ न भड़का दिया हो। बंधुदत्ता मन्त्र पढ़कर मुझे मनुष्य बना सकती थी लेकिन तब उसकी सारी पोल खुल जाती और उसके पति को पता चल जाता कि मुआमला क्या है। ज़ाहिर है कि वह मुझे भोगना तो चाहती थी लेकिन चोरी चोरी ही; खुलेआम नहीं, और अपनी शादी को ख़तरे में डालकर तो हरगिज़ नहीं। संक्षेप में यही कि किसी तरह अपनी जान बचाकर वहाँ से भागकर यहाँ आकर छिप गया। यहाँ भी मुझे आराम नहीं मिला। एक हथिनी ने मुझे अपनी सूँड़ में लपेटकर उस बाँबी में घुसेड़ दिया जिसमें से आज तुमने मुझे निकाला।

अपनी आपबीती मैंने तुम्हें सुना दी। तुम पूछ सकते हो कि इस अनुभव से मैंने क्या सीखा ? मैंने सीखा कि परनारी से तो परहेज़ करना ही चाहिए लेकिन अगर हो सके तो हर नारी से परहेज़ करना चाहिए कि हमारे बुज़ुर्गों ने यूँ ही नहीं कहा कि नारी नरक का द्वार है।

मैं निश्चयदत्त और मेरी अनुरागपरा

सोमस्वामी की करुण कथा सुन मुझे उसके साथ सहानुभूति तो हुई लेकिन उसके निष्कर्ष से मैं सहमत नहीं हो सका। मुझे लगा कि उसके साथ जो हुआ उसका दोष केवल बंधुदत्ता को नहीं जाता, उसको भी जाता है। वह चाहता तो सुखशया से कह सकता था कि वह उसकी सखी के प्रस्ताव को अनैतिक मानता है, इसलिए वह उसे स्वीकार नहीं करेगा। मैंने देखा है कि पुरुष हमेशा अपनी दुर्बलताओं का दोष स्त्री को देता है, जो कुकृत्य वह ख़ुद करता है उसका भी उत्तरदायित्व वह स्त्री पर ही डाल देता है। मैंने सोमस्वामी को अपने प्रेम प्रसंग के बारे में बताया तो वह मुझे समझाने बैठ गया। बोला, "मित्र, मैं हैरान हूँ कि मेरी आपबीती सुन लेने के बाद भी तुम एक ऐसी विद्याधरी के पीछे भाग रहे हो जिसने एक दो बार तुम्हारी पीठ को सहलाकर तुम पर जादू कर तुम्हें ऐसे रास्ते पर डाल दिया जो तुम्हें कष्ट ही कष्ट देगा, कोई स्थाई सुख नहीं, मेरी मानो और पुष्करावती जाने का ख़्याल छोड़ दो। अनुरागपरा को भूल जाओ, वह चंचला विद्याधरी कभी भी केवल तुम्हारी होकर नहीं रहेगी, जैसे ही कोई विद्याधर प्रेमी

उसे मिल जाएगा, वह तुम्हें छोड़ उसके पास चली जाएगी, और हो सकता है कि जब तुम पुष्करावती पहुँचो तो वह तुम्हें पहचाने ही नहीं, इसलिए मेरी सुनो और उसे भूल जाओ, अपनी उस यक्षिणी से कहो कि वह तुम्हें अपने कन्धे पर बिठाकर वापस उज्जयिनी उड़ा ले जाए, कि तुम्हें चैन वहीं मिलेगा, पुष्करावती में नहीं।''

वह बोलता रहा और मैं मुस्कुराता रहा। उसे क्या मालूम कि एक जुआरी की मानसिकता कैसी होती है, कि वह सब कुछ हार देगा लेकिन दाँव ज़रूर लगाएगा। मैं अनुरागपरा के लिए दोनों जहान हार देने के लिए तैयार था। लेकिन मैंने वह दिन तो जैसे तैसे काटना ही था, क्योंकि शृंगोत्पादिनी तो रात होने के बाद ही लौट रही थी, इसलिए मैंने अपने उस नए बन्दर मित्र को बोलने दिया। वह भी कई दिनों से अकेले और ख़ामोश रहने के बाद अपने दिल का गुबार निकाल रहा था और बढ़ चढ़कर बोल रहा था। जब उसने देखा कि उसकी बातों का मुझ पर कोई असर नहीं हो रहा था तो उसने अपने एक और मित्र का ज़िक्र छेड़ दिया। बोला, ''जिस तरह तुम मेरी बात पर ध्यान नहीं दे रहे, उसी तरह मैंने भी अपने एक मित्र की बात को मज़ाक़ में टाल दिया था, न टाला होता तो आज मैं इस दुर्दशा में न होता। मेरे उस मित्र ने मुझे कुपथ से बचाने के लिए अपनी जो आपबीती सुनाई थी, वह तुम भी सुन लो, शायद तुम पर उसका ही कुछ असर हो, मेरी का तो हुआ नहीं।''

बन्दर उर्फ़ सोमस्वामी के मित्र भवशर्मा की आपबीती

इसी वाराणसी में एक चंचला ब्राह्मणी रहा करती थी जिसका नाम था सोमदा। सोमदा विलासिनी तो थी ही, गुप्तयोगिनी भी थी। पुरुष जब किसी योगिनी और विलासिनी को एक ही देह में देख लेता है तो अपनी सुधबुध खो बैठता है। मेरा भी यही हाल हुआ। दैवयोग से एक रात मेरे साथ उसका समागम हो गया और फिर बहुत तेज़ी से हमारा सम्बन्ध गहराता चला गया। मुझे मालूम था कि वह इधर उधर भटकने से बाज़ नहीं आ रही थी, सो एक रात बेक़ाबू होकर मैंने उसे ख़ूब पीटा। अगर वह नितान्त निर्दोष होती तो भी शायद संस्कारवश मैंने कभी तो उसे पीटा ही होता लेकिन वह तो निर्दोष भी नहीं थी। उस रात तो वह चुपचाप मेरे साथ पड़ी रही, दूसरे दिन रतिक्रीड़ा के दौरान किसी बहाने से उसने मेरे गले में सूत बाँध दिया और फिर मन ही मन कोई ऐसा मारू मन्त्र जप डाला कि मैं उसी क्षण एक बैल में बदल गया। तब उस दुष्टा ने मुझे ऊँटों

के एक सौदागर के हाथ बेच डाला और फिर मेरी हालत बोझा उठा उठाकर ख़राब होने लगी। मेरी देह तो एक बैल की थी, दिल और दिमाग़ एक मनुष्य का। सो शारीरिक कष्ट के साथ साथ मुझे मानसिक यातना भी मिल रही थी। सबसे बड़ी मानसिक यातना तो मेरे लिए यह एहसास ही था कि मैं एक स्त्री से पिट गया। इससे बड़ा दुख एक स्वाभिमानी पुरुष के लिए हो भी क्या सकता है। वैसे किसी किसी कमजोर क्षण में मुझे यह पश्चात्ताप भी हो उठता कि मैंने क्यों ईर्ष्यावश उस पर हाथ उठाकर बैलपन मोल ले लिया। कभी कभी यह ख़्याल भी आता कि सारा दोष मेरा ही था, अगर मैं समझदार होता तो उस चंचला के चोंचलों पर मोहित ही न होता। ख़ैर, तो मैं इस तरह से बेकार ख़्यालों की ख़ाक छानता हुआ अपने वे दुर्दिन गुज़ार ही रहा था कि बन्धमोचनिका नामक एक योगिनी ने मुझे देख लिया और उसे मुझ पर दया आ गई। उसने अपनी विद्या की मदद से मालूम कर लिया था कि मेरे साथ सोमदा ने क्या बुरा बर्ताव किया था और किस मन्त्र से मुझे बैल बना दिया था। उसने मेरे मालिक की अनुपस्थिति में मेरे गले में बँधा हुआ वह जादुई डोरा खोल दिया और मैं फिर मनुष्य बन गया। मेरे मालिक ने समझा, मैं भाग गया हूँ इसलिए उसने चारों ओर मुझे ढूँढ़ना शुरू कर दिया। उधर मैं अपनी नई मित्र बन्धमोचनिका के साथ सैर के मज़े ले रहा था, लेकिन मेरी बदक़िस्मती कि सोमदा ने मुझे देख लिया। मुझे उस योगिनी के साथ देख सोमदा समझ गई कि उसने ही मुझे बैल से फिर मनुष्य बना दिया था। सो उसने जली भुनी आवाज़ में उसे यह चेतावनी दी, "मैं कल प्रातः तुम्हें तुम्हारे इस कुकर्म का कड़वा फल चखाने आऊँगी और तुझे कच्चा चबा जाऊँगी।"

उसके चले जाने के बाद बन्धमोचनिका ने मुझे बताया, "वह कल एक काली घोड़ी का रूप धारण करके मुझसे लड़ने आएगी, मैं एक लाल घोड़ी के रूप में रहूँगी; जब हम एक दूसरी से उलझ जाएँ तो तुम अपनी तलवार लेकर उस पर झपट पड़ना और उसका काम तमाम कर देना, समझे ?"

मैं समझ तो गया लेकिन कल की कल्पना से मेरी साँस फूल रही थी और मैं सोच रहा था, मैं बेचारा क्यों इन दोनों के बीच फँस गया।

दूसरे दिन सुबह सवेरे तलवार लेकर मैं बन्धमोचनिका के घर पहुँच गया। कुछ ही देर बाद सोमदा काली घोड़ी बनी वहाँ पहुँच गई। काली घोड़ी के रूप में भी वह मुझे आकर्षक क्यों लग रही थी, यह रहस्य मुझे अभी तक अजीब और अबूझ लग रहा है।

उन दोनों का युद्ध जब आरम्भ हुआ तो मैं अपनी तलवार लिए चौकस खड़ा

था। मौक़ा पाते ही मैंने एक भरपूर वार किया और सोमदा को समाप्त कर दिया।

यह बताने की ज़रूरत नहीं कि बन्धमोचनिका के साथ मैंने कोई ऐसा वैसा सम्बन्ध स्थापित नहीं किया, हालाँकि उसने मुझे कई ऐसे वैसे संकेत ज़रूर दिए थे।

इसलिए, मित्र, मेरी मानो और उस योगिनी की सहेली बन्धुदत्ता का ख़्याल छोड़ दो।

मैं निश्चयदत्त और मेरी अनुरागपरा

ज़ाहिर है कि मुझ पर भवशर्मा की कहानी का भी कोई असर नहीं हुआ। सच तो यह है कि कोई किसी दूसरे के अनुभव से कभी कोई सबक़ नहीं सीखता। और दूसरा सच यह भी है कि उन दोनों का अनुभव मेरे अनुभव से भिन्न था। उन दोनों ने प्रेम नहीं किया था, केवल परनारी के साथ रतिक्रीड़ा ही की थी। मैं वासना का भी विरोधी तो नहीं लेकिन वासना और प्रेम का अन्तर पहचानता हूँ। मेरे प्रेम में भी वासना का कुछ अंश तो रहा ही होगा लेकिन वह सरासर वासना नहीं थी।

ख़ैर, तो रात होते ही मेरी वह यक्षिणी आ गई। मैंने सोमस्वामी से इजाज़त ली, अपनी ज़िद के लिए उससे मुआफ़ी माँगी, और यक्षिणी के कन्धे पर सवार हो आधी रात के समय पुष्करावती पहुँच गया। वहाँ मेरे अभिनन्दनादि के लिए अनुरागपरा पहले से ही बनी ठनी बैठी थी क्योंकि उसने अपनी विद्या के बल से पता लगा लिया था कि मैं वहाँ कब और कैसे पहुँचूँगा। मेरी यक्षिणी मुझे अपने कन्धे से उतार मुस्कुराती हुई उड़ गई तो अनुरागपरा ने आगे बढ़कर मुझे अपने चुम्बनालिंगन से मदहोश कर डाला। कुछ ही क्षणों में हम दोनों एक हो गए। और फिर हमने गन्धर्व विवाह कर लिया। अनुरागपरा ने एक पूरे नए नगर का निर्माण आन की आन में कर डाला और हम दोनों उसमें आराम से रहने लगे। उसने अपने माता पिता को मेरे बारे में कुछ नहीं बताया था, इसलिए हम ख़ुफ़िया तौर पर ही सब कुछ कर रहे थे। इस बात को लेकर जब मैं परेशान हो उठता तो वह अपने प्यार से मेरी परेशानी को दूर कर देती और कहती, "तुम्हें मेरे माता पिता से क्या लेना देना है, मैं हूँ ना, सब कुछ सँभाल लूँगी।"

उसके साथ ऐश के उन आरम्भिक दिनों में मैं अक्सर अपनी नगरी उज्जयिनी को याद करता, शिप्रा नदी को याद करता, श्मशान में गड़े उस खम्बे को याद करता जिसके साथ अपनी चन्दनलिपी पीठ रगड़ते रगड़ते मैं मस्त हो जाया करता

था, और उस अलौकिक सुख को याद करता जो अनुरागपरा के पहले अप्रत्याशित स्पर्श ने मुझे दिया था, और मेरी आँखें सजल हो जातीं, अनुरागपरा समझ जाती कि मैं अपने देश के लिए उदास हो रहा हूँ, अपने व्यतीत में जा डूबा हूँ, और तब वह मुझे सहलाना बहलाना शुरू कर देती और मैं सब कुछ भूल उसी में रमकर रह जाता।

पुष्करावती तक पहुँचने से पहले जो जो कष्ट मैंने झेले थे उनके बारे में सुन सुनकर अनुरागपरा हैरान भी होती और प्रसन्न भी। कहती, ''तुमने साबित कर दिखाया है कि प्रेमिका की ख़ातिर प्रेमी सब कुछ कर सकता है। जब मैंने अपने बन्दर मित्र सोमस्वामी के बारे में बताकर कहा कि वह उसे फिर से मनुष्य बना दे तो वह बोली, 'यह काम योगिनियों का है, हमारा नहीं, लेकिन मैं अपनी सखी भद्ररूपा की सहायता से यह काम भी करवा दूँगी।'

और फिर मेरे अनुरोध पर वह मुझे अपनी गोद में बिठाकर आकाशमार्ग से उस वन में ले गई जहाँ मैं सोमस्वामी बन्दर को छोड़ आया था। सोमस्वामी हमें देख प्रसन्न हुआ लेकिन उसकी आँखों में अभी भी अनुरागपरा और उसके साथ मेरे भविष्य के बारे में आशंकाओं के कई कण अटके हुए थे। कुछ समय उसके साथ बिताकर हम अपने भवन को लौट आए। दूसरे दिन जब मैंने फिर अनुरागपरा से उस वन की ओर उड़ने के लिए कहा तो वह बोली, ''रोज़ रोज़ तुम्हें अपनी गोद में लिए लिए इधर उधर उड़ने के बजाय क्यों न मैं तुम्हें उड़ने और उतरने के गुर सिखा दूँ?'' मुझे क्या आपत्ति हो सकती थी। मैंने वे गुर उससे उसी समय सीख लिए और अकेला ही उड़कर अपने मित्र के पास पहुँच गया। वह मुझे देखकर ख़ुश तो बहुत हुआ लेकिन वह मेरे मन में भी संशय का बीज डालने से बाज़ नहीं आया। बोला, ''उसे अकेली छोड़ आए हो, अगर पीछे से किसी विद्याधर ने उस पर डोरे डालने शुरू कर दिए तो?'' मैंने उसकी बात को मज़ाक़ में टाल दिया।

गपशप मारने के बाद जब मैं घर लौटा तो अनुरागपरा लेटी हुई थी। मैं उसके साथ लेटने ही वाला था कि उसने करवट बदलते हुए कहा, ''मेरे सिर में दर्द हो रहा है, आज तुम दूसरे कमरे में सो जाओ।'' मैंने कहा, ''ठीक है।'' पिछले कई दिनों के निरन्तर समागम के कारण मैं थका हुआ तो था ही, लेटते ही मुझे गहरी नींद आ गई।

दूसरे दिन प्रातःकाल उठते ही मेरा मन हुआ कि अपने मित्र सोमस्वामी बन्दर से मिल जाऊँ। असल में उड़ने और उतरने में मुझे बहुत आनन्द आने लगा था, वैसा ही जैसा किसी बालक को अपने किसी नए खिलौने में आता है। जब मैं

ख़ुश ख़ुश सोमस्वामी के पास पहुँचा तो उसने छूटते ही पूछा, "आज फिर उसे अकेली छोड़ आए ?"

मुझे बुरा लगा। मैंने उसे झिड़की सी दी और कहा, "तुम सचमुच बहुत शक्की हो। उस बेचारी को कल रात भर सिरदर्द रहा, इसीलिए वह मेरे साथ नहीं आई, वह सो रही है।"

इस पर सोमस्वामी ऐसे मुस्कुराया जैसे कोई ज्ञानी किसी मूर्ख पर। फिर वह बोला, "तुम वाकई बहुत भोले हो। तुम नहीं जानते, तुम्हारी पीठ पीछे क्या हो रहा है। मैं जानता हूँ। तुम तभी मानोगे जब तुम अपनी आँखों से सब कुछ देखोगे। आज मैं तुम्हारी आँखें खोलकर रहूँगा। तुम इसी क्षण वापस जाओ और अपनी सोई हुई अनुरागपरा को उठाकर यहाँ ले आओ। फिर देखो, मैं तुम्हें क्या दिखाता हूँ।"

मुझे उसकी बातें बुरी तो लगीं लेकिन मैं जानता था कि वह अपनी तरफ़ से दोस्ती का ही फ़र्ज़ निभा रहा था। मैं गया और सोई हुई अनुरागपरा को अपनी गोद में लेकर वापस उड़ आया। मेरी गोद में बेसुध पड़ी अनुरागपरा मुझे बहुत ही प्यारी लग रही थी। रह रहकर मन हो रहा था कि उसे चूम लूँ, और फिर चूमता ही चला जाऊँ। उधर मेरा मित्र ऐसे मुस्कुराए चला जा रहा था जैसे वह कोई रहस्योद्घाटन करने जा रहा हो जिसके बाद सब कुछ बदल जानेवाला हो। मुस्कुराता हुआ वह मेरे पास आकर मेरे कान में बोला, "अब एक क्षण के लिए अपनी आँखें बन्द करके यह मन्त्र पढ़ो और फिर आँखें खोलकर देखो कि तुम्हें क्या दिखाई देता है।"

मैंने वैसे ही किया और देखा कि एक विद्याधर मेरी अनुरागपरा के साथ लिपटा हुआ था। मुझे आश्चर्य तो हुआ, बहुत हुआ, लेकिन क्रोध नहीं आया। मेरी प्रतिक्रिया पर मेरा मित्र ताव में आ गया और ज़ोर ज़ोर से उन दोनों को कोसने लगा। उसका शोर सुन वे दोनों जाग उठे। जागते ही वह विद्याधर तो आकाश में उड़ गया, अनुरागपरा ने आँखें नीची कर लीं। मुझे उसकी लज्जा पर बहुत प्यार आया। उधर सोमस्वामी अनाप शनाप बोले जा रहा था जिसका सार एक ही वाक्य में दिया जा सकता है—मैं न कहता था कि तुम्हारी अनुरागपरा कभी केवल तुम्हारी होकर नहीं रहेगी !

इससे पहले कि अनुरागपरा अपने पक्ष में कुछ कहती, मैंने उसका मुँह चूम लिया और फिर सोमस्वामी से कहा, "मित्र, मैं अपनी अनुरागपरा की इस तथाकथित बेवफ़ाई पर नाराज़ होने के बजाय बेहद ख़ुश हो रहा हूँ, कि इसी की बदौलत मुझे यह साबित करने का अवसर मिला है कि मैं उन पुरुषों में से नहीं

जो ख़ुद तो एक से अधिक पत्नियाँ या प्रेमिकाएँ सगर्व सँभाले रहते हैं, लेकिन अपनी पत्नी या प्रेमिका को यह स्वतन्त्रता नहीं देते। मैं देख रहा हूँ कि तुम मेरी यह बात सुनकर नीले पीले हुए जा रहे हो, क्योंकि तुम भी उन्हीं पुरुषों जैसे हो और दोहरे प्रतिमानों में विश्वास रखते हो। मेरी बात कान खोलकर सुन लो, जो दृश्य मैंने अभी देखा, उससे अनुरागपरा के लिए मेरे प्यार में कोई कमी नहीं आई, मुझे उसका विद्याधर प्रेमी या पति भी मंजूर है।''

मेरी यह बात सुनते ही अनुरागपरा तो मेरे साथ लिपट गई, मेरा मित्र सोमस्वामी अपना सिर थामकर वहीं ढेर हो गया।

मेरी कहानी यहीं ख़त्म हो जाती है। बस, इतना और बताना बाक़ी है कि कुछ ही दिनों बाद मैंने अनुरागपरा की मदद से सोमस्वामी को बन्दर से मनुष्य तो बना दिया लेकिन उसके नारी विरोधी विचारों को न मैं बदल सका, न मेरी अनुरागपरा।

लेखकीय नोट

निश्चयदत्त ने इस कहानी का वाचिक नायक बनने से पहले मुझसे यह शर्त मनवा ली थी कि मैं अपने लेखकीय नोट में सिर्फ़ इतना ही कहूँगा कि निश्चयदत्त ने इस कहानी का नायक बनने से पहले मुझसे यह शर्त मनवा ली थी कि मैं अपने लेखकीय नोट में अपनी तरफ़ से और कुछ नहीं जोड़ूँगा।

'बदचलन' बीवियों का द्वीप

इस कहानी का शीर्षक अगर आपको सनसनीखेज़ लग रहा है तो कहानी स्वयं शायद और सनसनीख़ेज़ लगे। वैसे *कथासरित्सागर* में यदाकदा डुबकियाँ लगानेवाले सभी पाठकों को पता होना चाहिए कि उसमें चौंकानेवाले शीर्षक भले ही कम हों, चौंकाने वाली कहानियों की कोई कमी नहीं। यह अलग बात है कि आधुनिक पाठक आसानी से किसी भी चमत्कार या चीत्कार पर चौंकते नहीं क्योंकि एक तो उनकी विस्मयशक्ति क्षीण हो गई है, किन्हीं पुरपेच कारणों से, दूसरे किसी भी बड़ी से बड़ी या बुरी से बुरी बात पर न चौंकना, बल्कि आँख तक न झपकना, एक ऐसी हरमनपसन्द अदा सी बन गई है, जिसे सब अपनाए फिरते हैं। अगर कुछ इने गिने लोग अब भी ऐसे हैं जिनकी संवेदनाएँ जड़ नहीं हुईं या जो इस अदा के शिकार नहीं हुए तो उन्हें सायास ढूँढ़ना पड़ता है। अब ज़ाहिर है कि किसी भी व्यक्ति या तत्त्व को सायास ढूँढ़ने के लिए किसी के भी पास न तो अवकाश है न आस्था। ख़ैर !

हाँ, तो यह कहानी *कथासरित्सागर* में वत्सराज उदयन के सुपुत्र नरवाहनदत्त की बीवी रत्नप्रभा के कथाकुशल मुख से कहलवाई गई है। नरवाहनदत्त अपने अनेक कारनामों और अपनी अनेक बीवियों की बदौलत *कथासरित्सागर* पर छाया सा हुआ है, उसी तरह जैसे कुछ साहित्यकार न जाने किस आधार पर बेचारे हिन्दी साहित्य पर छाए से हुए हैं। यहाँ उन भिड़ों के छत्ते को छेड़ना एक ख़तरनाक मूर्खता ही होगी, इसलिए इस बारे में कुछ और न बोलकर हम आगे बढ़ते हैं। नरवाहनदत्त की तमाम बीवियों में से अगर मदनमन्चुका सबसे अधिक तनमोहिनी है तो रत्नप्रभा सबसे अधिक मनमोहिनी कही जा सकती है। उसकी जबान में दूसरे रस भी रहे होंगे लेकिन कहानियाँ सुनाने का रस तो निःसन्देह था। हमें लगता है कि इसी रस के कमाल से उसने पहली ही मुलाकात में नरवाहनदत्त का मन हर लिया था, और वह भी मदनमन्चुका जैसी रतिरूपा के साथ उसके विवाह के कुछ ही दिनों बाद। तो रत्नप्रभा के साथ विवाह कर लेने के बाद नरवाहनदत्त रनिवास में अपनी नई पत्नी के साथ ऐश कर ही रहा था

कि एक दिन सुबह सवेरे गोमुख वग़ैरह कुछ मन्त्री मित्र उससे मिलने, और शायद उसकी नई पत्नी को देखने परखने, रनिवास के द्वार पर आ खड़े हुए। द्वारपालिका ने उन्हें वहीं रोक लिया, फिर भीतर जाकर सूचना दी, और तब उन्हें अन्दर जाने दिया। उन लोगों ने द्वार पर कुछ देर के लिए रोके जाने का बुरा माना या नहीं, हम नहीं जानते, लेकिन रत्नप्रभा ने सबके सामने द्वारपालिका को छोटी सी डाँट पिला दी। बोली, "मेरे पति के मन्त्री मित्रों को आगे से बिला रोक टोक अन्दर आने दिया करो, मैं इस रोक टोक को अनावश्यक समझती हूँ।" फिर उसने नरवाहनदत्त से कहा, "आर्यपुत्र ! मैं आपको भी बता दूँ कि मैं स्त्रियों पर नियन्त्रण रखने की नीति को अनुचित समझती हूँ, इस नीति की तह में या तो पुरुषों की ईर्ष्या होती है या उनका अज्ञान। स्त्रियों का सबसे बड़ा रक्षक उनका अपना चरित्र ही होता है। अगर कोई स्त्री स्वभाव से चंचला है तो उसके स्त्रीत्व की रक्षा स्वयं ब्रह्मा भी नहीं कर सकते। मदोन्मत्ता नारी और नदी का नियन्त्रण किसी रोक टोक से सम्भव नहीं।"

और फिर रत्नप्रभा ने अपने पति और उसके मित्रों को वह कहानी सुनाई जो हम यहाँ कुछ छेड़छाड़ के साथ अपने शब्दों में सुनाएँगे।

लेकिन कहानी शुरू करने से पहले कुछ क्षण यहीं रुककर हम रत्नप्रभा के मन को टटोलना चाहते हैं, कि आखिर हम आधुनिक होने के नाते नारी मन को टटोलने के इस अवसर का उपयोग क्यों और कैसे न करें ! कहना न होगा कि हम ऐसा करने के लिए अभिशप्त हैं।

प्रश्न उठता है कि रत्नप्रभा ने किस अभिप्राय से पहले द्वारपालिका को डाँटा, फिर रोक टोक के विरोध में अपनी राय दी, और फ़िर अपने पति से साफ़ साफ़ शब्दों में कह दिया कि वह स्त्री नियन्त्रण को एक अनावश्यक ईर्ष्या अज्ञान जनित नीति मानती है और उसके ख़िलाफ़ है ?

यह प्रश्न इसलिए भी उठता है कि *कथासरित्सागर* में बहुत ही कम अवसरों पर किसी रानी या महारानी, वह विद्याधर जाति की हो या मनुष्य जाति की, ने इस प्रकार का दुःसाहसी दृष्टिकोण अपनाया और व्यक्त किया है।

अब ज़ाहिर है कि रत्नप्रभा कच्ची गोलियाँ खेलनेवाली स्त्री नहीं थी, उसने छूटते ही यह देख लिया होगा कि उसका पति नरवाहनदत्त यारबाश क़िस्म का युवा राजा था, जिसे पुरुष मित्रों मन्त्रियों के संग गपशप मारने और शिकार विकार करने से वह अगर रोकेगी तो रोक नहीं सकेगी। सो एक तो उसने अपने पति पर अच्छा प्रभाव डालने के लिए और अपनी उदारता का प्रमाण देने के लिए अपनी द्वारपालिका को यह आदेश दे दिया कि वह रनिवास में आने जानेवाले

मित्रों वग़ैरह को रोके टोके नहीं, और साथ ही उसने शायद अपने पति को यह संकेत भी दे दिया कि वह उन पत्नियों में से नहीं जिन पर नियन्त्रण रखा जा सकता हो या रखा जाना ज़रूरी हो, दूसरे शब्दों में उसने नरवाहनदत्त को जतला दिया कि नारी की नैतिकता नियन्त्रण से नहीं, उसके अपने चरित्र से ही बनती या बिगड़ती है।

रत्नप्रभा के शब्दों और संकेतों का नरवाहनदत्त पर क्या प्रभाव पड़ा, इसका कोई ज़िक्र तो कथासरित्सागरकार ने नहीं किया, लेकिन राजा के कुछ मित्रों मन्त्रियों की प्रतिक्रियाएँ व्यक्त की गई हैं, कुछ पुरुषोचित् पूर्वग्रहों के तौर पर और कुछ उन पूर्वग्रहों को साकार करती हुई कथाओं के रूप में।

और अब हम उस कहानी की तरफ़ मुड़ें जो रत्नप्रभा ने सबको सुनाई और जिसे हम अपने दिए हुए शीर्षक से अपने अन्दाज़ में सुनाने जा रहे हैं। कथासरित्सागरकार हमें मुआफ़ करें !

एक ज़माने का ज़िक्र है कि एक सागर के बीचोबीच एक बड़ा सा द्वीप हुआ करता था जिसका नाम था रत्नकूट और जिसके राजा का नाम था रत्नाधिपति। वह राजा शूरवीर था, विष्णु का भक्त था, लेकिन उसका एक दोष कह लीजिए या ख़ब्त, यह था कि वह सारी पृथ्वी पर विजय पाकर सभी राजाओं की कन्याओं के साथ विवाह कर लेना चाहता था। अपनी इस असाधारण आकांक्षा की पूर्ति के लिए उसने बरसों तक विष्णु भगवान की भरपूर उपासना की। भगवान आखिरकार उस पर प्रसन्न हो बोले, "मैं तुम्हारे मन की मुराद पूरी करने के लिए ही प्रकट हुआ हूँ, मेरी बात ध्यान से सुनो।"

राजा रत्नकूट की क्या मजाल कि वह विष्णु भगवान की बात ध्यान से न सुनता। अब बेचारे के कान खड़े हो गए और दिल उत्तेजना से फड़कने लगा।

भगवान विष्णु ने फ़रमाया, "कलिंग देश में श्वेतरश्मि नामक एक हाथी रहता है जो असल में एक गन्धर्व है और एक मुनि के शाप से हाथी बन गया है। पिछले जन्म के तप जप और मेरी उपासना के कारण वह श्वेतरश्मि ब्रह्मज्ञानी है, आकाश में उड़ सकता है और पिछले जन्मों की सारी बातें जानता है। मैंने उसे आज्ञा दी है कि वह तुम्हारा वाहन बन जाए। तुम उस पर सवार हो आकाशमार्ग से जिस राजा को ललकारोगे वह तुम्हारे अधीन हो जाएगा और अपनी कन्या का विवाह तुम्हारे साथ कर देगा। इस तरह तुम सारी पृथ्वी के राजा भी बन जाओगे और अस्सी हज़ार राजकन्याओं के एक मात्र पति भी !"

यह कहकर विष्णु भगवान तो ग़ायब हो गए, राजा रत्नाधिपति काफ़ी देर तक वहीं कसा हुआ सा बैठा रहा और अस्सी हज़ार पत्नियों का एक मात्र पति

होने की असम्भवप्राय कल्पना करता रहा। इस कल्पना से वह ख़ुश भी हो रहा था और यह सोच सोचकर ख़ाक भी कि वह अकेला उन सबसे कैसे निबटेगा। हो सकता है उसके मन में यह ख़्याल भी आया हो कि आगे बढ़ने के बजाय उसे विष्णु भगवान के हुज़ूर में फिर प्रार्थना करनी चाहिए कि उससे भूल हो गई, अस्सी हज़ार बीवियाँ उसके बस की नहीं, उसे तो अस्सी या शायद आठ ही काफ़ी हों। लेकिन हुआ यही कि उसने अपने आपको समझाया कि जो भगवान उसे अस्सी हज़ार बीवियाँ दे रहा है वह उसे उनके साथ निबटने की पर्याप्त शक्ति भी देगा ही, और अगर नहीं देगा तो कोई सूरत तो निकाल ही देगा। ऐसा सोचकर राजा ने अपना व्रत तोड़ा तो उसी क्षण उसे आकाश से एक सफेद हाथी उतरता हुआ दिखाई दिया। विष्णु के आदेशानुसार वह उस हाथी पर सवार हो गया और फिर उसने एक एक करके सब राजाओं को अपने अधीन कर लिया और अस्सी हज़ार राजकन्याओं से विवाह कर उनके साथ रत्नकूट द्वीप में रहना शुरू कर दिया। इस कठिन काम में उसे किन किन समस्याओं का सामना करना पड़ा, किन किन युक्तियों का सहारा लेना पड़ा, किन किन मस्तियों से जूझना पड़ा—इन सबका कोई संकेत *कथासरित्सागर* में दिए गए रत्नप्रभा के वृत्तान्त में हमें नहीं मिला। हम अपनी तरफ़ से बहुत कुछ जोड़ सकते हैं लेकिन हम ऐसा करने से कतरा रहे हैं क्योंकि हमें खतरा है कि यार लोग हम पर आरोप लगाएँगे कि हम वर्जित चटखारे ले और दे रहे हैं। इसलिए हम अपने श्रोताओं की कल्पनाशीलता पर भरोसा करते हुए कहानी को आगे बढ़ाते हैं।

एक श्रोता या पाठक की आवाज़ : लेखक महोदय आप हमसे धोखा कर रहे हैं।

लेखक का जवाब : हम आपसे ही नहीं, अपने आपसे भी धोखा कर रहे हैं।

उसी श्रोता या पाठक का सवाल : लेकिन क्यों?

लेखक का जवाब : हमारा साहित्य जगत हमसे यही अपेक्षा करता है।

उसी श्रोता या पाठक का कटाक्ष : तो आपने घुटने टेक दिए?

लेखक का इक़बाल : हाँ, टेक दिए।

उसी श्रोता या पाठक की फटकार : लानत है आप पर!

कहना न होगा कि यह हस्तक्षेप हमारे ही भीतर से उठा था। इसे हमारे ही

आत्मविश्लेषण का एक नाक़िस नमूना मान लिया जाए।

हाँ, तो राजा रत्नाधिपति एक दिन अपने कुछ अधीन राज्यों का दौरा करने के बाद जब अपने द्वीप में लौटा तो भूमि पर उतरते समय एक गरुड़जातीय पक्षी ने श्वेतरश्मि के माथे को अपनी चोंच से ज़ख़्मी कर दिया। ऐसा उसने ईर्ष्यावश किया या वैसे ही उससे हो गया, हम कह नहीं सकते।

देखा गया होगा कि हम इन कहानियों में बार बार यह स्वीकार करते हैं कि हम यह या वह बात विश्वास के साथ या उसके बग़ैर कह नहीं सकते, कि हम इस या उस तथ्य को नहीं जानते, कि हम इस या उस चरित्र के मन की बात नहीं जानते। कुछ भोले श्रोता और पाठक हमारी ऐसी भोली बातों को अक्षरशः ले लेते हैं तो हमारा जी चाहता है कि हम उनकी सादगी पर मर जाएँ। हम जैसे तैसे अपने जी पर क़ाबू पा लेते हैं।

तो हुआ यह कि श्वेतरश्मि हाथी उस पक्षी की चोंच की मार से मूर्च्छित होकर गिर गया। राजा और राजा के दरबारियों के प्रयास से वह होश में तो लौट आया लेकिन किसी के उठाए वह भूमि से उठ नहीं पाया, और न ही कोई आहार वग़ैरह कर सका। पूरे पाँच दिन हाथी निराहार पड़ा रहा। राजा ने भी वे दिन निराहार ही बिताए, और न ही वह अपनी किसी रानी के पास सम्भोगादि के लिए गया। असल में उसे तो यह चिन्ता खाए जा रही थी कि अगर श्वेतरश्मि शीघ्र ही बहाल न हुआ तो वह अपने दूरदराज़ बिखरे हुए राजपाट को कैसे सँभाल पाएगा। उसे हाथियों की तो कोई कमी नहीं थी लेकिन आकाशविहार करनेवाला ब्रह्मज्ञानी हाथी उसके पास एक ही था। वैसे भी उसे अपने उस सुन्दर सफ़ेद हाथी की पीठ पर बैठ ऊपर आकाश में उड़ने की आदत सी पड़ गई थी। ऊपर उड़ते समय अक्सर वह नीचे की समस्याओं को भूल जाता, अपनी अस्सी हज़ार बीवियों के तरह तरह के तक़ाजों को भूल जाता। भूल जाता कि वह उनका एकमात्र पति था और उसे उनमें से बहुत सी बीवियों के न नाम याद थे न उनकी सूरतें। भूल जाता कि किसी किसी रात उसे उनमें से कइयों के बारे में बुरे बुरे स्वप्न दिखाई दे जाते थे जिनमें वे किसी पराए पुरुष से प्यार कर रही होतीं और जब वह उन स्वप्नों में उन पर बिगड़ता या बरसता तो वे हँसना शुरू कर देतीं। संक्षेप में यही कि राजा रत्नाधिपति ने छठे दिन अपनी तलवार निकाल ली और सिर आकाश की तरफ़ उठाकर कहा, "हे लोकपालो, इस संकट से उबरने का मुझे कोई उपाय बताओ, नहीं तो इसी क्षण मैं अपना सिर काट डालूँगा।"

वह अपने सिर की बलि देने जा ही रहा था कि आकाशवाणी हुई, "हे राजन, रुक जाओ, इस हाथी को उठाने का एक ही उपाय है और वह यह कि कोई पतिव्रता स्त्री अपने हाथ से हाथी का स्पर्श करे !"

यहाँ हम चाहें तो यह भी कह सकते हैं कि वह आवाज़ आकाश से नहीं, राजा के अपने मन के ही किसी कोने से आई होगी। उस स्थिति में शायद हमें यह स्वीकार करना पड़ेगा कि राजा के मन के किसी कोने में अस्सी हज़ार पत्नियों को लेकर असुरक्षा का भाव दबा पड़ा होगा जो अवसर पाते ही उस आवाज़ में बदल गया होगा। ऐसा मान लेने से कहानी का आध्यात्मिक पक्ष तो क्षीण नहीं होता, मनोवैज्ञानिक पक्ष कुछ और पुष्ट ज़रूर हो जाता है।

तो हुआ यह कि आवाज़ सुनते ही राजा ने तलवार एक तरफ़ फेंक दी और अपनी पट्टरानी अमृतलता को श्वेतरश्मि का स्पर्श करने के लिए बुलवा भेजा। यह ख़बर आग की तरह सारे द्वीप में फैल गई कि पट्टरानी अमृतलता आहत श्वेतरश्मि को उठाने के लिए उस स्थान पर पधार रही हैं। जनता हज़ारों की संख्या में वहाँ जमा होने लगी। महारानी अमृतलता आईं। देखनेवालों ने देख लिया कि वह लड़खड़ा रही थीं। उसने अपने हाथ से हाथी को एक बार नहीं, कई बार छुआ, उसके एक अंग को नहीं, कई अंगों को कई कई बार छुआ ही नहीं, चूमा भी, लेकिन श्वेतरश्मि किसी शव की तरह पड़ा रहा, उठ के नहीं दिया। अमृतलता को तो ख़ैर पहले से ही यह आशंका रही होगी कि उसके नापाक़ स्पर्श का कोई असर नहीं होगा, राजा बेचारे पर क्या बीती होगी, हम कल्पना भी नहीं कर सकते। सारी प्रजा के सामने यह बात साफ़ हो गई थी कि पट्टरानी पतिव्रता नहीं थी।

यहाँ यह गुंजाइश है कि हम बारी बारी उन अस्सी हज़ार रानियों के नाम गिनवाएँ, उन्हें वहाँ आते दिखाएँ, उनके स्पर्श का ज़िक्र करें, कहें कि स्पर्श बेअसर रहा, राजा बेचारे पर जो बीती उसकी कल्पना करने की कोशिश करें और उस कोशिश में नाकाम रहे, रानियों को मारे शर्म के चुल्लूभर पानी में डूबती हुई दिखाएँ, प्रजा के सामूहिक मन में झाँकें और कहानी को क़रीब क़रीब अन्तहीन बना दें। लेकिन ऐसा करना ठीक नहीं होगा। कथासरित्सागरकार ने रत्नप्रभा से यह सब नहीं करवाया, हमारा लेखक हमसे क्यों करवाए। तो राजा की बाक़ी की बीवियों के लिए एक ही वाक्य काफ़ी होगा : वे सब बारी बारी आईं। उन्होंने श्वेतरश्मि को उठाने के लिए उसका स्पर्श किया, श्वेतरश्मि नहीं उठा, वे मारे

शर्म के पानी पानी होती गईं, और राजा रक्तरंजित।

जब यह बात साफ़ हो गई कि राजा की अस्सी हज़ार बीवियों में से एक भी पतिव्रता नहीं थी तो नगर की दूसरी स्त्रियों की आज़माइश शुरू हुई। हैरानी और अफसोस की बात कि उस नगर की एक भी स्त्री पतिव्रता नहीं निकली।

यहाँ यह दर्ज कर देना हमें प्रासंगिक लग रहा है कि अगर उस आकाशवाणी में यह कहा गया होता कि श्वेतरश्मि को उठाने का एकमात्र उपाय यह है कि कोई पत्नीव्रत पुरुष अपने हाथ से उस हाथी का स्पर्श करे तो शायद एक भी वैसा पुरुष वहाँ नहीं मिलता, क्योंकि साफ़ बात है कि जिस द्वीप की सभी बीवियाँ बदचलन होंगी उसके सभी ख़ाविन्द भी बदचलन ही होंगे।

लेकिन क्योंकि इस कहानी में बात बीवियों की ही हो रही है, इसलिए हमारे उक्त नुक़्ते को अप्रासंगिक ठहरा दिया जाएगा, हालाँकि ग़ौर से देखा जाए तो वह सरासर अप्रासंगिक है नहीं।

हाँ, तो राजा रत्नाधिपति यह सोच सोचकर कि उसके द्वीप में एक भी सदाचारिणी स्त्री नहीं थी, मारे शर्म के भूमि में गड़ता जा रहा था। तभी उसके आसपास जमी खड़ी भीड़ में से एक आदमी आगे बढ़ा। उसने बताया कि वह उस द्वीप का नहीं था, उसका नाम हर्षगुप्त था, वह जाति का वैश्य था, अपने कारोबार के सिलसिले में वहाँ आया हुआ था, और उसके साथ शीलवती नाम की उसकी सेविका पत्नी भी आई हुई थी। इससे आगे वह कुछ कहता, इससे पहले ही शीलवती भी उस भीड़ में से निकल आई और अपने सीने पर हाथ रखकर बोली, "मैं इस हाथी को अपने स्पर्श से उठा सकती हूँ।"

ऐसा कहकर वह कुछ कदम और आगे बढ़ी, भूमि पर गिरे पड़े हाथी के पास बैठकर उसने अपनी आँखें मूँदकर अपना हाथ आगे बढ़ाकर हाथी की सूँड़ को सहलाया तो समूचा हाथी तत्काल उठ खड़ा हुआ और आहार करने लगा।

सारा मैदान बल्कि सारा द्वीप जनता की जय जयकार से गूँज उठा। शीलवती और उसका पति असंख्य प्रशंसकों से घिर गए। श्वेतरश्मि ने भी आगे बढ़ उस पतिव्रता स्त्री को सलाम किया। राजा रत्नाधिपति भी कुछ देर के लिए अपनी पतिता रानियों को भूल उस अजनबी औरत की प्रशंसा में डूब सा गया। फिर उसने जी खोलकर उसे पुरस्कृत किया, उसके पति को राजभवन के पास ही एक भव्य भवन बनवा दिया, और उन दोनों से विनती की कि वे वहीं बस जाएँ ताकि उनके सुप्रभाव से उसके द्वीप का नैतिक उद्धार हो सके।

राजा अपनी अस्सी हज़ार रानियों से एकदम इतना विरक्त हो गया कि उसने उनका स्पर्श तक छोड़ दिया। हाँ, अपने धर्म का आंशिक पालन उसने नहीं छोड़ा, मसलन रानियों के भोजन और वस्त्रादि का प्रबन्ध उसने स्थायी तौर पर करवा दिया।

अगर रत्नप्रभा ने इस कहानी को आगे न बढ़ाया होता तो शायद हम यहीं रुक जाते, क्योंकि देखा जाए तो कहानी को इस मुक़ाम पर समाप्त किया जा सकता है, लेकिन कहानी अभी और आगे बढ़ती है, ध्यान से सुनिए।

राजा रत्नाधिपति अपनी रानियों से तो विरक्त हो गया, अपने संख्यामोह से भी मुक्त हो गया, लेकिन अब शीलवती जैसी किसी पतिव्रता के संग बाक़ी का जीवन निश्चिन्त होकर बिता देने की कामना उसके मन में कसमसाने लगी। सो एक दिन उसने हर्षगुप्त और शीलवती को भोजन पर बुलाया और भोजन के बाद एकान्त में शीलवती से कहा, "अगर बुरा न मानो तो एक बात कहूँ, मैं चाहता हूँ कि अगर तुम्हारे कुल में तुम्हारे जैसी ही कोई कन्या हो तो मेरा विवाह उससे हो जाए, क्योंकि मैं बाक़ी का जीवन तुम्हारे ही जैसी किसी सती के साथ गुज़ारना चाहता हूँ।"

शीलवती ने जवाब दिया, "हे राजन, इसे संयोग ही समझिए कि ताम्रलिप्ति नगरी में मेरी एक बहन है जिसका नाम है राजदत्ता। उसके साथ आपका विवाह हो जाए तो आपके लिए भी उत्तम होगा, उसके लिए भी।" दूसरे ही दिन राजा हर्षगुप्त को साथ ले श्वेतरश्मि की पीठ पर सवार हो ताम्रलिप्ति नगरी में पहुँच गया। वहाँ उसने ज्योतिषियों से राजदत्ता के साथ विवाह के लग्न के बारे में पूछा तो ज्योतिषियों ने नक्षत्र वग़ैरह देखकर बताया कि विवाह का लग्न उस दिन से तीन महीने बाद ठीक रहेगा। अगर विवाह उस तिथि से पहले हो गया तो कन्या दुराचारिणी हो जाएगी।

अब हम यह तो नहीं जानते कि अपनी अस्सी हज़ार बीवियों के साथ विवाह करने से पहले भी राजा ने ज्योतिषियों से लग्नादि के बारे में पूछा था या नहीं, और अगर पूछा था तो उसने ज्योतिषियों के कहे पर अमल किया था या नहीं, लेकिन हम इतना ज़रूर मानते हैं कि राजा को या तो शीलवती के साथ अपने विवाह के लग्न के बारे में ज्योतिषियों से परामर्श ही नहीं करना चाहिए था, और जब किया तो उसे बताई हुई तिथि से पहले विवाह नहीं करना चाहिए था। लेकिन राजा कई दिनों से अकेला सो रहा था, स्त्रीस्पर्श के लिए अधीर हो रहा था,

इसलिए उसने अपने आपको यह कुतर्क दिया कि ज्योतिषियों को तो विवाह में देर करने में विकृत सा आनन्द आता है, शीलवती की बहन दुराचारिणी कैसे हो जाएगी, और फिर विवाह के बाद मैं उसे निर्जन टापू पर एक दुर्ग में बन्द रखूँगा–वहाँ मेरे सिवा कोई पुरुष नहीं होगा। इसलिए मुझे आज ही यह विवाह कर डालना चाहिए।

तो इस कुतर्क का सहारा ले राजा ने उसी दिन शीलवती की बहन राजदत्ता के साथ अपना विवाह रचा डाला। फिर वह अपनी नववधू और शीलवती और हर्षगुप्त के साथ श्वेतरश्मि पर सवार हो अपने द्वीप लौट गया। फिर उसी दिन अपनी योजनानुसार अपनी नई पत्नी और अनेक दासियों को साथ लेकर उस पुरुषविहीन टापू पर जा उतरा और वहीं एक दुर्ग में उसने अपनी पहली रात राजदत्ता के साथ मनाई।

उस पहली रात की तस्वीर यहाँ नहीं उतारी जाएगी। श्रोतागण अपनी कल्पना से काम लें। अब राजा की रूटीन यह हो गई कि दिन भर तो वह रत्नकूट में रहकर राज्यकार्य करता, रात को अपने आकाशमार्गी हाथी पर सवार हो अपनी नई पत्नी के पास चला जाता और रात भर उसी के साथ रमा रहता। उस दुर्ग में दासियाँ तो कई थीं, दास एक भी नहीं था। किसी भी पुरुष पर राजा को विश्वास नहीं था। और तो और शीलवती भी जब कभी अपनी बहन से मिलने जाती तो अकेली ही जाती, अपने पति हर्षगुप्त को साथ नहीं ले जाती क्योंकि राजा ने उस पर भी रोक लगा रखी थी।

उस दुर्ग में राजदत्ता अकेली क्या क्या करती, क्या क्या सोचती, कैसे कैसे विकारों से उलझती, किन उल्टे सीधे ख़्यालों की ख़ाक छानती, अपनी स्थिति पर ख़ुश होती या नाख़ुश, कब ख़ुश होती और कब नाख़ुश–इस सबके बारे में राजा ने शायद ही कभी गम्भीरता से सोचा हो। अगर सोचा होता तो ज़रूर उसके मन में यह ख़्याल कभी कभी तो आ ही जाता कि पत्नी को रात का प्यार और दुलार ही नहीं चाहिए, दिन की दोस्ती और सोहबत की ज़रूरत भी होती है कि जैसा कि रत्नप्रभा ने कहा था–नियन्त्रण से स्त्रियों को बाँधे रखने की नीति निर्दोष नहीं। देखा जाए तो राजा रत्नाधिपति ने अपने अनुभव से कुछ भी तो नहीं सीखा था वरना वह राजदत्ता को इस दुर्ग में बन्द करके निश्चिन्त न हो गया होता।

सच तो यह है कि बहुत कम लोग अपने या किसी दूसरे के अनुभव से सही सबक़ सीखने की समझ बूझ रखते हैं।

हाँ, तो हुआ यह कि एक रात राजा एक दुःस्वप्न से विचलित हो हड़बड़ाकर

उठ बैठा और फिर उसे नींद नहीं आई। उस समय पौ फूटने ही वाली थी और राजा का तन मन बहुत अशान्त था। दुःस्वप्न की दी हुई बेचैनी को दूर करने के लिए राजा ने राजदत्ता के साथ उसी समय मद्यपान कर लिया। राजा पर भी प्रातःकाल की उस बदपरहेजी का असर तो हुआ लेकिन उतना नहीं जितना राजदत्ता पर—वह बेचारी तो बेहाल हो ही गई और बार बार अपने पति से यह याचना करने लगी कि वह उस दिन उसे वहीं अकेली छोड़कर रत्नकूट न जाए। सारा दिन उसी के साथ बिताए कि वह मदनविह्वला हुई जा रही थी। राजा को उसकी याचनाएँ अच्छी तो लगीं लेकिन वह उसकी बात माना नहीं। उसके मन में यह धारणा बैठी हुई थी कि पुरुष को स्त्री की किसी ग़लत बात को नहीं मानना चाहिए, और अपनी पत्नी की यह ज़िद कि वह उस दिन अपने राज्यकार्य से छुट्टी मार उसके साथ मौज़मस्ती मारे, उसे ग़लत जान पड़ी। ख़ैर, वह किसी क़दर सख़्ती से अपना दामन छुड़ाकर चला तो गया लेकिन दिन भर राज्यकार्य में ध्यान लगाने के बजाय वह अपनी मदमस्त पत्नी के बारे में ही सोचता रहा। बीच बीच में ज्योतिषियों की दी हुई चेतावनी उसकी चेतना पर कौंध जाती, और उसके मन में कई प्रकार की आशंकाओं के अंकुर फूटने शुरू हो जाते। उधर अपने उस दुर्ग में अकेली और मदहोश राजदत्ता बेकाबू हुई जा रही थी और समझ नहीं पा रही थी कि अपने आपको सँभाले तो कैसे, समझाए तो किस तरह। उसकी दासियाँ अपने कामकाज में जुटी हुई थीं, उसका मन किसी चंचल तितली की तरह इधर उधर उड़ रहा था, उसकी आँखें चढ़ी हुई थीं, और उसका सारा शरीर तप रहा था। इसी अवस्था में वह हर उत्तेजित अकेली स्त्री की तरह प्रतीक्षा और आशा की मूर्ति सी बनी दुर्ग के सदर दरवाजे पर जा खड़ी हुई, यह सोचकर कि और कुछ नहीं भी होगा तो उसके जलते हुए बदन को ठंडी हवा तो कुछ राहत पहुँचाएगी ही।

देखा गया है कि स्त्री जब पुरुष से वंचित हो जाती है तो प्रकृति में पनाह लेती है। इसीलिए शुरू से ही हमारी फिल्मों में नायिकाओं को पेड़ों से लिपटाया जा रहा है। वैसे इस हर दिल अज़ीज़ दृश्य के और कई कारण भी हो सकते हैं, इसलिए इस पैरे को दरगुज़र ही कर दिया जाए तो बेहतर होगा।

हाँ, तो जब हमारी प्यारी और बेचारी राजदत्ता अपने दुर्गद्वार से टेक लगाए खड़ी हौले हौले झूल रही थी और हवा के झोंकों से अपनी तपिश को शान्त कर रही थी तो उसे कुछ ही दूरी पर एक पराया पुरुष दिखाई दे गया। पहले तो उसे

अपनी नशियाई हुई आँखों पर यक़ीन नहीं आया, फिर उसने सोचा, शायद उसका पति ही भेस बदल कर लौट आया हो, लेकिन जब उसने आँखें उघाड़कर देखा तो उसे यकीन हो गया कि वह पुरुष पराया ही था और उसकी हालत खस्ता थी। समझदारी की बात तो यही होती कि वह उसी वक्त भीतर भाग जाती, किसी दासी को आवाज़ देकर कहती कि वह उस पराए पुरुष को वहाँ से भगा दे, कोई धमकी वग़ैरह देकर या राजा का रोब वग़ैरह डालकर, लेकिन राजदत्ता को पता नहीं क्या सूझा कि उसने उँगली के इशारे से उस पुरुष को पास बुला लिया।

"तुम कौन हो, कहाँ से आए हो, और क्यों आए हों ? क्या तुम्हें मालूम नहीं कि राजा रत्नाधिपति के सिवा किसी और पुरुष को यहाँ आने की मनाही है ?"

रानी की नशीली आवाज़ सुनते ही उस अजनबी की तो मानो बाछें भी खिल गईं और बोलती भी खुल गई।

"हे सुन्दरी, मैं मथुरा का रहनेवाला हूँ, एक वैश्य घराने से हूँ, मेरे बाप का नाम पवनसेन है। पिता की मृत्यु के बाद मेरे रिश्तेदारों ने मेरा सब कुछ हड़प कर लिया, इसलिए मुझे मथुरा छोड़कर विदेश भाग जाना पड़ा। वहाँ काफ़ी देर तक चाकरी करता रहा, फिर कुछ व्यापार किया, कुछ धन कमाया, लेकिन सारा धन चोरों ने लूट लिया। तब मैं अपने जैसे ही कुछ युवकों के साथ मिलकर रत्नों की एक खदान में खुदाई करता रहा, लेकिन मेरी बदकिस्मती कि मेरे सब साथी तो मालामाल हो गए, मुझे कमरतोड़ खुदाई के बाद भी कुछ प्राप्ति न हुई। आखिर मैंने हिम्मत हार दी और एक दिन समुद्र तट पर अपने लिए एक चिता तैयार की। आप पूछ सकती हैं कि मैं समुद्र में ही क्यों न कूद गया, चिता तैयार करने की क्या ज़रूरत थी ? मैं जवाब दूँगा कि समुद्र में कूद जाने का ख़्याल भी मुझे आया तो था लेकिन मैंने उसे रद्द कर दिया, क्योंकि मैं संस्कारी जीव हूँ, और मैं अपना अन्तिम संस्कार विधिवत् करना चाहता था। यह अलग विडम्बना है कि मैं जिस प्रकार अपने दूसरे कामों और संकल्पों में असफल रहा, उसी प्रकार आत्मदाह के संकल्प में भी असफल ही रहा। मैं चिता में लेटने ही वाला था कि दैवयोग से जीवनदत्त नाम का एक वैश्य अपने जहाज समेत वहाँ पहुँच गया। उसने मुझे मरने से रोक लिया, मेरी मदद करने का वचन दिया, और मुझे अपने साथ ले गया। पाँच दिन तो हमारा जहाज आराम से चलता रहा, छठे दिन मौसम अचानक बिगड़ गया, बला का तूफान आ गया, और हमारा जहाज चकनाचूर हो गया। मैंने लकड़ी के एक तख़्ते के साथ चिपककर अपनी

जान बचाई। और अब मैं आपके सामने हूँ, आपकी दया पर हूँ।"

उस पराए पुरुष की करुण कहानी सुन मदमस्त राजदत्ता न सिर्फ मोम हो गई बल्कि अनियन्त्रित भी हो गई।

अब अगर उस वैश्यपुत्र ने अपनी व्यथा सुनाते समय अनायास ही उसे बढ़ा चढ़ा दिया हो तो कोई अस्वाभाविक बात उसने नहीं की होगी। सौ फ़ीसदी सच ऐसे अवसरों पर कम ही बोला जाता है। सामने एक मदहोश सुन्दरी खड़ी झूल रही हो तो बड़े से बड़ा सत्यप्रेमी भी उसे प्रभावित करने के लिए थोड़ा सा झूठ बोल ही देगा। और दूसरी तरफ़ अगर कोई एकाकी सुन्दर नारी किसी अनजान नौजवान की व्यथा कथा सुनकर इतना पसीज जाए कि मर्यादा वग़ैरह को भूल उसे भीतर ले जाकर उसके साथ लिपट जाए तो आपको हैरान नहीं होना चाहिए। देखा गया है कि कुछ स्त्रियाँ अगर कामवश पराए पुरुष के साथ हो लेती हैं तो कुछ ऐसी भी हैं जो दयावश अपनी देह किसी दूसरे के हवाले कर देती हैं। राजदत्ता पर कामावेश और दयाभाव दोनों का हमला एक साथ हुआ होगा, इसीलिए उसने उस अजनबी के साथ लिपट जाने में कोई देर नहीं की, कोई संकोच महसूस नहीं किया।

पूछा जा सकता है कि रानी की दासियाँ उस वक़्त कहाँ थीं ? वे सब वहीं रही होंगी, लेकिन वे क्या कर सकती थीं ? दासियों की परवाह ऐसे अवसरों पर न कोई रानी करती है न राजा। हमारा अनुमान है कि दासियों को रानी की हरकत सिर्फ़ बुरी नहीं लगी होगी बल्कि उन्होंने तो यही सोचा होगा कि काश रानी के पलंग पर उस पराए पुरुष के साथ वे ख़ुद होतीं। यह अनुमान हम इस अनुमान के आधार पर लगा रहे हैं कि वे दासियाँ भी दिन रात वहाँ रहते रहते कामातुर हो चुकी होंगी, पुरुषस्पर्श के लिए तरस रही होंगी।

कोई माने या न माने, हमें तो यही लगता है कि जो वहाँ राजदत्ता और उस मथुरानिवासी वैश्यपुत्र के साथ हुआ वह लगभग अनिवार्य ही था, नैतिक भले ही न हो।

हम पहले ही बता चुके हैं कि राजा रत्नाधिपति का मन उस दिन रत्नकूट में नहीं लग रहा था। जब उससे रहा नहीं गया तो उसने श्वेतरश्मि से कहा, 'चलो, आज यहाँ जी नहीं लग रहा।'

और जब राजा अपने वाहन की पीठ से उतरकर अपने शयनकक्ष में पहुँचा तो उसने अपनी रानी राजदत्ता को एक दीन और दरिद्र पुरुष के साथ बेसुध बुध

लिपटे सोए हुए देखा। राजा वहीं ढेर हो गया, और उसके मुँह से अनायास एक चीख़ सी निकल गई जिसे सुन वे दोनों हड़बड़ाकर उठ बैठे। रानी ने जल्दी जल्दी अपने वस्त्रादि ठीक किए, वैश्यपुत्र ने भी पहले तो अपने कपड़ों को कुछ ठीक किया, फिर उसने दया के लिए गिड़गिड़ाना शुरू कर दिया।

ऐसे दृश्य कहानियों में अक्सर आते हैं। कहना न होगा कि वे जीवन में लगभग उतनी ही बार आते हैं जितनी बार कहानियों में। अगर *कथासरित्सागर* के साक्ष्य पर अविश्वास न किया जाए तो आज से सदियों पहले के जीवन में भी ऐसे दृश्यों की कोई कमी नहीं थी। इन पर मैली सी हँसी भी आ सकती है और भगवा सा अफ़सोस भी हो सकता है, और इन दोनों प्रतिक्रियाओं के मिश्रण से बनी कोई और प्रतिक्रिया भी, जिसका रंग पता नहीं क्या होगा। शायद हलका नीला। नैतिकता बघारने की कमज़ोरी को दबाकर हम इतना ही कहेंगे कि हमें राजा की संयत प्रतिक्रिया पर हैरानी तो हो ही रही है, उसकी सराहना भी करनी पड़ रही है। उसे आघात तो बहुत पहुँचा—इसीलिए तो वह वहीं ढेर हो गया था—लेकिन उसने शोर नहीं मचाया, अपनी रानी को फटकारा भी नहीं, और न ही उसने उस वैश्यपुत्र को मौत के घाट उतार देने के लिए हाथ उठाया। एक संवेदनशील व्यक्ति की तरह दूसरों को धोवा देने की बजाय अपने भीतर झाँकना शुरू कर दिया, अपना दोष स्वीकार करना शुरू कर दिया कि उसे विवाह करने में उतावली नहीं करनी चाहिए थी, अपनी पत्नी को उस दुर्ग में बन्द कर उस दुर्गम टापू पर बन्दी बनाकर नहीं रखना चाहिए था। उसके साथ प्रातःकाल मद्यपान नहीं करना चाहिए था, और अगर कर ही लिया था तो फिर उसे उस हालत में अकेली छोड़ रत्नकूट नहीं भाग जाना चाहिए था। और शायद इन तमाम बातों के अलावा अन्दर ही अन्दर कहीं उसे यह बात भी साल रही थी कि उसने अस्सी हज़ार राजकन्याओं के साथ विवाह करके उन सबके साथ अन्याय किया था, कि उनके असतीत्व का दोष भी दरअसल उसी को दिया जाना चाहिए।

इस सोच विचार के कारण राजा की ईर्ष्या और क्रोध मानो अपने आप ही उड़ से गए। उसने उस थरथर काँपते हुए वैश्यपुत्र से कहा, "जाओ, तुम्हें मुआफ़ किया।" यह बात सुन राजदत्ता ने भी हकलाना और सहमना बन्द कर दिया। वह समझ गई कि उसका पति उसे भी मुआफ़ कर देगा। राजा ने मन ही मन अपनी सारी जीवन पद्धति को बदल डालने का फ़ैसला कर लिया था। उसने दासियों को आदेश दिया कि वे सब सामान वग़ैरह बाँधकर रत्नकूट जाने के लिए तैयार हो जाएँ। दासियों की ख़ुशी का कोई ठिकाना नहीं था, वे सब तो उस टापू की नीरसता से बुरी तरह उकता चुकी थीं। इस प्रकार राजा सबको साथ

लेकर रत्नकूट चला। वहाँ पहुँचकर उसने जो किया, उसका वृत्तान्त सुनने से पहले उस वैश्यपुत्र का बाक़ी का क़िस्सा सुन लीजिए कि आप जानना चाह रहे होंगे कि उसका क्या हुआ। पुराने क़िस्सों और नई कहानियों में एक बड़ा फ़र्क़ यह होता है कि पुराने क़िस्सों में किसी भी किरदार को भुलाया नहीं जाता, सबको किसी न किसी ठिकाने पर पहुँचा दिया जाता है, जबकि नई कहानियों में कुछ किरदारों के बारे में कहानीकार चुप मार जाते हैं, पूछो तो कह देते हैं, उनका अन्त आपकी कल्पना पर, या ऐसी ही कोई टालमटोलू बात।

हाँ, तो वह वैश्यपुत्र दौड़ा दौड़ा समुद्र तट पर पहुँचा। जिस तख्ते ने उसकी जान बचाई थी, वह उसने वहीं सँभालकर रखा हुआ था। बस उसके साथ चिपककर वह समुद्र में उतर गया। उस समय तो उसे यही डर था कि कहीं राजा का मन बदल गया तो उसकी जान फिर खतरे में पड़ जाएगी। उस समय उसने यह भी नहीं सोचा कि वह तख्ता आखिर उसे कहाँ तक ले जाएगा। लेकिन उसकी किस्मत देखिए कि कुछ ही दूरी पर उसे एक जहाज दिखाई दे गया। वह उस तख्ते पर चिपका हुआ उस जहाज के पास पहुँच रोने चिल्लाने लगा। जहाज के मालिक क्रोधवर्मा ने उस पर दया कर उसे अपने जहाज पर रख लिया। क्रोधवर्मा की पत्नी भी अपने पति के साथ उसी जहाज में थी। उन दोनों को भी उस वैश्यपुत्र ने पता नहीं अपनी विपदाओं के बारे में बढ़ा चढ़ाकर क्या क्या बताया, कि वे उस पर विश्वास करने और उसके क़िस्सों में मज़ा लेने लगे। और फिर उस वैश्यपुत्र ने धीरे धीरे क्रोधवर्मा की पत्नी के दिल में अपनी जगह बनानी शुरू कर दी, क्योंकि क्रोधवर्मा तो अपने नाम के अनुसार बात बेबात बिगड़ता और बरसता ही रहता था, अपनी पत्नी पर भी और उस वैश्यपुत्र पर भी। और आखिर वही हुआ जो ऐसी स्थितियों में होता है—उस दुष्ट ने क्रोधवर्मा की पत्नी के साथ कुसम्बन्ध बना लिया। मौका मिलते ही वे दोनों कुकृत्य से अपनी वासनाओं को तृप्त कर लेते और अगले मौक़े की प्रतीक्षा शुरू कर देते। और फिर एक रात वे रँगे अंगों पकड़ लिए गए। क्रोधवर्मा ने उसी क्षण उस दुष्ट को तो उठाकर समुद्र में फेंक दिया लेकिन अपनी पत्नी को सिर्फ़ कूट पीटकर ही अपना क्रोध बुझा लिया, क्योंकि पत्नी की उसे ज़रूरत भी थी और शायद वह यह स्वीकार करना नहीं चाहता था कि उसकी पत्नी ने स्वेच्छा से उस दुष्ट को स्वीकार कर लिया होगा। बहुत कम पुरुष यह स्वीकार कर लेने का साहस रखते हैं कि उनकी स्त्री अपनी मर्ज़ी से भी किसी दूसरे मर्द के पास जा सकती है। वैसे उस वैश्यपुत्र के मनोविकार पर हँसी भी आती है, हैरानी भी होती है। मानना पड़ेगा कि कुछ लोग लाइलाज लालसी होते हैं।

अब हम राजा रत्नाधिपति की तरफ़ लौटें। यह अनुमान तो लगा ही लिया गया होगा कि राजा को राजदत्ता की बेवफ़ाई देखते ही वैराग्य हो गया था। रत्नकूट पहुँचकर सबसे पहले तो उसने शीलवती को सारी बात बताई, फिर अपने मन्त्रियों को, फिर बहुत सा धन शीलवती के हवाले करके उससे कहा कि अब राजदत्ता का ख़्याल वग़ैरह भी उसे ही रखना होगा। और अन्त में उसने अपना सारा राजपाट पापभंजन नामक ब्राह्मण को दान कर दिया।

अब आप श्वेतरश्मि हाथी के बारे में सोच रहे होंगे। तो लीजिए, संक्षेप में उसका क़िस्सा भी सुनाए देते हैं। सारी व्यवस्थाएँ और दान वग़ैरह कर देने के बाद तपोवन के लिए रवाना होने से पहले राजा ने श्वेतरश्मि को बुलवाया ताकि उससे विदा होने से पहले उसे प्यार करे, धन्यवादादि दे, और कहे कि वह शीलवती के पास रहे और उसे और हर्षगुप्त को इधर उधर घुमा लाया करे। लेकिन श्वेतरश्मि ने तो राजा के पास पहुँचते ही हाथी का रूप त्यागकर एक गन्धर्व का रूप धारण कर लिया। और फिर उसने राजा समेत सब लोगों को जो क़िस्सा सुनाया वह इस प्रकार था :

"हे राजन, पूर्वजन्म में तुम और मैं गन्धर्वजातीय भाई हुआ करते थे और मलयांचल में निवास किया करते थे। तुम मुझसे बड़े थे और तुम्हारा नाम देवप्रभ था, मेरा नाम सोमप्रभ था। राजवती नाम की तुम्हारी पत्नी बहुत सुन्दर थी और तुम उसे जीजान से प्यार किया करते थे। एक बार हम तीनों सिद्धवास नामक स्थान में गए। वहाँ विष्णु के एक मन्दिर में हमने पूजा के बाद गायन शुरू कर दिया। तभी एक सिद्ध वहाँ आया और तुम्हारी पत्नी राजवती के मधुर गायन पर मुग्ध हो एकटक उसे देखने लग गया। तुम्हें पता नहीं क्या हुआ कि तुम उस सिद्ध पर पिल पड़े—'तुम्हें शर्म नहीं आती कि सिद्ध होकर भी परनारी को लालसा से देख रहे हो ?' तुम्हारी लांछना पर वह सिद्ध तैश में आ गया और बोला—'मैं तो तुम्हारी स्त्री को पवित्र प्रशंसा से देख रहा था, उसके गाने पर मुग्ध हो रहा था, तुमने मुझ पर शक किया, इसलिए मैं तुम्हें शाप देता हूँ कि तुम इस स्त्री के साथ मनुष्य योनि में गिरोगे और तुम अपनी इसी पत्नी को एक पराए पुरुष के साथ समागम करते हुए अपनी आँखों से देखोगे।' उसके इस शाप पर मुझे भी तैश आ गया और मैंने वहीं से मिट्टी का एक सफ़ेद हाथी उठाकर उस पर दे मारा। फिर तो वह सिद्ध मारे क्रोध के पागल ही हो गया, बोला—'तूने मुझे इस हाथी से मारा, तू अगले जन्म में मनुष्य के बजाय सफ़ेद हाथी की योनि में जन्म लेगा।' इस पर तुमने उस सिद्ध से क्षमायाचना की, हाथ जोड़े, दया की भीख माँगी तो उसने हम दोनों को दिए शाप का अन्त

इस प्रकार से किया—'तुम एक द्वीप के राजा बनोगे और तुम्हारा भाई तुम्हारा वाहन बनकर सारी पृथ्वी पर विजय पाने में तुम्हारी सहायता करेगा, और तुम्हारी अस्सी हज़ार पत्नियाँ होंगी और उन सबके दुराचार का पर्दा तुम्हारी प्रजा के सामने फाश होगा, और फिर जब तुम अपनी इस पत्नी को किसी दूसरे पुरुष के साथ देखोगे तो तुम्हें वैराग्य हो जाएगा, और तब तुम दोनों भाइयों और तुम्हारी पत्नी के शाप का अन्त होगा।' "

अब और कुछ कहने की ज़रूरत बाक़ी नहीं रही। कहानी को और आगे खींचना नामुमकिन तो है ही, ग़लत भी होगा। आपसे इजाज़त लेने से पहले हम एक बार फिर यह सवाल उठाना चाहते हैं कि नरवाहनदत्त की बीवी रत्नप्रभा की इस अद्भुत कहानी का असली उद्देश्य क्या था ? हमने इस सवाल के जवाब के तौर पर कुछ संकेत ऊपर दिए हैं। हम चाहेंगे कि आप भी इस सवाल पर अपने अपने दृष्टिकोण से गौर करें।

लेखकीय नोट

पूर्वजन्म और उससे जुड़ा हुआ कर्मफल का सिद्धान्त और उससे जुड़े हुए सब जटिल नैतिक प्रश्न और उनसे जुड़ा हुआ यह महाप्रश्न कि मनुष्य किस सीमा तक स्वतन्त्र है और किस सीमा तक पूर्वजन्माधीन और परशापाधीन है—कथासरित्सागर की लगभग सभी कहानियों में से इस क़िस्म के अनेक गम्भीर मुद्दे आपको निरन्तर निकलते नज़र आएँगे, उन सबको यहाँ समेटना सम्भव नहीं, इसलिए उनसे निबटने का काम कुशल पाठकों और पाठिकाओं पर छोड़ा जा रहा है।

●●●